MODERN LOVE

MODERN LOVE

Sous la direction de
DANIEL JONES

Traduit de l'anglais par
CARINE CHICHEREAU et DAVID FAUQUEMBERG

récits

PHÉBUS
LITTÉRATURE ÉTRANGÈRE

Cet ouvrage a été publié en accord avec Broadway Books, une marque de Random House, département de Penguin Random House LLC. Les différents récits ont été publiés à l'origine dans la chronique « Modern Love » du *New York Times*.

Titre original :
Modern Love : True Stories of Love, Loss, and Redemption – Revised and Updated

ISBN : 978-2-7529-1231-2

INTRODUCTION

Qu'est-ce qu'une histoire d'amour? En tant que chef de la rubrique « Modern Love », je ne cesse de me poser la question. Lorsque je m'aventure parmi les huit mille témoignages qu'on nous envoie chaque année, je me demande sans arrêt: Est-ce bien une histoire d'amour? Si le *New York Times* est un journal au service de l'information, dois-je choisir des histoires au service de l'information, elles aussi? Dans ce cas, mieux vaudrait établir une définition.

Quand nous avons lancé « Modern Love » en 2004, nous les instigateurs de cette chronique (avec Trip Gabriel pour la charte graphique, ma femme Cathi Hanauer et moi-même), nous avons décidé d'interpréter le mot « amour » au sens large parce que nous ne voulions pas nous limiter à l'amour romantique. Nous espérions que ces témoignages exploreraient le côté sombre des choses autant que le côté lumineux, qu'ils mettraient en valeur aussi bien la joie que la douleur qui naissent de nos efforts incessants pour entrer dans l'intimité d'autres êtres humains.

En général, les récits les plus forts sont ceux qui évoquent une relation au long cours: la difficulté à résister au temps, la charge que représentent les enfants, la perte des êtres chers (enfants, conjoints, parents, amis). Ces témoignages ne sont ni roses ni tendres, alors sont-ils des histoires d'amour? Bien sûr que oui.

La vulnérabilité est la caractéristique essentielle de toute histoire d'amour, et elle peut revêtir bien des formes. Toutefois, être vulnérable signifie dans tous les cas s'exposer non seulement à la possibilité de perdre l'autre, mais aussi, chose cruciale, à celle de nouer une relation avec lui ou avec elle. L'un ne va pas sans l'autre. L'enjeu naturellement varie beaucoup s'il s'agit juste de tremper un orteil dans l'eau, ou de plonger du haut d'une falaise.

Dans « Les cinq étapes du deuil à l'ère du *ghosting* », Rachel Fields raconte en détail l'anxiété qui la gagne après avoir envoyé un message vaguement érotique au garçon avec lequel elle commence à peine à sortir, et son attente remplie d'angoisse d'une réponse. Attente qui dure des heures. Qui pourrait aussi bien durer toute une vie. C'est une autre forme de vulnérabilité que manifeste Amy Krouse Rosenthal dans « Voulez-vous épouser mon mari ? » : dans ce récit, elle dresse une sorte de portrait de son mari destiné à un potentiel site de rencontres, car elle sait qu'elle va mourir d'un cancer des ovaires et ne veut pas qu'il se retrouve seul après sa disparition.

Sans doute que, avant de définir ce qu'est une histoire d'amour, il faudrait commencer par définir ce qu'est l'amour, mais là les choses s'avèrent encore plus complexes. Notre définition de l'amour tend à être fleurie. Toutefois, de là où je me trouve – c'est-à-dire après avoir lu, parcouru et digéré cent mille histoires d'amour au cours des quinze dernières années –, la métaphore la plus juste à mes yeux n'est pas celle de la rose, mais celle de la brouette : terreuse, désordonnée, mais endurante. Difficile pourtant de mettre des mots sur la chose.

Un jour, au début d'une interview radiophonique, la personne qui me recevait en tant que responsable de la chronique « Modern Love » m'a posé d'emblée cette question : « C'est quoi, l'amour ? »

J'étais si peu préparé à cela que j'ai éclaté d'un rire nerveux, et j'ai répondu : « Vous voulez vraiment commencer comme ça ? » Elle n'a pas ri. Nous avons vécu quelques instants difficiles, puis j'ai débité des généralités sur les rapports humains.

Je regrette de ne pas m'être souvenu alors que j'avais déjà répondu à la question et m'étais livré à certaines observations dans les colonnes mêmes de « Modern Love » quelques années auparavant, au moment où j'étais devenu le rédacteur de la chronique durant la semaine de la Saint-Valentin. Car pour moi, l'amour est moins une question de définitions que d'exemples. C'est pourquoi je pense que le kaléidoscope d'expériences présenté dans cette chronique et dans ce livre vaut mieux que n'importe quel dictionnaire. Voilà ce que j'avais écrit à l'époque :

> « Si j'étais le capitaine Spock dans *Star Trek*, j'expliquerais que l'amour humain résulte du mélange de trois émotions, ou impulsions : le désir, la vulnérabilité et le courage. Le désir vous rend vulnérable, ce qui nécessite ensuite de montrer du courage.
>
> Puisque je ne suis pas Spock, je vais vous raconter une histoire.
>
> Disons que vous décidiez d'adopter une petite fille chinoise. Vous recevez sa photo, la collez sur votre frigo et vous la contemplez au fil des mois. Enfin, vous traversez la moitié du monde, vous prenez l'enfant dans vos bras, et des larmes de joie inondent votre visage.
>
> Hélas, plus tard, dans votre chambre d'hôtel, après l'avoir déshabillée, vous découvrez d'inquiétants signes physiques, en particulier une cicatrice au niveau de la colonne vertébrale. Vous appelez le médecin puis vous vous rendez à l'hôpital pour faire des examens et des scanners. On vous apprend alors que la fillette a subi une intervention chirurgicale qui a endommagé sa moelle épinière. Bientôt, elle perdra le contrôle de sa vessie et de ses sphincters. Peut-être sera-t-elle paralysée à vie. Nous sommes navrés.
>
> L'agence qui s'est occupée de l'adoption vous propose la chose suivante : vous pouvez garder ce bébé handicapé, ou bien l'échanger contre un autre, en bonne santé.

Vous ne savez même pas quelles épreuves vous attendent, quel diagnostic alarmant vous risquez d'entendre en rentrant chez vous, ni les crises terrifiantes auxquelles vous risquez d'assister. Vous ne savez rien de l'issue heureuse qui vous attend dans plusieurs années, quand tout cela sera terminé et que l'enfant aura recouvré une parfaite santé. Vous devez décider tout de suite. C'est le moment fatidique. Qu'allez-vous faire ?

Si vous êtes Elizabeth Fitzsimons, qui a raconté ici même cette histoire le jour de la fête des Mères, vous répondez : "Nous ne voulons pas d'un autre bébé. Nous voulons cette enfant, qui dort là en cet instant. C'est notre fille."

Voilà ce qu'est l'amour. Tout le monde peut l'éprouver. Tout ce qu'il faut, c'est un peu de courage. Ou beaucoup.»

Si vous êtes à la recherche d'actes de bravoure, tels que celui d'Elizabeth Fitzsimons, vous les trouverez entre ces pages. Ces récits choquent et instruisent. Ils suscitent le rire, les larmes et des maux de tête. Parfois (c'est vrai), ils ne sont même pas très modernes. Mais toujours ils permettent d'ouvrir la coquille qui renferme l'amour humain, afin d'en révéler la sombre beauté.

DANIEL JONES

QUELQUE PART DANS L'ESPACE

Célibataire, sans emploi, et soudain moi-même

MARISA LASCHER

J'avais trente-sept ans, j'étais célibataire, au chômage, et je déprimais car, deux mois plus tard, j'allais devoir quitter mon studio sur la 23e Rue Est, à Manhattan, pour emménager avec ma mère à Sheepshead Bay, Brooklyn. Depuis que la boîte pour laquelle je travaillais à Wall Street avait été rachetée, je me consacrais exclusivement à chercher un emploi et des solutions à mes problèmes. Aussi passais-je beaucoup de temps dans mon appartement.

Tout comme mes trois jeunes voisins, qui venaient de terminer leurs études. Le week-end, ils faisaient la fête, et dès vingt-deux heures trente, les basses s'infiltraient à travers le mur mitoyen. Vers vingt-trois heures, en sueur, sans maquillage, les cheveux ramassés en chignon, j'allais sonner chez eux pour leur demander de baisser le son – enfin, même selon mes normes gériatriques, c'était un peu tôt.

L'un d'eux m'ouvrait, visiblement alcoolisé, l'air agacé, et me promettait de faire un effort. En général, ils tenaient parole. Quand ce n'était pas le cas, j'appelais le concierge, le gérant de l'immeuble, et même, une fois, la police. Néanmoins, le bruit perdurait.

Mon immeuble se trouvait non loin de trois universités. En signant le bail, je ne m'étais pas rendu compte que tant d'étudiants habitaient là, population qui bien entendu aimait faire la fête. Hélas, j'étais quant à moi dans la période la moins sociable de ma vie. La plupart de mes amis étaient mariés. Je n'avais plus de revenus, et le loyer atteignait trois mille dollars par mois. Ma vie amoureuse était au point mort car je n'avais pas encore découvert comment présenter sous un jour positif le fait d'être au chômage.

Un après-midi, j'ai pris l'ascenseur avec un de mes jeunes voisins, en jean et tee-shirt, dont les tempes brunes commençaient déjà à se dégarnir.

– Vous êtes toujours là dans la journée ? m'a-t-il demandé.

– Depuis ces derniers mois, oui. Je cherche du travail.

– Moi aussi. C'était ma dernière année à la fac de droit.

– Ne quittez jamais un emploi sans en avoir trouvé un autre, lui ai-je conseillé.

Les gens m'avaient mise en garde contre ce genre de risque, mais j'ai compris combien ils avaient raison seulement après m'être lancée dans l'aventure.

En arrivant à la porte, j'ai ajouté :

– Je déménage bientôt, alors vous pourrez mettre votre musique à fond. La vieille enquiquineuse de service s'en va.

– Pourquoi partez-vous ?

– Je n'ai plus les moyens de payer le loyer. Je retourne vivre chez ma mère à Brooklyn.

– Ça craint... Mais vous savez, ce n'est pas moi qui mets la musique à fond, ce sont mes colocataires.

Cela ne m'a guère étonnée. C'était toujours lui le plus gentil, et il paraissait sincèrement désolé lorsque je me mettais en colère.

– Vous avez quel âge, vous autres ? Vingt-trois ans, c'est ça ?

– Ouais, c'est ça.

– Moi, j'en ai trente-sept. J'espère que vous aurez une voisine plus jeune après moi.

– Je n'aurais jamais pensé que vous aviez trente-sept ans. Je vous en donnais, disons, vingt-six.

Est-ce qu'il me draguait ? Je ne faisais pas plus jeune que

mes amies, mais peut-être l'ambiance de dortoir l'avait-elle plongé dans la confusion. L'après-midi, nous nous sommes croisés à nouveau. Il avait enfilé un costume car il allait à un entretien. Je lui ai souhaité bonne chance.

Deux semaines plus tard, j'étais dans un bar du quartier, à siroter des cocktails avec mon amie Diana. Elle était sur Tinder, quand le portrait de mon jeune voisin est apparu sur son écran de téléphone.

– Swipe à droite ! lui ai-je dit. Dis-lui que tu es avec moi.

Ce qu'elle a fait. Ils ont matché et elle lui a dit que je me trouvais avec elle. À mon tour, je lui ai envoyé un SMS, toute fière d'être de sortie un samedi soir. Voilà la preuve que moi aussi, je savais m'amuser. Nous avons échangé des messages ; il s'apprêtait à rentrer chez lui. Je lui ai proposé de nous rejoindre chez moi, et il a accepté.

Vingt minutes plus tard, Diana et moi étions à mon appartement, puis il est arrivé à son tour avec une bouteille de vodka et du Coca Light. Très vite il s'est mis à rire en déclarant :

– Mes colocataires te détestent. Et moi, je n'arrivais pas à comprendre que nos soirées puissent autant gêner une fille de vingt-six ans. Je pensais que tu avais une grande maturité d'esprit.

Diana et moi avons dansé en écoutant « Jump » des Pointer Sisters, titre qu'il ne connaissait pas. Avant de partir, vers quatre heures du matin, Diana m'a murmuré à l'oreille : « Tu lui plais. Attaque ! » J'ai protesté sans bruit, en insistant sur le fait qu'il était trop jeune pour moi. Toutefois, l'attirance entre nous était de plus en plus forte, et dès qu'elle est partie, nous nous sommes embrassés.

Réveil quelques heures plus tard avec la gueule de bois : je lui ai demandé de ne rien raconter à ses colocataires. J'étais embarrassée à l'idée de passer du statut de voisine coincée à celui de Mrs Robinson. Mon cerveau embrumé ne cessait de vociférer : « Mais qu'est-ce que tu as fait ? »

Toutefois, je ne vais pas vous mentir : cela a regonflé mon ego. Je n'avais ni emploi, ni mari, ni même de petit ami, mais au moins, j'étais capable de séduire un adorable jeune homme de vingt-trois ans.

Au cours des semaines suivantes, nous n'avons pas cessé d'échanger des petits mots, nous nous retrouvions sans arrêt pour parler de notre relation, de nos recherches d'emploi, et on s'amusait bien. Je lui ai demandé un jour si je paraissais plus âgée, et il m'a répondu :

– Pas vraiment. C'est surtout parce que tu ne travailles pas et que tu es là tout le temps.

– Tu avais quatre ans quand j'ai quitté le lycée.

Un dimanche où il passait la nuit avec moi, à cinq heures du matin, il a eu le privilège d'être réveillé par ses colocataires, complètement ivres, qui se sont mis à beugler : « Oops !... I Did It Again. »

– Mais c'est insupportable, s'est-il écrié en se couvrant la tête de mon oreiller.

– Juste retour des choses. Maintenant, tu comprends.

Avec lui, les angoisses que j'éprouvais habituellement dans mes relations amoureuses ont disparu. Au lieu de projeter sur lui mon insécurité en me demandant si j'étais assez bien pour lui, je prenais du bon temps, car je savais qu'en raison de notre différence d'âge, notre liaison n'avait pas d'avenir. En outre, j'allais bientôt déménager.

Et pourtant, je me faisais du souci. J'avais peur du ridicule. Mais quand j'ai commencé à raconter mon histoire à des amies déjà en couple, elles m'ont répondu que je vivais là un véritable fantasme.

– Au moins, toi, tu t'amuses, m'a dit l'une d'elles qui était sur le point de divorcer. Ce n'est pas le cas de grand monde. À la fin, je ne voulais même plus toucher mon mari.

Malgré tout, le gouffre entre moi et mon nouveau partenaire n'était jamais aussi béant que lorsqu'il disait : « Les sites de rencontres, c'est sympa. Tu fais connaissance avec plein de gens. » Pour moi, en revanche, c'était aussi amusant que de rechercher du travail. Parce que j'avais la même vision des choses dans les deux cas : j'y allais avec des stratégies, des diagrammes, et une profonde anxiété car je devais me présenter sous mon meilleur jour et dissimuler mes faiblesses. Avec mon jeune voisin, je ne me souciais en rien de cela.

Le jour où il m'a dit qu'il ne savait pas du tout quel genre de relations il voulait avec les femmes, et qu'il improvisait au fur et à mesure, je l'ai rassuré en lui expliquant que cela ne changerait pas : en réalité, on ne le savait jamais.

Ces conversations sincères étaient tellement rafraîchissantes. Les hommes de mon âge avec lesquels je sortais masquaient leur peur sous l'apparence de l'arrogance. Une heure après avoir fait ma connaissance, l'un d'entre eux s'était vanté du nombre de ses conquêtes ; un autre, à notre second rendez-vous, m'avait révélé en toute candeur que la taille de son engin avait sonné le glas de bien de ses relations. Quelle délicatesse de me prévenir !

Avec mes prudentes perspectives romantiques, je me montrais extrêmement polie et j'assurais mes arrières. Comme les hommes, j'inventais des histoires où je déployais une assurance factice. Toutefois, j'avouai à mon voisin combien l'année avait été difficile, et combien j'étais inquiète face à la perspective de trouver un emploi et un compagnon. N'ayant rien à cacher, j'étais d'une charmante vulnérabilité.

Un soir où on sc faisait des câlins dans mon appartement, et où je continuais à lui exposer mes angoisses vis-à-vis des hommes et du travail, il m'a dit :

– Si on est tellement focalisés sur le boulot qu'on veut, ou la personne qu'on souhaite rencontrer, c'est parce qu'on pense que ce seront les derniers. Mais il y en aura toujours d'autres, après.

J'ai compris qu'il avait raison. C'était même une parole des plus sages. Mais il est plus facile d'afficher ce genre d'attitude face à l'amour et au marché du travail à vingt-trois ans qu'à trente-sept.

Et puis un soir, en rentrant après une soirée un peu trop arrosée, je l'ai croisé dans le couloir. C'était presque toujours lui qui décidait quand on allait se voir, et je m'en suis plainte, en disant que ce n'était pas juste qu'il ait le dernier mot. Je lui ai mis la pression, revenant ainsi à mes pires comportements lorsque je sortais avec un homme, et il a fui.

Le lendemain, il m'a envoyé ce SMS : « Peut-être qu'on devrait en rester là. Tu es une bonne copine… on a rendu les choses un peu compliquées ahahah. » Je savais bien que ce « ahahah » était une manière pour les gens de sa génération de montrer que tout cela devait rester léger, pourtant les choses étaient plus sérieuses qu'elles n'en avaient l'air : dans cette relation « légère », je m'étais totalement dévoilée, lui laissant voir toutes mes imperfections, ce que je ne faisais jamais d'habitude. Avec lui j'avais été moi-même, et pour moi, c'était une révélation.

Mais c'était aussi une énigme. Car je ne parviens pas à être moi-même quand je cherche vraiment l'amour et que je songe à l'avenir. Pour gagner le cœur d'une personne (ou pour décrocher un emploi), nous croyons devoir présenter la meilleure version possible de nous-mêmes. Lorsque les sentiments sont en jeu, afficher sa vulnérabilité devient impossible.

Un an plus tard, j'ai enfin réussi à être suffisamment parfaite pour qu'on m'embauche. Et je travaille toujours à m'autoriser à être assez imparfaite pour trouver l'amour.

Marisa Lascher vit à Manhattan. Elle est l'une des meilleures conceptrices en matière d'approches fondées sur l'empathie, destinées à consolider la culture d'entreprise et à améliorer les performances des employés. Ce témoignage est paru en 2017.

Euh, chérie, ce n'est pas dans le texte

MATTESON PERRY

Le clair de lune illuminait le Phénix tatoué qui recouvrait son flanc gauche. Je le retraçais du bout du doigt depuis son aisselle, suivant le relief ondulant de ses côtes jusqu'à sa hanche. Je n'avais vu semblable tatouage que dans les films, jamais en vrai sur quelqu'un, jamais de si près, jamais dans mon lit.

J'avais trouvé ma Manic Pixie Dream Girl à moi.

C'est en rédigeant une critique de film pour le site « The A.V. Club » que Nathan Rabin a inventé l'expression « Manic Pixie Dream Girl », cette espèce de fille magique et un peu dingue dont rêvent tous les hommes, qui lui a permis de décrire le personnage de Kirsten Dunst dans le film de Cameron Crowe *Rencontres à Elizabethtown*, même si ce type de personnage existait bien avant, et qu'on l'a souvent revu depuis (Natalie Portman dans *Garden State* en est sans doute la meilleure incarnation).

La Manic Pixie Dream Girl est désormais un cliché du cinéma indépendant : il s'agit surtout d'un ensemble de caractéristiques qui définissent la femme parfaite aux yeux d'un protagoniste masculin. Ce genre de fille un peu étrange (mais très belle) aime les garçons timides, mélancoliques et créatifs, et elle leur redonne goût à la vie grâce au sexe, à l'amour et à d'autres activités pratiquées sous la pluie.

Malgré son assurance, la Manic Pixie Dream Girl a elle aussi des soucis. Elle flirte toujours avec la limite entre originale et folle, mystérieuse et bizarre, sexy et aguicheuse : elle est d'une parfaite imperfection. Et c'est la clé du scénario, car la Manic Pixie Dream Girl doit être juste assez borderline pour que quelqu'un puisse la sauver, permettant ainsi au garçon, au troisième acte, de sortir de sa réserve et d'accomplir une action héroïque.

J'ai rencontré ma Manic Pixie Dream Girl dans un cours de comédie. Le premier jour, elle est arrivée avec une robe rouge vif et des bottes de cow-boy, comme si elle sortait de chez une costumière. Elle avait le teint olivâtre et les yeux sombres de ses ancêtres mexicains, ce que d'aucuns auraient pu qualifier d'« exotique » – sauf qu'elle vous aurait frappé si vous aviez employé ce terme. Elle avait un petit ami, aussi pas question de sortir ensemble, mais on se parlait en ligne : on discutait de nos vies tout en échangeant des vidéos YouTube de nos sketches préférés, extraits de l'émission *Saturday Night Live.*

Par un chaud après-midi d'été, on s'est retrouvés dans un bar, avec l'intention d'écrire ensemble des sketches, pourtant nos projets ont changé, comme c'est souvent le cas avec les Manic Pixie Dream Girls. Nous n'avons même pas ouvert nos carnets ; à la place, on s'est lancés dans une tournée des bars improvisée.

Chaque fois que nous entrions dans un nouvel établissement, nous étions un peu plus éméchés et un peu plus proches l'un de l'autre. On se faisait du genou sous la table, et nos épaules se touchaient quand on marchait. Nous étions assis si près l'un de l'autre que je sentais l'odeur de sa sueur, que la chimie de l'enchantement transformait en doux parfum.

À la fin de la soirée, ivre, j'ai essayé de l'embrasser, mais elle a esquivé.

– Je ne peux pas tromper mon mec. Même si ça ne va pas très fort entre nous.

Ça n'allait pas très fort entre eux. Il y avait donc de l'espoir. Plus que de l'espoir, même. Au bout d'un mois, elle a rompu avec lui, et peu de temps après, son tatouage s'est retrouvé dans mon lit.

Je ne fais pas partie de cette catégorie de mecs que les filles évitent, mais je n'ai jamais été non plus du genre rebelle qui les fait craquer. Par exemple, j'adore remplir ma feuille d'impôts. Mais cette fille, c'était de la bombe. Elle arrivait toujours à se faire servir un verre, même devant le bar le plus bondé. Dans les soirées, elle ensorcelait les garçons avec ses blagues, son rire tonitruant, sa façon de danser. Je lisais l'envie dans leurs yeux lorsqu'ils la voyaient repartir avec moi.

Elle me donnait l'air cool par procuration, sorte de passe VIP en chair et en os. Impulsive, erratique, électrique, c'était tout mon opposé, et cette rencontre m'exaltait. Je suis tombé fou amoureux d'elle. Et elle m'a aimé en retour.

Ma Manic Pixie Dream Girl était toujours à fond dans ce qu'elle faisait, qu'elle soit pour ou contre, aussi tout allait très vite. Au bout d'un an, nous sommes partis nous installer à Los Angeles, où nous avons emménagé ensemble. Je n'avais jamais vécu avec une femme auparavant, et j'adorais notre intimité. Seulement, la vie domestique lui posait problème. Elle piquait des crises de plus en plus fréquentes en songeant à notre avenir commun.

Quelle qu'en soit la cause (l'achat de chaises pour la salle à manger avait déclenché la première), l'explosion suivait toujours le même scénario. Elle se mettait à pleurer, à hurler et à faire les cent pas dans l'appartement, tout en déclarant que nous étions incompatibles. Je gardais mon calme et je lui disais que nos différences nous rendaient au contraire complémentaires car elles consolidaient nos identités.

Je trouvais toujours le moyen de lui expliquer pourquoi elle ne devait pas s'énerver, pourquoi nous étions si bien assortis par nature, et pourquoi ses sentiments étaient « faux ». (Scoop : les sentiments ne sont jamais « faux ».) En réalité, ces crises ne me gênaient pas vraiment. J'y voyais l'expression même du fait que ma Manic Pixie Dream Girl était d'une parfaite imperfection.

Au bout de trois ans, elle est tombée en dépression, et cela a créé un fossé entre nous. En tant que couple, nous faisions tout ensemble ; soudain, elle a commencé à sortir sans moi.

Plusieurs fois, je me suis réveillé à trois ou quatre heures du matin, m'apercevant qu'elle n'était pas rentrée et ne m'avait pas appelé. Je restais allongé dans mon lit, hésitant entre colère et inquiétude, lui téléphonant toutes les demi-heures. Lorsqu'elle répondait, en général, elle refusait ma proposition de venir la chercher : « Non, je m'amuse bien, ici. » Parfois je ne savais même pas quel endroit désignait cet « ici », ni si c'était chez un garçon ou une fille.

Au matin, je lui demandais où elle était allée, davantage comme un parent sourcilleux que comme un amant en colère, jouant ainsi mon rôle de petit ami calme, rationnel et carré. Elle se contentait de hocher la tête en marmonnant un « désolée » de circonstance, et elle allait se coucher. La nuit, elle était la Manic Pixie Dream Girl des autres ; la journée, c'était ma Sorcière Déprimée à la Gueule de Bois. Je savais que notre relation s'enlisait, mais je l'aimais toujours et je pensais juste qu'il s'agissait là du difficile troisième acte avant l'épilogue : « Et ils vécurent toujours heureux. »

Un week-end, je suis allé camper avec des amis pour lui laisser un peu d'espace. Avant de partir, je lui ai écrit une lettre (cinq pages, aux lignes serrées) à propos de nous. Je lui disais combien je l'aimais, que je ne cesserais jamais de me battre pour « nous », et je concluais en affirmant : « Je sais que mon amour ne peut guérir ta dépression, mais je veux que tu saches que je t'aime, et que je t'aimerai toujours. »

J'ai déposé la lettre sur son bureau avec un bouquet de fleurs et je suis parti. Au cours des douze heures de route jusqu'au lac Powell, j'ai attendu qu'elle m'appelle, mais le téléphone est resté muet pendant d'interminables heures de silence. Tard dans l'après-midi, il a enfin vibré – ce n'était pas un appel, mais un simple message. Elle me remerciait pour les fleurs, sans mentionner la lettre. J'ai compris alors que tout était fini entre nous.

Dans la première partie du film, la Manic Pixie Dream Girl sauve l'homme des trous noirs de la vie, mais les rôles s'inversent à la fin, et au bout du compte, c'est son amour à lui qui sauve la belle. Au-delà du côté cool et excitant, c'est là le véritable cadeau de la Manic Pixie Dream Girl, car réparer quelque chose, et à plus forte raison quelqu'un, voilà par-dessus tout ce qui donne à un homme le sentiment d'avoir de la valeur.

En lui écrivant que mon amour ne pouvait guérir sa dépression, en réalité, je mentais. Je pensais que ma dévotion pouvait venir à bout de tout, y compris de sa dépression. Cette lettre était mon coup de maître, l'acte qui sauve la relation et la fille. Comme lorsque Lloyd Dobler tient son ghetto-blaster au-dessus de sa tête, dans *Un monde pour nous*, et diffuse « In Your Eyes ».

Dans le film, ce geste romantique fait mouche, mais dans la vraie vie, j'avais fait un flop. C'était comme si Diane Court était venue à la fenêtre, mais pour la refermer afin de mieux se rendormir. Je lui avais donné mon cœur ; elle me remerciait pour un bouquet à 12,99 dollars.

La magie des films n'est pas liée au fait qu'il s'y passe des choses incroyables. Des choses incroyables surviennent en effet aussi dans la vraie vie. Non, ce qui rend les films magiques, c'est qu'ils se terminent juste après que le truc incroyable s'est produit. Ils s'arrêtent à la fin de la guerre, après que l'équipe a gagné son match, que le garçon a embrassé la fille. Mais dans la réalité, la vie continue, et le garçon peut se faire plaquer par la fille un peu plus tard. Un simple « Et ils vécurent toujours heureux » serait bien trop ennuyeux pour une Manic Pixie Dream Girl.

Elle m'a quitté peu après mon week-end de camping. Inutile de faire des efforts pour sauver notre histoire ; plus du tout à fond dedans, elle était complètement partie ailleurs. Il m'est apparu qu'en définitive, mon amour ne pouvait la guérir – pire : elle ne voulait pas être guérie. Or, ce besoin d'être guérie est la caractéristique principale qui définit la Manic Pixie Dream Girl : comment pouvait-elle l'ignorer ?

Eh bien, tout simplement parce qu'elle n'était pas une Manic Pixie Dream Girl. Elle n'était ni un personnage, ni un accessoire dans mon histoire personnelle, pas plus qu'une femme blessée, plongée dans un profond désespoir, que moi seul pouvais sauver en devenant son héros. C'était juste une fille qui n'aimait plus son mec. Ça arrive. Ça ferait un très mauvais film, mais ça arrive.

Notre relation s'est donc terminée sans que le générique de fin défile sur le portrait glacé de notre éternel bonheur, mais dans les larmes et le partage des biens. (J'ai gardé les chaises de la salle à manger ; elle, les vieilles machines à écrire.) Il m'a fallu un moment, mais j'ai fini par rencontrer une autre fille.

Cette fois-ci, j'essaie de faire de notre relation une histoire originale, plutôt que d'en voler le scénario au cinéma.

Matteson Perry est écrivain et artiste et vit à Los Angeles avec sa femme, l'« autre fille » citée à la fin de son témoignage, paru en juillet 2013.

Je me sentais conquérante et sexy, enfin

MINDY HUNG

Je suis une fille pragmatique qui fait tout comme il faut. Je mange des légumes, je me couche tôt. En fait, à trente et un ans, je ne suis pas seulement exigeante, je suis carrément pénible – et je déteste ça.

Récemment, pour essayer de me réinventer, je suis entrée en contact avec Tom sur un site de rencontres en ligne. Il fallait que ça change. Et c'est moi qui devais changer. Les soirs où je suis libre, j'ai tendance à me rendre dans une librairie plutôt que dans un bar. Je marche tête baissée, en regardant par terre. Pourtant je suis loin d'être un ermite : j'ai beaucoup d'amis, je pars seule en vacances en Europe (en ayant bien sûr tout programmé à l'avance), et mes week-ends sont remplis de brunches et de spectacles. Malheureusement, ma vie amoureuse est au mieux tiède, et en général plombée par ma prudence et ma timidité.

Mes amis m'ont poussée vers les sites de rencontres en ligne, et au début, je me suis montrée méfiante ; cependant j'ai très vite compris que c'était pour moi le moyen idéal. Je pouvais être extravertie sans faire d'effort. Et soudain, le succès a été au rendez-vous : je plaisais à toutes sortes d'hommes, d'Hawaï jusqu'en Virginie. Des musiciens, des marathoniens, des militaires, des traders, un type qui prétendait posséder cinq montres « Rolix », un dentiste d'Hollywood... tous ces hommes et bien d'autres m'écrivaient en professant leur intérêt pour ma personne. Toute cette attention me donnait de l'assurance – je me montrais bravache. Ils ne savaient rien de ma nature anxieuse et agitée. Ils me trouvaient cool. Et peut-être l'étais-je, en effet.

Au départ, le profil de Tom n'avait rien de remarquable : il aimait l'Australie, les draps frais et le jus d'orange. Mais à mi-chemin de notre échange, il m'a conquise en admettant qu'il avait effacé un demi-paragraphe, car il craignait de reproduire les messages incohérents et interminables qu'il laissait parfois sur les répondeurs de ses amis.

J'ai considéré cette confession humble et abrupte, et je l'ai parfaitement comprise. Mieux : je savais exactement quoi lui répondre. «Vous avez l'air très doué pour dire de charmantes bêtises pleines d'autodérision, ai-je répondu pour le titiller dans mon premier message. Est-ce que vous rougissez et bégayez aussi ?» Je lui ai donné mon numéro de téléphone, bien qu'il ne l'ait pas sollicité.

Quelques jours plus tard, il a appelé, et au fil de la conversation, je me suis surprise moi-même en lui proposant un rendez-vous. J'ai choisi l'heure (samedi, quinze heures), et l'endroit (le salon de thé *Cha-An* sur la 9e Rue Est). Je lui ai expliqué quel train prendre, dans quelle direction se diriger en sortant de la gare, et où me retrouver au cas où il se mette à pleuvoir. J'essayais de paraître nonchalante tout en exerçant une parfaite maîtrise sur les choses, comme si j'avais l'habitude de fixer des rencards à des hommes.

Pour notre rendez-vous, je portais une jupe en soie, un chemisier décolleté, et j'avais apporté un sac à dos, car le soir je partais pour le Connecticut, où je devais aller faire du kayak le lendemain. Je me sentais conquérante et sexy, même à mes propres yeux.

À l'approche du salon de thé, j'ai aperçu Tom qui attendait dehors – j'ai reconnu ses longs cils et son sourire avenant, comme sur les photos. Mais dans la réalité, il semblait beaucoup plus confiant, ce qui m'a déconcertée. Il ne rougissait pas, ni ne bégayait. Et il était audacieux de bien d'autres façons: il m'a raconté qu'un jour, il avait quitté son emploi pour devenir joueur professionnel. Quand j'ai évoqué ma sortie kayak du lendemain, il m'a expliqué comment transformer mes vêtements en bouées au cas où mon kayak se renverserait.

Pendant trois heures, j'ai conservé mon assurance, je suis restée cool, et pas pénible pour un sou. Mon seul faux pas s'est produit lorsqu'il s'est soudain arrêté pour me dire: «Tu as deux très jolies fossettes.» Pause. «Et maintenant, tu rougis.»

Je m'en suis remise, et j'ai tenu bon jusqu'à la fin du rendez-vous. Hélas, les dégâts étaient faits, et je n'ai pu maintenir ma posture – ou ma pose – très longtemps. Pire, au lieu de rester cool, aventurière, avec cette optique «on verra bien ce qui se passe», je me suis aussitôt mise à fantasmer sur notre avenir, tous les deux: Tom et moi jouant au Frisbee dans le parc, Tom et moi partageant un cupcake au glaçage chocolat, Tom et moi courant le long des bords de l'Hudson. Je lui flanquerais une tape sur les fesses avant de détaler en riant aux éclats.

Au deuxième rendez-vous, j'ai décidé de renoncer à mon attitude insouciante et légère. J'allais lui sortir le grand jeu. Je battrais des cils, lui caresserais le poignet, je l'ensorcellerais.

Nous avions décidé de nous retrouver sur Curry Hill pour manger indien. Je lui ai apporté deux barres chocolatées Aero, car il m'avait confié qu'il adorait les friandises britanniques. Son regard s'est illuminé quand je les ai sorties.

– Tu es peut-être bien la femme idéale pour moi, a-t-il dit.

Enfin, peut-être. Parce qu'il s'est mis à me parler de Nicole Kidman et d'autres blondes qui le faisaient craquer. Je me suis concentrée pour lui faire l'œil de velours et hocher ma tête, décidément pas blonde.

J'étais trop concentrée sur l'image de moi-même que je voulais donner pour me rendre compte que je me comportais comme une imbécile. Si j'avais réfléchi un peu, j'aurais remarqué que tous les clignotants étaient au rouge: tous ces propos sur ses ex, ses plaintes à propos des femmes horribles qu'on rencontrait sur les sites en ligne… Tom ne s'intéressait pas à moi – enfin, pas vraiment.

Après le dîner, je l'ai invité chez moi, où je lui ai préparé du thé. Il s'est étendu sur le canapé, les pieds sur la table basse. Je me suis installée tout près de lui. Il s'est écarté. Il était nerveux, disait-il. Les femmes étaient imprévisibles. Il voulait être honnête :

– Je te trouve attirante, mais je n'envisage pas les choses sur le long terme entre nous.

Puis il m'a lancé un regard oblique en disant :

– Mais je ne serais pas contre une aventure.

J'étais sonnée. La fille audacieuse en moi aurait pu lui demander ce qui l'autorisait à se décider aussi vite. Mais j'étais loin d'être une guerrière intrépide.

À la place, je me suis effondrée sur le canapé. J'en voulais plus : je m'étais comportée comme une gentille écervelée toute la soirée pour en avoir davantage. J'avais grillé toutes mes cartouches.

Tom paraissait un peu tristounet, pourtant il m'a guidée jusqu'à la chambre, où il m'a allongée sur le lit en passant les bras autour de moi.

– Je me sens vraiment très con, a-t-il dit en me caressant le ventre. On pourrait être juste amis. On n'est pas obligés d'avoir une aventure.

J'ai cligné des yeux deux fois, et je me suis redressée sur un coude.

– Si, j'en ai envie, ai-je dit d'un ton sans réplique, mais je ne vois pas comment on pourrait être amis. Le sexe gâcherait tout.

Nous nous sommes tus. C'était une réflexion tout à fait originale de ma part. Et c'était aussi assez fou. Tom s'est mis à rire. Pour la première fois de la soirée, il m'a regardée avec une pointe d'admiration.

– Tu m'as piqué ma réplique.

J'avais de nouveau les cartes en main. Après un geste audacieux, j'avais retrouvé le contrôle de mon cerveau et mon estime de moi-même – du moins, c'est ce que je croyais. Nous avons débattu encore un peu de tout cela et décidé que j'allais y réfléchir. J'ai raccompagné Tom jusqu'au métro, et en nous séparant, je lui ai dit que je l'appellerais. Il a répondu que c'était mieux ainsi, et il m'a embrassée sur le front.

Le lendemain matin, je me suis levée et je suis allée courir six kilomètres. Puis je me suis remise au lit, recroquevillée, en position fœtale.

Je pouvais continuer à être une aventurière, ai-je raisonné bien en sécurité sous ma couette. J'ai songé aux yeux de Tom, me regardant sous ses longs cils. Plus j'y pensais, plus l'idée d'une aventure me plaisait : ma libido était en pleine forme, j'avais devant moi un an de contraceptifs, et plusieurs parures de lit. Si je parvenais à surmonter la déception que j'avais éprouvée en découvrant qu'il n'envisageait pas une relation durable avec moi, au moins pourrais-je m'amuser. Peu importait que j'aie passé la journée au lit à ruminer en pensant à un garçon d'une façon qui n'était pas du tout détachée et pas du tout amusante.

Je lui ai envoyé un message :

> « Bon, j'ai réfléchi. Une aventure, c'est bien. En revanche, j'ai des doutes sur l'amitié. Je ne suis pas sûre que je t'apprécie tant que ça, en fait. En plus, même si ce concept m'est familier en général, je ne vois pas trop comment cette amitié pourrait se concrétiser en vrai. Qu'est-ce qu'on ferait ? Jouer à se lancer des balles au parc ? Aller ensemble à la manucure ? Enfin bon, Barbara Ehrenreich fait une lecture chez Barnes & Noble à Union Square mercredi à 19 h. Ça te dit ? »

Je me suis relue. C'était simple. On y sentait bien poindre un soupçon de colère, mais j'apparaissais détachée, franche, spirituelle, intelligente.

En réalité, bien sûr, c'était très confus.

> «Je ne sais pas quoi penser de ton message, a répondu Tom. Si tu n'es pas sûre de m'apprécier tant que ça, pourquoi veux-tu continuer à me voir ? Ça ne me plaît pas tellement que tu ne m'apprécies pas tant que ça ! »

Bon, peut-être en effet ne ressemblais-je pas à l'aventurière prête à tout que je souhaite incarner. Peut-être donnais-je l'impression de n'être qu'une folle flippante et remplie d'amertume.

Je vais régler le problème, ai-je pensé en me frottant les mains. Toutefois je n'étais pas certaine de ce que je voulais sauver : l'aventure potentielle ? Ou l'amitié potentielle ?

J'ai entamé une réponse. Je lui ai expliqué qu'il m'attirait, mais que je ne pouvais tomber amoureuse de lui. Je devais rester sur mon quant-à-soi pour ne pas souffrir. Bien sûr qu'il comprendrait. « J'aimerais voir ce qui sortira de cette expérience, ai-je écrit en guise de conclusion. La question est : qu'en est-il pour toi ? » Je me suis re-relue : c'était un message sincère, empreint de vulnérabilité et de réalisme, sans grosse faute d'orthographe. J'ai cliqué sur « Envoi ».

Cette fois, il ne m'a pas fallu plus de deux heures pour comprendre que je venais à nouveau de me ridiculiser. Je n'étais pas une exploratrice téméraire naviguant dans l'océan de l'amour. J'étais toujours la même fille timide, qui essayait juste de se préserver davantage de la déception.

Tom ne m'a jamais répondu.

Mon ami Dwight dit que ce genre de stupidités naît de la collision entre deux visions claires et opposées. En cela, il désigne le plan cul de Tom, qui s'opposait à ma vision rose bonbon de l'avenir à deux. Dwight est marié. Il sait être objectif. Il dit que mes réponses idiotes n'étaient que la réaction naturelle à une proposition injuste.

Je ne sais pas. Peut-être que mes attentes étaient aussi déraisonnables que celles de Tom. Après un rendez-vous et un appel téléphonique, j'avais envisagé un avenir d'étés sans fin :

pelouses vertes, cupcakes, Tom courant en compagnie d'une autre version de moi, audacieuse et souriante. La seule chose encore plus fausse que la présence de Tom dans mon rêve idyllique, c'était cette vision de moi, courageuse et insouciante, courant à ses côtés.

Mindy Hung vit à New York où elle écrit des romans sentimentaux sous le pseudonyme de Ruby Lang. Son dernier roman paru s'intitule Playing House. *Cette chronique a été publiée en novembre 2015.*

À l'hôpital, une illumination

BRIAN GITTIS

Il n'y a pas de bon moment pour tomber d'un canapé, atterrir sur un verre de martini, se sectionner une grosse artère et voir jaillir une dangereuse quantité de sang, mais quand ça se produit au beau milieu d'un rendez-vous galant prometteur, alors là, on atteint des sommets. Rien n'est plus efficace pour briser le sortilège mystérieux de la séduction qu'un grand jet de sang.

J'en ai eu la confirmation au printemps dernier, lors de mon quatrième rendez-vous avec une Brésilienne si belle qu'elle me faisait presque peur. Après avoir dîné dans un restaurant italien familial, nous sommes allés jusqu'à l'appartement que je venais de louer à Brooklyn. Comme c'était la première fois que je vivais seul, sans colocataire, je voulais profiter de cette intimité nouvelle. Et tout se passait très bien. Il y avait quelque chose de romantique à boire dans de beaux verres dans une pièce pas encore meublée, remplie de cartons pleins. Sur la chaîne, « In a Silent Way » de Miles Davis.

J'étais stupéfait d'être arrivé aussi loin avec elle. Déjà mes amis ne supportaient plus de m'entendre leur dire que ça n'avait aucun sens qu'une femme aussi magnifique, âgée d'une vingtaine d'années, parlant quatre langues et qui avait vécu sur trois continents ait envie de passer ses samedis avec moi, un rat de bibliothèque de trente et un ans originaire de Pittsburgh.

À chaque nouveau rendez-vous, j'avais l'impression d'être entré clandestinement dans un club très fermé, et à la fin de la nuit, j'avais toujours peur d'être découvert et jeté dehors. Évidemment, si on multiplie les rencontres, c'est bien pour essayer de trouver LA personne fabuleuse, sauf que dans mon cas personnel, cela provoque en moi un tel stress que c'est à peine si j'en profite.

Ce genre de choses est typique chez moi. Je prends des anxiolytiques depuis environ dix ans, et quand je sors avec une fille, je passe mon temps à me demander: «Ai-je dit ce qu'il ne fallait pas dire? Ai-je l'air nerveux? Est-ce que le fait d'être obnubilé par l'idée d'être nerveux me donne l'air encore plus nerveux?»

On se pose souvent ce type de questions lorsqu'on rencontre de nouvelles personnes, mais moi, cela me paralysait. La part de mon cerveau qui reste disponible pour vivre pleinement le moment présent est désespérément rétrécie. Même si tout se passe bien, je ne l'apprécie que plus tard, et à distance, comme si c'était arrivé à quelqu'un d'autre – cela revient à sortir avec une fille à la troisième personne.

Jusqu'ici, je m'en étais bien tiré avec cette femme parce que j'avais réussi à ignorer la réalité de la chose, ce qui a eu pour conséquence, visiblement, de me faire ignorer aussi l'espace qui m'entourait. Elle s'est arrachée à mon étreinte sur le canapé pour aller aux toilettes: c'est là que j'ai glissé, tombant sur le verre qu'elle avait posé par terre, qui m'a tranché le dessous du bras. J'ai regardé, et j'ai découvert mon triceps exposé, et plus de sang que je n'en avais jamais vu. La plaie atteignait presque l'os.

Dans mon cas, ce n'était pas la première fois qu'un rendez-vous galant se terminait aux urgences. J'ai, semble-t-il, un don pour ça. À l'université, un jour, ma copine de l'époque avait servi du poulet pas assez cuit, et je m'étais retrouvé avec des hallucinations et une fièvre à 40 °C. Des années plus tard, en voulant préparer un petit déjeuner pour une autre femme, je m'étais brûlé au deuxième degré en mettant le feu à une serviette en papier. Mais cette fois, en raison de la gravité de la blessure, du moment inopportun où c'était arrivé, et du fait que j'étais entièrement nu, on ne jouait plus dans la même cour.

Dans l'ambulance, le personnel médical m'a maintenu le bras tout en me posant des questions qui menaçaient de mettre à mal la façade de compagnon acceptable que j'avais endossée aux yeux de cette jeune femme si accomplie.

– Quel âge avez-vous? m'a-t-on demandé, ce qui a soudain souligné notre différence – dont nous n'avions pas parlé. Prenez-vous des médicaments?

– Des antidépresseurs et du clonazépam, ai-je répondu avec réticence.

Puis, l'interrogeant, elle:

– C'est votre petit ami? Un ami?

Long silence.

– Petit ami, a-t-elle répondu avec une certaine gêne – puis, un instant plus tard: Un ami.

J'avais beau être dans une ambulance qui m'emmenait directement vers la table d'opération, ça m'a fait mal.

Pour le plus grand divertissement du personnel de nuit de l'hôpital, j'étais toujours à moitié nu à mon arrivée. Ma compagne avait réussi à m'enfiler un pantalon en attendant l'ambulance, mais comme je ne pouvais lâcher mon bras, ma chemise n'était qu'à moitié passée. Me retrouver ainsi sur un brancard pour aller en salle d'opération, avec à mes côtés cette femme dans sa robe sexy, annonçait à tout le monde dans quelles circonstances je m'étais blessé.

L'heure qui a suivi a été un mélange chaotique de radios, de questions auxquelles j'essayais de répondre sans paniquer (pourquoi est-ce qu'ils veulent savoir à quelle Église j'appartiens?), et de médecins écarquillant les yeux en découvrant ma blessure.

Quand j'ai demandé «Je ne vais pas perdre mon bras?», on m'a fait cette réponse troublante: «Je ne pense pas.» Un chirurgien brusque au regard impitoyable a exploré ma plaie tout en marmonnant ses commentaires à un groupe d'internes. Je n'ai pas tout entendu mais « sept centimètres » et « artère » ont bel et bien résonné à mes oreilles.

Ensuite, le moment le plus humiliant. Peu avant l'opération, ma compagne a vu l'infirmière retirer mon jean ensanglanté de mon corps blanchâtre sous les néons, pour m'enfiler une chemise d'hôpital en papier. Je m'imaginais une semaine plus tard, dînant en tête à tête avec elle, cette image peu flatteuse suspendue entre nous, tandis que je montrais sur la carte au serveur ce que je voulais.

Je me suis réveillé dans le brouillard. Mon bras et ma compagne étaient toujours là. L'opération s'était bien passée, mais le protocole voulait que je reste en salle de réveil pendant six heures. Au premier abord, demeurer seul pendant six heures avec une femme sans lumière tamisée, sans alcool, sans film à regarder, ni rien à grignoter, et sans issue de secours au cas où cela virerait à l'aigre entre nous m'a paru terriblement long.

Chez certaines personnes, l'anxiété éclate avec violence, comme un orage électrique. Chez moi, elle s'infiltre peu à peu, de manière insidieuse, tel un brouillard de plus en plus dense. Soudain, ce brouillard se solidifie et me fige dans une sensation effrayante, semblable à un cauchemar, ce que mon psy appelle « déréalisation ». Je me ferme alors tout à fait et je n'arrive plus à fonctionner normalement, ainsi qu'on se le doit en société.

Ce moment d'attente en salle de réveil aurait dû voir le brouillard peu à peu m'envelopper, mais j'ignore pourquoi, cela ne s'est pas produit. Je ne saurai jamais si mon calme était psychologique (un cocktail d'adrénaline, de morphine et de parfait soulagement) ou physiologique ; après toutes ces heures d'embarras et de peur, j'étais tout bonnement éreinté.

Quelle qu'en soit la raison, je me sentais bien. L'esprit clair, pas encombré. Ma compagne me regardait dans les yeux, avec une tendresse qui m'enivrait. À croire que nous avions effectué un bond en avant de plusieurs années, et que l'angoisse et le jeu des premiers rendez-vous n'étaient plus qu'un lointain souvenir bizarre. *C'est ça*, ai-je pensé, *être avec une femme*. Nous n'avions changé ni l'un ni l'autre, mais l'univers n'était plus le même.

Ces six heures ont été magnifiques. Nous avons échangé des anecdotes sur l'hôpital et des plaisanteries sans fin sur les verres de martini. Nous avons discuté de livres, de nos familles. Échafaudé une idée de scénario absurde : un film d'horreur qui se déroulerait dans un hôpital. Je parlais et riais, et tissais des liens sans la moindre difficulté avec la femme la plus belle que j'avais jamais vue, et dont j'étais en train de tomber amoureux.

Quand enfin on m'a laissé sortir, le retour en taxi vers mon quartier en milieu de matinée s'est avéré une sorte de rêve éveillé. Nous avons mangé des sandwiches à l'œuf dans le parc, puis nous sommes rentrés et nous avons trouvé mon salon éclaboussé de sang. Je me sentais pareil à un fantôme retournant sur la scène de son propre assassinat.

Tandis que nous passions la serpillière pour effacer les traces de pas maculées de sang, entourés de lingettes roses froissées, j'ai pensé : « Soit tu ne reverras jamais cette femme, soit vous allez rester ensemble longtemps. »

Les choses ne se sont pas passées ainsi. J'aimerais pouvoir dire que tout s'est terminé dans un feu d'artifice, que mon anxiété s'est dissipée, et que nous nous sommes lancés dans une relation durable. La réalité est tout autre : elle m'a quitté un mois après. Non pas parce qu'elle m'avait trouvé répugnant dans la lumière crue des néons de l'hôpital, mais pour une raison beaucoup plus conventionnelle : son ex lui manquait.

Parfois, quand un homme aime vraiment une femme, il se fait faire un tatouage sur le bras. Moi, j'ai cette grosse cicatrice. De temps à autre, quand je passe le doigt dessus (un nouveau tic nerveux), ces six belles heures aux urgences me reviennent en mémoire, et je me souviens combien je suis proche d'une réalité alternative dans laquelle je suis heureux, une réalité parallèle à celle-ci, et qui pourtant s'en distingue. Et même si cette réalité est difficile à trouver, elle est autant à ma portée que l'air sur mon visage.

Brian Gittis travaille dans l'édition et vit dans le New Jersey avec sa femme et son fils. Ce témoignage a été publié en octobre 2014.

Les cinq étapes du deuil à l'ère du *ghosting*

RACHEL FIELDS

À six heures et demie du matin, je me préparais à partir travailler et me séchais les cheveux au séchoir tout en essayant d'accepter l'échec d'une relation entamée deux semaines plus tôt. La goutte d'eau qui avait fait déborder le vase, c'est que la veille, à vingt-deux heures, je lui avais écrit un vague sexto et qu'il ne m'avait pas répondu.

Ce matin s'était transformé en passage rapide mais turbulent par les cinq étapes du deuil.

Premièrement : le déni. Il était tout à fait possible qu'il n'ait pas vu mon message. Il était peut-être profondément endormi. À moins qu'il n'ait fait choir son téléphone dans les toilettes. Ou encore qu'il ne soit mort ! Toutes ces options étaient réconfortantes.

Et puis il n'était pas très SMS, aussi l'absence de réponse ne reflétait-elle pas forcément sa perplexité vis-à-vis de mon étrange message. Il était tout à fait normal pour quelqu'un qui n'était pas adepte de la chose de lire un SMS sans y répondre. On le voyait, on trouvait ça charmant (ou pas), mais on ne jugeait pas nécessaire de répondre. Totalement normal.

Et d'ailleurs, mon message était-il si bizarre que ça ? Après un rendez-vous galant où l'on s'était aventurés jusqu'à un certain stade d'intimité physique sur un banc, dans un recoin protégé des regards, au fond d'un parc, n'était-il pas naturel d'envoyer un message à l'érotisme voilé quelques jours plus tard ?

J'ai rallumé mon portable pour me rappeler exactement ce que j'avais écrit. Il était précisément vingt-deux heures deux : « Je n'arrête pas de penser à ce que j'appelle à présent le "moment sur le banc". »

Bon, d'accord, ce n'était pas très clair. Au bout de mon troisième verre de vin, je m'étais crue provocante, mais hélas cela n'avait eu à peu près aucun effet. Il n'apparaissait même pas de manière évidente que ce moment m'avait plu. Était-il possible que je lui aie semblé traumatisée ? S'imaginait-il que je l'accusais de quelque chose ?

Non, c'était ridicule. Il avait sûrement vu mon message, souri, s'était senti émoustillé dans la mesure où un sexto aussi vague pouvait avoir un tel effet pour lui, et s'était endormi en rêvant de moi.

Mais quand même, n'était-ce pas impoli de recevoir un message d'une femme avec laquelle on sortait depuis deux semaines et de ne pas y répondre ? Était-ce donc si difficile que ça d'envoyer un smiley qui rougit, ou un simple mot ? Il n'était même pas obligé de répondre par une allusion érotique (même si cela aurait été apprécié). Il aurait pu tout simplement écrire : « Cool. »

(Je n'ai rien dit. « Cool », ça aurait été pire. S'il avait répondu ça, il ne me resterait plus qu'à me jeter dans l'océan.)

Je me fichais qu'il ne soit pas du genre à répondre aux SMS – d'ailleurs, qu'est-ce que ça veut dire de nos jours ? Quand on est un jeune citadin d'une vingtaine d'années qui travaille et qu'on ne répond pas aux messages, on ne peut pas avoir d'amis. Pour que les relations sociales puissent exister en 2015, les gens doivent savoir qu'ils peuvent vous écrire « Waouh, j'adooore les huîtres ! » à quatorze heures quinze un vendredi et recevoir une réponse quinze minutes plus tard.

Bien sûr, l'enjeu aurait été ridicule s'il n'avait pas répondu à l'hypothétique SMS du vendredi après-midi. Mais là, c'était le premier message un peu érotique que je lui adressais depuis notre premier contact physique. En ne répondant pas, il avait en fait crié à l'univers : «Tu es bien trop ouvertement entreprenante, beaucoup trop obsédée, et cela me répugne profondément.»

Toutefois, soyons honnêtes, si jamais il se sentait offensé, alors je n'avais plus du tout envie de le revoir. On ne peut s'adonner à ce genre de câlins et ensuite s'offusquer que votre partenaire vous envoie un message légèrement (légèrement !) érotique !

Peut-être que si je ne consultais pas mon téléphone pendant les cinq minutes qui suivaient, il me répondrait. Oui, c'était ça la solution. J'allais me sécher les cheveux en femme indépendante, pragmatique et pleine d'assurance. Je penserais à mon travail, à mes amis et je me demanderais si je devais prendre rendez-vous pour... Non mais attendez, sérieusement, il n'avait toujours pas répondu ?

J'ai retourné mon téléphone, écran caché, et je l'ai mis en mode muet. Il m'était donc impossible de voir s'il répondait, et je pouvais reprendre le cours de ma vie. J'étais célibataire, puissante, prête à tout.

Non, ça ne fonctionnerait pas. Si la sonnerie était éteinte et le téléphone retourné, je ne saurais même pas s'il répondait. La meilleure solution, c'était de garder l'écran sous les yeux, mais en mode muet : de cette manière, je le verrais s'allumer si un message arrivait – mais je ne serais pas dérangée par la sonnerie. Celle-ci était désagréable et, de toute façon, je me séchais les cheveux, donc je ne l'entendrais pas.

Deux minutes plus tard : toujours pas de réponse.

J'ai commencé à réfléchir à ma vie, à ce qu'on pouvait en penser, vue de l'extérieur. Deux jours plus tôt, au jardin botanique de Chicago, nous observions lui et moi un arum titan dont la fleur devait s'ouvrir ce soir-là – hélas, ce fut peine perdue.

– On dirait une plante en plastique, avait-il dit. Tout droit sortie d'un film des années 1930 dépeignant une jungle préhistorique. Comment savoir si c'est une vraie ?

J'avais éclaté de rire.

– Peut-être que c'est une ruse pour attirer les visiteurs et que c'est une fausse, en effet. Qui s'en apercevrait ?

Le calme régnait dans la salle. C'était presque le crépuscule et un violent orage avait découragé la majorité des gens de venir. Le bonheur m'a envahie, la joie tranquille que j'éprouvais à me trouver là dans l'ombre, face à une plante haute d'un mètre quatre-vingts, n'osant même pas parler à haute voix.

– Et si elle s'épanouissait maintenant, et que nous soyons les seuls témoins ?

Cette idée m'a fait frissonner. Tandis que la pluie battait les murs extérieurs, je n'avais qu'une envie : voir cet arum titan s'ouvrir pour nous seuls.

Un gardien a brisé mon fantasme. Il a jeté un coup d'œil dans la salle et nous a lancé un regard noir.

– On ferme ! a-t-il glapi. Vous auriez été bouclés là toute la nuit.

– Désolée, ai-je répondu – et nous l'avons suivi en réprimant un fou rire.

Oui, je trouvais que la soirée s'était bien passée. Quand nous nous sommes quittés sur le quai, j'étais sûre qu'on se reverrait. C'était un peu tôt pour éprouver un tel sentiment de confiance, certes, mais dans le gai brouillard des quatre heures passées ensemble, je nous avais déjà vus marchant main dans la main dans une rue de Chicago. Il me semblait que je lui plaisais vraiment.

Cependant, en observant mon appartement – la serviette encore sur le lit, la lampe de chez Walmart achetée pendant mes études dans un coin – j'ai commencé à réfléchir. Je suis désordonnée, paresseuse et certes gentille, mais quand je veux. D'autres femmes ont des draps blancs, immaculés, et des petites coupelles remplies de galets décoratifs. D'autres cultivent les orchidées. D'autres encore font du yoga.

Je me suis dit que nous avions toutes des défauts, mais je doutais que ceux des autres soient aussi terribles que les miens. Par le passé, j'avais déjà interrogé mes amies sur ce qu'elles pensaient être leurs défauts, mais leurs réponses s'étaient avérées sans intérêt : elles se sentaient parfois frustrées, ou bien elles travaillaient trop. À la fin, je ne pouvais m'empêcher de conclure : « Mais c'est rien, ce n'est pas un défaut, ça », et je partais en claquant la porte.

Elles ne répondaient pas ce que j'avais envie d'entendre. Que, au fond d'elles-mêmes, elles n'étaient pas sûres d'être dignes d'amour. Qu'elles se sentaient tellement irresponsables qu'elles ne pouvaient s'imaginer devenir mères. Elles ne répondaient pas qu'elles désiraient à tout prix attirer l'attention mais avaient du mal à s'intéresser aux autres. Elles ne disaient pas combien elles pouvaient être cruelles.

Voilà sans doute les défauts que cet homme avait vus en moi.

En changeant le sèche-cheveux de côté, j'ai pris quelques inspirations profondes. Et s'il avait bel et bien vu mes défauts et pris la décision de ne pas me répondre ? S'il avait vu qui j'étais vraiment et ne m'apprécie pas ? J'ai essayé de dépasser ma réaction immédiate (*s'il ne m'aime pas, alors personne ne m'aimera et je ne suis pas digne d'être aimée*), pour vraiment réfléchir à la question.

S'il n'avait pas répondu parce qu'il ne m'appréciait pas, était-ce si mal que ça ? Une relation ne devrait pas se construire sur une version aseptisée de soi que l'on exhibe devant l'autre, dans l'intention de lui envoyer votre vraie personnalité en pleine figure un peu plus tard.

Peut-être avait-il deviné qui j'étais vraiment et décidé que je ne lui correspondais pas. Il y a beaucoup de choses qui me déplaisent : le jogging, les films d'action, les chiens. Rien de tout ça n'est mauvais du simple fait que ça ne me plaît pas.

En outre, s'il ne m'appréciait pas, que ferais-je avec lui ? Je voulais bâtir une relation avec un homme qui me trouve merveilleuse. Désordonnée, d'accord. Susceptible de laisser traîner sa serviette mouillée sur son lit, certes. Incapable de gérer son argent, en effet. Mais néanmoins merveilleuse.

Peut-être éprouvait-il des doutes et avait-il compris ce que d'autres mettent des années à réaliser : que ces doutes peuvent grandir, se ramifier, s'étendre jusqu'à étouffer vos sentiments. C'est ainsi que, cinq ans plus tard, on se retrouve à dîner en tête à tête, et qu'on ne peut s'empêcher de penser : « Quelque chose ne va pas. » Mais alors, il est trop tard.

Mieux valait découvrir tout de suite le pot aux roses et tirer gracieusement sa révérence, nous épargnant ainsi des années d'indécision, de ressentiment et de désespoir.

Peut-être qu'en laissant mon message sans réponse, il m'avait rendu ma liberté.

J'ai posé le sèche-cheveux et j'ai regardé l'heure : sept heures et quart. Dehors, le vent agitait les feuilles des arbres et la circulation se faisait de plus en plus dense.

Après tout, on n'avait qu'une vie, alors pas question de gaspiller son temps avec des gens qui n'en valaient pas la peine.

C'est à cet instant qu'il m'a répondu.

Rachel Fields est rédactrice dans le marketing à Madison, Wisconsin. Ce témoignage est paru en novembre 2015.

Le malheur aussi aime le poulet frit

MARK MCDEVITT

Nate a été mon pote post-rupture. C'est un ami commun qui nous a présentés au *Scruffy Murphy*, un pub irlandais, car il pensait qu'on s'entendrait bien. Et en effet, Nate m'a tout de suite plu. Avec sa coupe en brosse et son visage expressif, il semblait appartenir à une autre génération. Il était facile de l'imaginer dans un film de guerre des années 1950, hurlant des répliques comme : « Eh, sergent ! Par ici. Il est au fond d'un trou ! », ou « Ils m'ont eu, m'man ! Je me vide de mon sang ! ».

Ce soir-là on a traîné ensemble, on était venus soutenir un groupe de rock local qu'on aimait bien. Mais quand notre ami commun a quitté la Floride pour Boston et que Nate a commencé à fréquenter une fille, notre amitié en est restée là.

Moi aussi, à l'époque, j'étais en couple. Cela faisait plus de deux ans, et nous commencions même à parler mariage, ce qui nous excitait et nous terrifiait à la fois. Nous approchions de nos trente ans, aussi cela nous paraissait-il être la suite logique à donner. Et puis de manière soudaine, tout s'est effondré, ce qui m'a laissé dans un véritable état de sidération et de colère.

C'est peu de temps après que je suis tombé à nouveau sur Nate par hasard. D'abord, je ne l'ai pas reconnu. Au cours de cette année où je ne l'avais pas revu, il avait pris pas loin de dix kilos et s'était laissé pousser une barbe broussailleuse.

Disparus, le visage expressif et les blagues en série. À son regard vide et son air ahuri, j'ai compris que sa relation à lui aussi s'était mal terminée. Par conséquent, il n'était guère étonnant que nous nous soyons rencontrés à la librairie Barnes & Noble, au rayon « Développement personnel ».

Cette fois, la connexion entre nous a été instantanée et absolue, tels deux naufragés qui se retrouvent ensemble sur un radeau de survie. Je n'étais certes pas un modèle à suivre, mais j'avais tout de même plusieurs mois d'avance sur Nate. Quelques semaines à peine après sa rupture, le monde était pour lui un champ de mines parsemé d'associations incessantes avec des moments passés : une bouffée de jasmin soudaine, un jingle de radio innocent, tout était susceptible de déclencher chez lui une crise de larmes ou de fou rire incontrôlable.

Au cours des deux mois suivants, notre amitié s'est épanouie. Nous avons échangé nos recettes préférées de chili et des disques de Patsy Cline. Nous nous passions nos livres de développement personnel, que nous renommions *Les hommes viennent de Mars, les femmes sont dans la lune* et *La Fin de la cohabitation*. J'ai donné à Nate mon édition collector de DVD des Three Stooges ; il m'a offert un cactus.

– Ce petit con à épines est un vrai dur à cuire, m'a-t-il expliqué. Comme toi et moi. Pour l'instant, c'est la traversée du désert, mais moi, je vais te dire un truc, mec : on va s'en sortir.

Avec le temps, notre colère et notre désespoir ont laissé place à la confusion. Que s'était-il passé au juste ? À quel moment avions-nous fait fausse route ?

Telle une équipe d'enquêteurs d'élite du FAA, nous parcourions la zone du crash de nos désastres respectifs à la recherche d'indices. Nous repassions sans cesse les détails et la chronologie. Mais ce qui avait causé l'explosion en plein vol du couple de Nate demeurait pour nous aussi mystérieux que ce qui avait fait sombrer ma propre histoire dans les Everglades, tel un Jumbo Jet aux ailes tronçonnées.

Notre futile quête de réponses ne faisait qu'approfondir

notre dépression, toutefois, ce qui est pratique avec la dépression, c'est que ce n'est pas du prêt-à-porter, mais du sur-mesure qui s'adapte aux différents types de personnalités. De mon côté, cela se présentait sous forme d'insomnies, de priorités mal évaluées et de perte d'intérêt.

Manger, travailler, correspondre avec les autres, et même les Three Stooges : plus rien ne m'intéressait. Le tableau d'ensemble disparaissait, caché par des détails sans importance qui prenaient soudain des proportions gargantuesques. Soudain, il me fallait absolument ranger mes CD par ordre chronologique inversé et non plus alphabétique, puis les remettre dans l'ordre précédent. Je n'avais pas le choix.

Je trouvais ma seule véritable consolation dans la musique pop. Leonard Cohen, Elvis Costello, les Smiths : un cycle incessant de tristesse et de peines de cœur alimentait le moulin de notre autoapitoiement. La pop possède cette capacité incroyable à vous procurer en même temps un sentiment de déprime et d'espoir : vous êtes triste de vous identifier avec les paroles de la chanson, mais vous retrouvez espoir parce que vous découvrez qu'il existe des gens qui se sentent encore plus mal que vous.

Pour moi, ces gens-là, c'était Nate. Le seul bon moment de la journée, c'était quand je le retrouvais, mon pote qui vivait lui aussi une rupture, alors, en le voyant encore plus misérable que moi, je me sentais un tout petit peu mieux. Il arrivait chez moi avec une barquette de poulet frit, format familial. J'avais perdu tout intérêt pour la nourriture, mais Nate avait suivi le chemin inverse : il avalait tout ce qui était à sa portée, du moment que ce n'était pas collé par terre. Et pourtant, il ne comprenait pas comment il avait pris du poids.

– Vraiment, ça me sidère, disait-il en engloutissant son troisième cheeseburger. Non mais c'est vrai, d'où viennent tous ces kilos ? On dirait que, tout à coup, on passe le cap des trente ans, et paf ! tu te transformes en citrouille !

Je lui ai suggéré de faire un peu de sport. Il y avait des courts de tennis près de chez lui, aussi avons-nous pris l'habitude de jouer ensemble une ou deux fois par semaine. Nous n'étions bons ni l'un ni l'autre, mais à force de sueur et de grognements, cela nous a fait du bien.

Hélas, une vieille blessure à l'épaule s'est réveillée, et j'ai dû mettre fin à nos parties. Ensuite, je n'ai plus eu de nouvelles de Nate pendant deux semaines, et j'ai pensé qu'il s'était trouvé un nouveau partenaire de tennis, ou qu'il avait fait face à un surcroît de travail. Seulement il ne répondait plus ni à mes messages téléphoniques ni à mes e-mails, aussi ai-je décidé de passer chez lui pour voir si tout allait bien. Sa voiture était là, mais les rideaux étaient tirés. J'ai tambouriné à sa porte pendant un bon quart d'heure, et il a finalement passé la tête dans l'embrasure, tel un mastodonte se réveillant d'un sommeil de mille ans. J'ai compris à son regard vide et à son teint verdâtre que la situation n'avait fait qu'empirer.

En entrant dans son repaire obscur, je me suis rendu compte qu'il n'avait pas trouvé de partenaire pour jouer au tennis. Au lieu de cela, il s'était embarqué pour les contrées de Joseph Conrad ; il avait remonté la rivière Nang jusqu'au « Cœur des ténèbres ».

Sans climatisation, il faisait bien cinq degrés de plus chez lui qu'à l'extérieur, où on atteignait déjà les trente-cinq. Il régnait une lourde atmosphère fétide de sueur, de vêtements sales et de nourriture en décomposition. Une carcasse de poulet gisait sur le sol de la cuisine, rognée jusqu'à l'os, comme dévorée par un piranha.

En allant ouvrir une fenêtre, je me suis aperçu que partout traînaient des pelures de légumes. Nate est sorti de la cuisine quelques instants plus tard en épluchant une carotte. Ensuite, il l'a croquée, et s'est mis à en éplucher une autre.

– C'est quoi, ces carottes ? ai-je demandé.

– Oh, c'est rien, c'est parce que j'ai arrêté de fumer.

– Du coup, tu t'es mis aux carottes ?

– Ça m'occupe.

J'ai rempli trois sacs-poubelle d'os de poulet et de boîtes à pizza que j'ai portés au container d'ordures ménagères.

En plein milieu du salon, juste devant la télévision, se trouvait un banc de musculation flambant neuf et d'énormes haltères. Le sol était jonché de brochures sur papier glacé et de dossiers en plastique rutilant proclamant comment devenir le roi de l'immobilier en dix étapes. Peu à peu a émergé l'image d'un homme qui n'avait pas dormi ni ne s'était lavé depuis des jours, et qui passait son temps à soulever de la fonte et à regarder des émissions de téléachat tardives en se gavant de poulet frit.

Inquiet et pressé de sortir, je lui ai proposé d'aller au cinéma. L'idée lui a plu, et après nous être arrêtés pour acheter deux sacs de carottes, nous sommes entrés dans la salle obscure.

Le succès de cet été-là, c'était *Seul au monde*, avec Tom Hanks dans le rôle de Chuck Noland, un type malin qui se retrouve naufragé sur une île déserte quand son avion s'écrase dans le Pacifique. À mesure que tout espoir d'être secouru diminue, commence sa longue bataille pour survivre, et surtout pour ne pas sombrer dans la folie. Cette histoire était écrite pour nous.

Je ne pense pas que *Seul au monde* ait été conçu comme une comédie, mais jamais de notre vie Nate et moi n'avons autant ri. À croire qu'on avait représenté nos vies à l'écran. Les gens dans la salle nous faisaient les gros yeux car nous éclations de rire aux moments les plus inopportuns. La scène où Chuck s'arrache une dent à l'aide d'un patin à glace nous a fait glousser. Alors que tous les autres reniflaient en le voyant choisir l'arbre auquel il allait se pendre, nous nous tenions les côtes.

Désespérément seul et abandonné, Chuck noue une relation avec un ballon de volley, il lui dessine un visage et lui donne un nom : Wilson. Et c'est Wilson, plus que toute autre chose, qui l'aide à ne pas perdre l'esprit et lui inspire une ultime tentative pour fuir cette île-prison.

J'ai réfléchi à l'étrange faisceau de circonstances et de coïncidences qui nous avait rapprochés, Nate et moi. Je me suis dit qu'il avait de la chance de m'avoir pour ami. Et que même si veiller sur lui m'avait permis de me sentir charitable et magnanime, je savais que chez moi tout ça prenait sa source dans une nécessité qui n'avait rien d'altruiste.

En vérité, Nate était la jauge qui me permettait de mesurer mes propres progrès, m'aidait à retrouver une estime de moi-même, et à me préserver de la folie. Je me suis alors aperçu que Nate était mon Wilson à moi. Ce type déboussolé, en surpoids, qui mâchonnait des carottes à côté de moi était mon radeau de survie.

À la fin du film, en ce samedi soir, on est sortis de la salle en traînant avec le reste du public : de beaux gosses flanqués de leurs copines séduisantes, tous en shorts et tee-shirts. Ils se sont égaillés au-dehors en riant, sourire aux lèvres, bienheureusement inconscients du danger qu'ils courtisaient.

Seraient-ils toujours aussi heureux et souriants dans un an, sachant, ainsi que nous l'avions appris, qu'aimer, c'est prendre le risque de finir très malheureux ? Pour eux, le film était terminé, oublié, comme un immense seau de pop-corn qu'on laisse sous son siège. Quant à nous, le film nous est resté en tête, pareil à un rêve. Il nous a suivis jusqu'au parking, et plus loin encore.

Après être allés chercher des glaces, Nate et moi nous sommes assis dehors pour contempler la nuit claire, heureux l'un comme l'autre d'avoir de la compagnie, tout en rêvant en secret d'être avec quelqu'un d'autre. À l'époque, je n'ai pas pris la mesure de l'importance de ce moment.

Six mois plus tard, j'ai enfin réussi à fuir mon île déserte en partant vivre à New York. Depuis, j'ai perdu contact avec Nate, mais je pense souvent à lui. Et alors, ce n'est pas le souvenir de cette horrible rupture qui me revient, mais celui des rires et de l'amitié qui l'ont suivie.

Vous ne me croyez pas ? Demandez à Chuck Noland. Je suis sûr qu'il éprouve la même chose à l'égard de Wilson.

Mark McDevitt est écrivain et scénariste. Il vit avec sa famille dans le New Jersey. Son témoignage a été publié en juin 2005.

Oui, il ressemblait à mon père. Mais c'était juste un dîner, hein ?

ABBY SHER

Il y avait ce professeur, Andrew, qui travaillait sur l'intelligence artificielle. Il était très beau avec son air sérieux et compétent. Il portait des cols roulés gris, sentait les vieux livres et l'after-shave mentholé. Il avait cinquante-cinq ans et venait de divorcer pour la seconde fois. C'était mon père.

Mais non, en réalité, ce n'était pas mon père. Le mien était mort quand j'avais onze ans. Seulement, Andrew était aussi beau que lui. Il sifflait comme lui. Avait des pattes avec des reflets argentés comme lui. Et c'était la seule personne en dehors de mon père qui ait jamais utilisé mon nom complet, Abigail. Ce qui signifie « la joie du père ». D'habitude, les gens m'appellent Abby.

La première fois que j'ai vu Andrew, c'était à une réunion du personnel. Je ne sais plus très bien pourquoi je me trouvais là. Je travaillais au laboratoire de recherche de l'université en tant que « spécialiste du contenu ». Mon poste consistait pour l'essentiel à recopier des articles sur l'activité cérébrale. Les jours de grande activité, je faisais des photocopies et j'agrafais des pages.

Pendant la réunion, j'ai vu Andrew s'enfoncer dans son fauteuil. Il avait les yeux gris foncé, comme son pull. Quand il écoutait avec attention, il se mordillait la lèvre inférieure. Il avait à la fois l'air d'un petit garçon et d'un homme adulte. Et puis il a levé les yeux et s'est aperçu que je le regardais. Il m'a souri.

Le lendemain, je l'ai vu près de la photocopieuse, qui s'en retournait à son bureau. Sa porte était ouverte, et on entendait qu'il écoutait de la musique classique, parce que c'était un professeur. La lumière qui filtrait de la pièce était tamisée, et je l'ai écouté fredonner la mélodie du violon. Je cherchais un prétexte pour entrer, pour voir son bureau, ses livres. Peut-être avait-il une plante en pot ? Des photos encadrées en souvenir du passé ?

Un peu plus tard dans la semaine, je l'ai aperçu à la cafétéria dans les sous-sols de notre bâtiment. Il tenait un grand café entre ses grandes mains. Je l'ai salué.

– Abigail, c'est bien ça ?

– Oui.

Nous nous sommes dévisagés. Il avait l'air prêt à partir, alors j'ai dit :

– Waouh, vous aimez le café ? Moi aussi !

Il a ri très doucement. Il avait de belles dents.

Très vite, je suis devenue une adepte de la photocopieuse qui se trouvait près du bureau d'Andrew. La plupart du temps, je n'avais rien à photocopier, aussi je faisais des copies de mon permis de conduire, puis des copies de copies. À la cinquième copie, on avait l'impression que mon visage émergeait du blizzard.

Un jour, alors que j'étais à sa porte, à photocopier ma main, il est sorti et s'est planté devant moi.

– Vous aimez le canard ? m'a-t-il demandé.

– Euh, le canard. Qui n'aime pas le canard ?

– Ça vous dirait qu'on dîne ensemble un de ces soirs ?

Nous nous sommes mis d'accord pour le mardi suivant.

Le mardi après-midi, je me suis rendue dans son bureau alors qu'il était sorti et j'ai écrit mon adresse sur un bout de papier que j'ai laissé à côté de son agenda. Les petits mots, c'est mignon à l'âge où l'on porte encore des bagues aux dents, où l'on découvre le brillant à lèvres et les garçons. C'est différent quand on les laisse sur un bureau en acajou, avec un cendrier et un presse-papiers en verre. J'ai replié mon mot très serré, et j'ai écrit dessus: «Andrew». Puis je me suis assurée que le couloir était vide avant de repartir.

Je vivais à l'époque avec ma meilleure amie, Tami, au-dessus d'un snack ouvert toute la nuit, et nous avions l'intention de faire un film ensemble. Nous étions censées n'avoir aucun secret l'une pour l'autre. Les meilleures amies se disent tout. Mais je ne voulais pas lui parler d'Andrew. Je trouvais qu'il y avait là quelque chose de malsain.

Je lui avais vaguement raconté avoir eu une conversation intéressante avec un professeur plus âgé qui étudiait les robots. Elle avait dit que c'était cool. Puis j'avais ajouté que j'allais peut-être dîner un soir avec lui. Elle avait répondu que ça, en revanche, c'était bizarre. Aussi, en rentrant du travail le mardi, j'ai essayé de me préparer en vitesse pour ressortir avant qu'elle ne soit de retour.

J'ai enfilé un pantalon de velours bleu et un pull coquille d'œuf moulant. Mon père ne m'avait jamais connue avec un corps de femme. L'été de sa mort, j'étais pleine d'embarras face aux poils et aux odeurs aigres qui sortaient de sous mes aisselles. À présent, j'observais mon reflet dans le miroir. Tout ça n'avait guère plus de sens pour moi à vingt et un ans.

La porte s'est ouverte au moment où je mettais de l'ombre à paupières.

– J'ai rapporté toutes les pâtisseries qui restaient, a déclaré Tami.

Elle travaillait dans un salon de thé. C'était sans doute là que se déroulerait notre film, aussi nous considérions ça comme faisant partie de nos recherches. Elle m'a regardée.

– Mais qu'est-ce que tu fais, Abby?

– Je te l'ai dit. Je vais dîner avec ce prof.

– Tu as dit que tu irais peut-être un jour dîner avec lui. Tu n'avais pas dit que vous aviez rendez-vous.

– Rien d'important.

– C'est un rencard.

– Mais non.

– Alors pourquoi tu te maquilles comme ça ?

– J'essaie de changer mes habitudes.

– Abby, c'est un rencard.

– Mais non. On est mardi soir.

Sa voix est montée dans les aigus, elle criait presque :

– Il a trente ans de plus que toi. Ça pourrait être ton père !

J'ai répondu en criant plus fort :

– Mais ça va ! On va juste manger du canard !

Andrew est passé me chercher dans sa Saab bleu marine. Sièges en cuir très confortables qui tenaient chaud l'hiver. Il m'a demandé si je n'avais pas froid, et j'ai répondu que non. Il évitait tous les nids-de-poule, négociant les tournants en tenant son volant d'une seule main. Nous nous sommes arrêtés à un feu. Il s'est tourné vers moi pour m'observer. J'ai fait semblant d'éternuer pour ne pas avoir à croiser son regard.

– Tu es magnifique, a-t-il dit en mettant de la musique classique.

Il a posé la main sur mon genou. Peu importait qu'on soit mardi soir. C'était bien un rencard.

Nous sommes arrivés chez Andrew, et nous avons pris l'ascenseur. Il y avait des miroirs partout, aussi ai-je préféré contempler mes pieds. Il habitait au quatorzième étage, dans un très bel appartement où des tulipes s'épanouissaient dans de grands vases transparents, et d'où l'on voyait scintiller les lumières de la ville. Tout était en mode tamisé, les violons gémissaient doucement, le canard rissolait tranquillement, et les tulipes tulipaient en paix, nous laissant ainsi discrètement apprendre à nous connaître.

Je me suis hissée d'un bond sur le plan de travail en marbre, comme le font ces filles adorables dans les sitcoms. Andrew m'a tendu un biscuit avec une fine tranche de brie, le portant à mes lèvres en se penchant si près que j'ai retenu mon souffle. Je n'avais pas envie de le sentir si proche. Aussi, j'ai enfoncé l'amuse-gueule dans ma bouche et j'ai dit :

– Mmmm. Qu'est-ce qu'on mange avec le canard ?

Des éclats de biscuit ont jailli de ma bouche. Il s'est mis à rire.

– Tu vas voir.

Il m'a embrassée furtivement dans le cou. Puis il est allé remuer quelque chose dans une casserole.

Nous avons bu un vin blanc glacé dans des flûtes, et je suis restée assise sur le comptoir tandis qu'il cuisinait. Je regardais sa nuque, là où les cheveux bruns laissaient la place à la peau rose. Il s'est retourné et m'a fait goûter à une sauce orange au miel. Son regard s'est posé sur mes lèvres qui suçaient la cuillère, et j'ai compris que nous étions là pour des raisons complètement différentes. Je me suis promis de faire honneur au dîner, puis de lui demander de me reconduire chez moi.

Le canard était accompagné de brocolis à la vapeur et d'un risotto crémeux qui fondait sur ma langue. Nous avons parlé d'intelligence artificielle et du rôle de la reconnaissance des modèles au cours des premières années d'école. Quand je me suis levée pour débarrasser la table, tout s'est mis à tourner. Je me suis concentrée pour marcher jusqu'à l'évier, et j'ai commencé à rincer les assiettes. C'était toujours moi qui m'en chargeais à la maison. Mais Andrew a fermé le robinet et m'a demandé si je voulais un dessert.

Il avait une machine à expressos et m'a dit qu'il voulait m'épater. Je lui ai répondu que je voulais bien un cappuccino, puis je me suis excusée et je suis allée aux toilettes. Là, j'ai regardé la fille dans la glace, et j'ai dit : « On se calme ! Tu rentres à la maison. » Alors j'ai entendu Andrew m'appeler : « Viens là, j'aimerais te faire écouter ce morceau. »

En fin de compte, il ne préparait pas le café. Il était allongé sur son lit, dans sa chambre. Il avait retiré ses chaussures, et portait des chaussettes de vieux, couleur ficelle, brodées de minuscules clubs de golf. Il regardait le plafond en écoutant de la musique triste sur la chaîne stéréo. On aurait dit que le violoncelle pleurait.

– Schumann a écrit ce morceau pour sa femme avant de sombrer dans la folie, a-t-il dit en me tendant la main.

Je suis restée à la porte.

– Il faut que je rentre.

– C'est vrai ?

– Oui.

– J'ai promis que je te raccompagnerais chez toi. Viens juste écouter ce morceau.

Il attendait que je lui prenne la main. Ce que j'ai fait.

Je me suis allongée sur le lit à côté de lui ; il a passé le bras autour de moi et on s'est en quelque sorte blottis l'un contre l'autre. Il avait un plaid gris. Il était le plaid gris. Il était mon père. Et ainsi, nous avons écouté le morceau que Schumann avait composé pour sa femme. Jusqu'au bout. J'ai adoré ce moment, son souffle sur mon oreille, encore parfumé de vin, d'orange et de miel. J'ai regardé par la fenêtre les lumières de la YMCA au cœur de la ville, en essayant de me concentrer sur ce violoncelle mélancolique, et sur l'obscurité de la nuit d'où jaillissait l'éclat des lumières.

Quand la musique s'est arrêtée, Andrew a murmuré dans mes cheveux :

– Que veux-tu faire maintenant ?

Je voulais qu'il me serre dans ses bras et compte les visages de la lune. Ou qu'il me raconte la fois où j'avais appris à me servir de baguettes pour manger lorsque nous avions commandé de la soupe aux nouilles au Rockefeller Center. J'ai fermé les yeux en l'imaginant assis dans son fauteuil réglable bordeaux, sa bedaine touchant presque ses genoux. J'écoutais cet homme qui à lui seul était presque un orchestre de jazz.

Mais tout ça s'était déjà produit dix ans plus tôt. Andrew n'avait pas la bedaine de mon père, il ne sentait pas l'oignon ni les pastilles pour faciliter la digestion, je n'étais pas sa fille chérie et ce n'était pas ma maison.

J'avais vingt et un ans. Je n'étais plus du tout une petite fille. Alors j'ai répondu :

– Merci de me ramener chez moi.

Je l'ai senti soupirer en s'écartant pour se redresser et poser les pieds par terre.

– Dacodac, a-t-il dit.

Il s'est levé, a éteint la chaîne. Il n'y avait plus rien à ajouter. Et c'est ainsi qu'Andrew m'a reconduite à la maison.

Abby Sher est autrice et comédienne, elle vit avec sa famille à Maplewood, New Jersey. Son dernier livre, Miss You Love You Hate You Bye*, a été publié en février 2020. Ce témoignage a été publié en janvier 2006.*

Non ? Non ? Vous avez dit non ?
Attendez, laissez-moi lire entre les lignes !

STEVE FRIEDMAN

Elle m'a quitté. Ce ne sont pas les détails qui comptent, seulement la place des pronoms : « elle » précède « moi ». Mais il n'y a pas de méchant dans l'histoire. Mon thérapeute m'a conseillé de me répéter ce mantra. C'est donc ce que je fais. *IL N'Y A PAS DE MÉCHANT DANS L'HISTOIRE.*

Pas de méchante reine des damnés aux yeux verts, à la taille de guêpe et aux seins opulents qui m'a quitté si vite, en ricanant de toute la hauteur de sa beauté froide et impérieuse, que j'en ai eu le souffle coupé et des douleurs dans la poitrine, induisant un syndrome cardiaque dont je viens de découvrir qu'il n'était pas couvert par mon assurance, et qui m'a laissé non seulement dans un état misérable, solitaire, pleurant de temps à autre dans les toilettes publiques, mais aussi endetté de six mille dollars auprès de mon thérapeute. Mais bien sûr ce n'est la faute de personne. Et mon thérapeute me suggère de me répéter cette phrase : *Ce n'est la faute de personne.*

Avait-elle ses raisons ? Aurais-je pu être un meilleur partenaire ? Cela signifie-t-il quelque chose qu'à quarante-huit ans, je ne me sois jamais marié, que j'aie passé la majeure partie des trois dernières décennies à repousser les conquêtes désireuses de m'épouser, et qu'en me regardant dans la glace, récemment, je me sois retrouvé en face d'une calvitie masculine et de la bêtise outrageuse de mes incessants revirements dans le domaine amoureux? Rien de bon ne peut sortir de ce genre de ruminations.

Partons donc du principe qu'elle avait ses raisons. L'important n'est pas ce qu'elle a fait, ni pourquoi. Ce qui compte, c'est comment je l'ai encaissé. Les revers personnels et les échecs sentimentaux, d'après des autorités allant du dalaï-lama jusqu'aux éditrices de *CosmoGirl*, nous offrent la chance de nous comporter avec élégance, courage et dignité. Ils nous offrent aussi la possibilité de faire ce que moi j'ai fait.

Pour commencer, le lendemain du jour où elle m'a quitté, je lui ai adressé un e-mail. C'était un message gracieux, affectueux, dénué de désespoir, d'environ deux cents mots, sur lequel j'ai planché trois heures.

> «Je me souviens combien les choses étaient douces et merveilleuses avec toi.»

Très bien, pensais-je. Audacieux et plein de sensibilité.

> «Rire, s'embrasser sur le court de tennis, naviguer sur l'océan, te serrer dans mes bras, avec ce sentiment de gratitude, d'avoir tant de chance. Je voulais juste que tu le saches.»

Pas mal. Bien senti, mais pas collant.

> «Et je voulais que tu saches que c'est moi qui ai distillé toutes ces choses toxiques au sein de notre relation. Et aussi combien tu comptes/as compté pour moi. Je voulais également te dire que je reconnais tous les efforts, toute la gentillesse et tout l'amour dont tu t'es acquittée envers moi, envers nous.»

Je voulais tellement qu'elle revienne que cela me donnait des maux d'estomac. Mais je me souvenais avec inquiétude des fois où elle m'avait accusé d'être geignard. Je me suis battu avec la dernière phrase pendant vingt minutes. Puis j'ai opté pour : « Réponds-moi si tu veux, mais ne te sens pas obligée. »

Elle ne s'est pas sentie obligée. Ce qui m'a donné envie de l'appeler. Ce qui m'a donné envie d'elle. De me réveiller à nouveau près d'elle, de vieillir avec elle. Ou de la voir vieillir, et devenir très vite grosse et moche.

– Pour moi, elle est morte, disais-je à mes amis. Il fallait être un malade mental pour sortir avec elle. C'est une déséquilibrée.

« Comment ai-je pu gâcher la meilleure chose qui me soit jamais arrivée ? écrivais-je au même moment dans mon journal. Mon Dieu, je vous en prie, rendez-la-moi. »

Une semaine plus tard, j'ai reçu une réponse. Elle me remerciait pour mon message, me faisait des excuses pour ne pas avoir répondu plus tôt, admettait qu'elle était triste de la manière dont les choses s'étaient terminées. Puis venait cette phrase clé : « J'espère juste que nous réussirons à rester amis. »

J'ai décidé que c'était là sa manière à elle d'ouvrir le dialogue. De me signifier qu'elle était prête pour reprendre notre relation. J'ai décidé de n'écouter aucun des conseils que me donnaient mes amis. Sans parler de mon thérapeute. Je l'ai appelée et je lui ai proposé qu'on se remette ensemble.

Elle s'est mise à rire. J'ai insisté. Elle a peut-être employé les mots « rester amis », mais je n'en ai pas trouvé la trace dans les notes très circonstanciées que j'ai prises après notre conversation. Et puis ce genre de détails, est-ce vraiment important ? Le fait que nous nous soyons aimés d'un amour intense, complet et inconditionnel pendant quatre semaines, trois jours, neuf heures et vingt-six minutes et demie ne pesait-il pas davantage que les mots ?

Nous avons décidé d'aller voir un film. L'après-midi du jour où nous avions rendez-vous, elle a annulé en disant qu'elle était fatiguée, et qu'elle sentait poindre un mal de gorge. Elle préférait qu'on se voie un autre soir. Cela me convenait-il ?

Bien sûr que cela me convenait. C'est vrai, j'étais un adulte, pas un enfant. *Je ne suis pas un enfant*. Elle n'allait quand même pas s'imaginer que je pouvais être gêné par le fait que nous reportions notre rendez-vous ? Ni que je sois blessé, ou soupçonneux, ou profondément troublé, ou encore que je me souvienne alors avec un terrible sentiment de vide au tréfonds de moi-même et une douleur aiguë derrière les yeux qu'à l'époque où nous nous embrassions sur les courts de tennis, où nous voguions sur les courants marins, et discutions de randonnée en Nouvelle-Zélande en nous serrant l'un contre l'autre au creux de notre lit, jamais un mal de gorge – un mal de gorge même pas encore avéré ! – n'aurait pu nous empêcher d'être ensemble.

« Soigne-toi bien, ai-je répondu, grand seigneur. Appelle-moi ou bien écris-moi quand tu seras rétablie, et nous fêterons ta bonne santé recouvrée », ai-je proposé, puissant et viril. Plein d'assurance. Je n'étais pas demandeur. Je n'utilisais pas de mots rageurs, désespérés, ou susceptibles de conduire à des problèmes cardiaques.

Près d'une semaine après, le jour de mon anniversaire, alors que j'achevais un portrait pour un magazine, j'ai reçu un autre e-mail :

> « Espère que tu passes une journée très spéciale !
> Tu as fini ton article ?
> Bises. »

J'ai passé l'après-midi et la soirée à déconstruire ce message. Deux lignes – mauvais signe. Huit mots à propos de mon anniversaire – mauvais signe. Absence du pronom « je » pour commencer – pas bon signe. À moins que je ne me trompe. Peut-être que mes insécurités personnelles m'empêchaient de comprendre un tendre signal aimant, sorti du cyberespace. J'ai mené une étude sur le vocabulaire qu'elle employait en comparant avec d'autres e-mails, que j'avais conservés dans un dossier, et j'ai fait une découverte étonnante. Elle avait déjà recouru à l'absence de pronom dans ses phrases ! Visiblement, il s'agissait d'une tournure littéraire, ou peut-être d'un simple tic de communication. Je m'étais trompé en y décelant aussitôt un indice manifestant son désintérêt. Et j'aurais été aveugle et terriblement injuste de méconnaître son « Bises », qui me montrait clairement et sans ambiguïté qu'elle était prête à voguer à nouveau avec moi sur les courants marins, n'est-ce pas ?

Je l'ai appelée pour mettre les choses au clair. Je ne voulais pas me tromper sur le sens de ses propos. Souhaitait-elle qu'on sorte à nouveau ensemble ou pas ?

Elle a suggéré que je cesse de l'appeler.

Ah bon ? Eh bien à mon tour, je lui ai suggéré de ne plus m'appeler, elle. Et elle pouvait bien effacer mon adrel. Et si jamais elle me croisait dans la rue, il vaudrait mieux qu'elle...

Elle a raccroché.

Je bouillais intérieurement. Je lui ai écrit plusieurs lettres lui disant qu'elle était incapable d'aimer, qu'elle ne voyait pas tout ce que je lui avais apporté. Je n'ai pas envoyé les lettres. (Merci à mes dix ans de thérapie.) Techniquement, je ne la harcelais pas. Je suis passé près de chez elle à vélo un soir, mais je ne me suis pas attardé assez longtemps pour que cela soit répréhensible selon la loi. Je passais en revue les photos d'elle sur mon ordinateur en écoutant en boucle «Till There Was You» de Rebecca Luker. En deux semaines, j'ai perdu quatre kilos.

Puis, ce moment d'épiphanie aveuglante. Je n'aurais pas dû m'énerver contre elle au téléphone. Bien sûr que ça l'avait froissée. C'était normal. Après avoir compris cela, un grand calme m'a envahi. Et avec ce calme, un sentiment d'espoir. Et avec l'espoir, un plan. Si je parvenais à lui faire comprendre combien je l'aimais, que je ne la blâmais en rien, que j'avais changé et que désormais je n'étais plus ni en colère ni dans une demande excessive, mais que j'étais juste un homme rempli d'amour et de tendresse, aux intentions grandioses, alors peut-être accepterait-elle de me reprendre, et nous retournerions sur les courts de tennis et les courants océaniques.

Cette fois-ci, je n'ai pas touché au téléphone. On risque d'être mal compris à l'oral.

« Pardon, ai-je écrit. Je suis vraiment, vraiment désolé. » Puis je suis passé à une version plus élaborée : « Tu n'imagines pas à quel point je suis désolé. » Autres tournures littéraires : « Je me suis vraiment conduit comme un imbécile. Tu ne peux pas savoir à quel point tu me manques. J'aimerais que tu me donnes une seconde chance, quelles que soient les conditions. »

Une semaine plus tard, elle a répondu. Elle acceptait mes excuses. N'avait pas confiance en moi. Me souhaitait bonne chance.

Elle n'avait pas confiance en moi ? Pas étonnant qu'elle ne veuille pas aller en Nouvelle-Zélande avec moi. Si seulement elle avait été au courant des problèmes cardiaques que j'avais eus, de mes essoufflements, alors ses doutes quant à ma sincérité se seraient envolés. Si je parvenais à lui dire que j'écoutais *The Music Man* en rêvant devant ses photos, bien sûr qu'elle reviendrait.

C'est donc ce que j'ai fait. Je lui ai tout raconté. Encore un message. Je lui ai expliqué tout ça, et j'ai également cité des répliques de *Casablanca* et de *Malcolm in the Middle.* J'ai failli évoquer mes prières.

C'était il y a presque un mois. Entre-temps, j'ai réfléchi et je me suis émerveillé devant le silence digne et glacial des femmes que j'avais moi-même quittées au fil des années. J'ai pensé à ce vieux professeur pathétique que, dans *L'Ange bleu*, Marlene Dietrich fait glousser comme une poule, à ce pauvre imbécile dans *Un amour infini*, et à tous les misérables cornichons que Frank Sinatra a immortalisés dans ses plus beaux hymnes aux perdants. J'ai songé au mode de vie du dalaï-lama et à *CosmoGirl*, et je me suis aperçu que je m'étais conduit avec la dignité d'un Télétubby furieux au cœur brisé à qui on a fait beaucoup de mal.

Mais je vais mieux, et je commence enfin à comprendre. Je le sais car il y a deux semaines de cela, pour la première fois, une femme m'a souri dans le métro, et j'ai commencé à imaginer des choses. Je ne me précipite plus chaque jour pour vérifier mes e-mails, ni ne passe du temps à contempler des photos d'elle.

Je n'ai détruit ni les photos, ni les lettres, ni les messages malgré les conseils de mes amis. Je n'en ai pas besoin. Cette fois, elle est morte à mes yeux. Vraiment. Je vous l'assure.

Steve Friedman est l'auteur de The Agony of Victory, Driving Lessons *et* Lost on Treasure Island, *ainsi que le coauteur de deux best-sellers du* New York Times. *Il vit à New York et on peut suivre son actualité sur le site www.stevefriedman.net. Ce témoignage est paru à la fin d'octobre 2004.*

Quand on passe la nuit avec un mec, on ne regarde pas son téléphone – même si c'est urgent

ANDREW RANNELLS

Je ne me souviens pas de son nom de famille. Je sais juste qu'il s'appelait Brad, ce qui est l'idéal pour quelqu'un qu'on a connu vers vingt ans et dont on a un peu oublié le visage. Il était beau, avec un joli sourire et d'incroyables yeux bleus.

J'avais toujours pensé que, quand les yeux étaient d'un bleu trop éclatant, cela signifiait que la personne n'avait pas d'âme. On voit trop profondément en elle, et il n'y a rien derrière. Mais je n'étais jamais sorti avec un garçon aux yeux bleus, et c'était le printemps. Et puis Brad avait un beau corps musclé, avec une peau extrêmement douce. Et c'était un bon coup, je crois.

Le débat est houleux entre les femmes hétéros et les hommes homos quand il s'agit de savoir à quel stade les choses deviennent sérieuses. La plupart de mes amies femmes pensent que, s'il n'y a pas pénétration, ça ne compte pas. Je ne suis pas d'accord. Pour moi, tout compte. Quand quelqu'un a un orgasme, selon moi, ça compte. Le malentendu est encore plus grand en ce qui concerne la sodomie : mes amies femmes pensent que, pour les gays, c'est aussi simple que de se serrer la main. Encore une erreur, mesdames : parfois, on n'a pas envie de faire ça avec le premier venu, exactement comme vous.

C'était mon deuxième rendez-vous avec Brad. On ne se connaissait pas très bien. Et cela n'arriverait jamais. Sa coupe de cheveux était très apprêtée et ses mains un peu féminines, mais son parfum était attirant. J'avais vingt-deux ans et je n'étais pas souvent sorti avec des garçons, aussi c'était une de mes premières expériences en matière de séduction. Le bonus : il vivait à quelques rues de chez moi, à Astoria.

Si vous connaissez Astoria, dans le Queens, vous savez donc qu'il est aussi difficile de convaincre quelqu'un de s'y rendre la nuit que de demander à un parfait inconnu de vous conduire à l'aéroport. Je pouvais me contenter de Brad pour l'instant. J'étais jeune, indépendant, je sortais avec des mecs, et je m'étais fait des mèches.

Au dîner, la conversation s'est avérée inintéressante, mais tout ce que je disais le faisait rire, aussi, pour un comique narcissique dans mon genre, c'était le compagnon idéal. Pendant que nous mangions, mon Nokia s'est mis à sonner. C'était ma sœur Julie.

Je n'ai pas pris l'appel. Je venais juste d'acquérir mon premier téléphone portable, et je commençais à peine à m'y habituer. Cela ne me plaisait pas vraiment que les gens puissent me joindre quand ils le voulaient. Je préférais appeler moi-même ma messagerie, ce qui me donnait l'impression d'être une star de cinéma d'autrefois. Avec mon père, quand j'étais petit, j'avais vu des films de Doris Day où on la voyait sans cesse consulter le service des abonnés absents pour prendre connaissance des messages de ses prétendants ou de producteurs d'Hollywood.

Après avoir dîné, nous sommes allés dans un bar gay bondé d'autres types accompagnés de leur rencard, parce que, c'est vrai, qu'y a-t-il de plus amusant que de faire semblant de ne pas observer les autres pendant que le mec avec qui vous sortez vous parle de ses frères et sœurs ?

Brad et moi avons bu nos Cosmopolitan (c'était en 2001, et si Carrie Bradshaw buvait ce genre de cocktails, alors moi aussi !), jusqu'à ce que son regard me paraisse moins vide et qu'on commence à s'embrasser.

Mon téléphone a vibré à nouveau. Une autre de mes sœurs, Becky. Je n'ai pas répondu.

Nouvelle tournée, nouveaux câlins, nouvel appel – encore Julie. L'ivresse, mêlée au désir que j'avais d'être présent pour Brad, m'a empêché de prendre ces appels au sérieux. Nous avons franchi une étape quand nous nous sommes retrouvés sur une banquette – il me restait juste assez de bon sens pour suggérer que nous prenions un taxi.

Me sentant soudain flambeur, j'ai proposé de payer la course. En chemin vers Astoria, nous avons continué à nous embrasser, à nous caresser, je voyais en lui Paul Walker. Chez moi, nous sommes allés tout droit jusqu'à ma chambre. Cela a duré plus de temps qu'il n'en fallait. Ensuite, à nous les câlins, dans les bras l'un de l'autre, en sueur. Après, moment de panique, et puis j'ai fini par m'endormir à côté d'un quasi-inconnu, pour me réveiller en me demandant : *Est-ce que ce genre de choses me plaît vraiment ? Est-ce que ce genre de choses lui plaît vraiment à lui aussi ?*

Je me suis excusé le temps d'aller aux toilettes et j'ai rallumé mon téléphone. Six appels manqués. Soudain j'ai pris peur. J'étais assez sobre à présent pour me douter qu'il y avait un gros problème.

J'ai écouté les messages. Julie était hystérique. Elle racontait quelque chose à propos de mon père, qui était tombé et qu'on avait emmené en ambulance. Dans le message suivant, Becky était plus calme, mais bouleversée. Une crise cardiaque ou un AVC, ils n'étaient pas sûrs. Ensuite : ma mère, me disant de ne pas paniquer. Ensuite : Julie, me disant le contraire.

J'ai sauté directement au dernier message, laissé par Doug, mon quasi-beau-frère (ils n'étaient pas mariés), quinze minutes plus tôt.

J'ai rappelé : il a répondu aussitôt.

Au cours de la première fête d'anniversaire de ma nièce, mon père s'était évanoui après avoir distribué les hamburgers qu'il faisait griller sur le barbecue. La fête se déroulait chez mes parents, bien que mon père n'y habite plus. Ils étaient en plein divorce et, à soixante et un ans, mon père avait emménagé dans un appartement déprimant pour célibataires près de son bureau.

La dernière fois où j'étais allé voir mes parents, un mois plus tôt, je m'étais rendu chez lui avec ma sœur cadette, Natalie. Les murs étaient beiges, comme la moquette. Les meubles qu'il avait choisis étaient trop massifs et trop sombres. L'endroit avait beau être rempli, il paraissait vide. Il essayait d'en faire un foyer sans savoir s'y prendre. Je me suis réfugié aux toilettes et j'ai pleuré. Je ne voulais pas qu'il voie combien j'étais triste pour lui. Sa place n'était pas là : elle était chez lui.

J'ai repris mes esprits et nous avons mangé des sandwiches. Il a sorti des assiettes, des serviettes en papier et une boîte de Pringles. Lorsqu'il a ouvert le placard de la cuisine, je me suis aperçu qu'il était rempli de ragoûts en conserve. J'ai dû serrer les dents pour ne pas me remettre à pleurer.

Après le dîner, nous avons regardé la télévision.

– Je veux que vous vous sentiez chez vous, ici, nous a-t-il dit.

– Je viendrai dormir chez toi la prochaine fois, ai-je dit – ce qui a paru lui faire plaisir.

Quand nous sommes repartis, Natalie et moi, mon père est resté debout en haut de l'escalier. Je me suis retourné pour lui crier : « Je t'aime, papa. » C'est la dernière chose que je lui aie dite.

« Je t'aime, Andy. »

Et voilà.

Doug avait tenté de lui faire un massage cardiaque. Les ambulanciers avaient trouvé le pouls faible. À présent, mon père était dans le coma.

J'imaginais la scène : les décorations de fête, le jardin rempli de jouets, la plateforme dont il était tombé, les plantes en pots que ma mère sortait chaque année au printemps, ma mère en larmes, mes sœurs en larmes, les hamburgers auxquels personne n'avait touché, le gâteau d'anniversaire de la petite.

C'en était trop. Je me suis mis à pleurer. À gros sanglots.

Brad est venu voir ce qui se passait. Il avait les cheveux en bataille et il était nu. Il s'est planté devant moi, son sexe à moitié en érection à hauteur de mes yeux, tandis que j'essayais d'obtenir un peu plus d'informations de Doug : À quel hôpital était-il ? Fallait-il que je saute dans le premier avion ?

J'ai fait signe à Brad de s'asseoir. Il a commencé à me caresser le dos, ce qui pour moi était une vraie torture. J'étais gêné qu'il me voie ainsi pleurer, mais je ne me suis pas arrêté pour autant.

Lorsque j'ai raccroché, il a voulu me prendre dans ses bras.

– Qu'est-ce qui s'est passé ?

J'avais envie de lui crier : « *Visiblement un truc grave ! Mets ton pantalon !* » Mais à la place, j'ai tenté de lui expliquer.

Brad s'est mis à faire les cent pas dans l'appartement, toujours nu, en suggérant des plans d'action, tandis que j'éprouvais un dégoût grandissant à son égard. Je n'aimais même pas ce type. Pourquoi avais-je couché avec lui ? Tout me paraissait nul. L'appartement était sale, plein à craquer, je détestais tout ce qui s'y trouvait. J'ai aperçu mon reflet dans le miroir et j'ai eu un mouvement de recul devant mes cheveux méchés. Pourquoi m'étais-je infligé ça ? J'avais l'air ridicule.

J'ai dit à Brad qu'il ferait mieux de s'en aller, que j'avais des coups de fil à passer. Il s'est assis, a glissé les bras autour de moi.

– Il ne faut pas que tu restes seul dans un moment pareil, a-t-il dit en m'embrassant dans le cou.

Je me suis abandonné à son étreinte. Je ne voulais pas rester seul. Je n'avais pas envie d'être là. Tout allait de travers. Était-ce cela qu'éprouvait mon père dans son petit appartement triste ? Que tout allait de travers ?

J'ai donné un baiser à Brad.

– Il faut vraiment que tu partes.

Il a eu l'air vexé, mais il s'est levé en même temps que moi. Puis il m'a pris dans ses bras, bien trop longtemps. « Très bien ! Au revoir ! » ai-je dit. Je suis allé aux toilettes et j'ai tiré le verrou. J'ai regardé par la fenêtre en l'écoutant se rhabiller. Puis j'ai entendu la porte claquer. Enfin, il était parti.

Quelques jours plus tard, mon père aussi est parti.

Au fil des mois qui ont suivi, Brad m'a envoyé des SMS

et m'a laissé des messages vocaux auxquels je n'ai jamais répondu. J'avais trop de choses à faire. Et j'étais sans doute gêné.

Environ deux ans plus tard, nous nous sommes croisés sur la 9e Avenue. Nous avons failli nous arrêter, mais finalement, n'avons fait qu'échanger un signe de tête, avec un sourire embarrassé, en continuant notre route. J'avais le sentiment que je lui devais une explication, une conclusion à notre histoire, mais je ne pouvais m'y résoudre. Je devais aller de l'avant.

J'avais réglé une bonne partie des problèmes que j'avais à l'époque. J'avais désormais un travail dont j'étais fier, un appartement dont j'étais fier. J'avais enterré mon père et avec lui tout un chapitre de ma vie. Ce qui signifiait qu'il ne pouvait plus y avoir de Brad, ni aucune trace de cette époque, de cette nuit-là.

Ce n'était pas très généreux de ma part, ni très gentil, mais c'est pourtant ce qui s'est passé. Le plus important, c'est que je n'ai jamais refait de mèches.

Comédien et écrivain, Andrew Rannells vit à New York, où il a publié son premier livre, Too Much Is Not Enough, *en mars 2019. Ce témoignage est paru en juillet 2017.*

Pour être un meilleur coup, utilisez vos mots à vous, ok?

GABRIELLE ULUBAY

Je l'avais invité chez moi uniquement pour la baise. C'est pour cela qu'en me réveillant le lendemain matin, quand je l'ai vu enfiler son pantalon, je lui ai demandé :

– Tu veux que je te raccompagne ?

– Non, je vais juste aux toilettes. J'aimerais bien rester, si ça ne te dérange pas.

Ça ne me dérangeait pas. Aussi est-il resté toute la journée, jamais à plus de quelques centimètres de moi. Nous ne quittions la chambre que pour aller aux toilettes ou à la cuisine, chercher de quoi grignoter. Pendant ce temps, mes colocataires rigolaient et comméraient au sujet de ma « sexcapade avec le beau gosse de Tinder ».

– Je crois que tu es la fille de mes rêves, a-t-il dit. Je n'arrive pas à croire qu'on se soit rencontrés sur Tinder.

Je n'avais jamais été la fille des rêves de personne – pas même des miens. J'imaginais que la fille dont rêvaient les hommes était plus grande, plus mince, avec plus de maintien, et qu'elle était blonde. Mais mon partenaire a insisté, et nous avons passé la journée à nous chevaucher alternativement l'un l'autre.

Un peu plus tard, je lui ai dit :

– En général, tu couches avec une fille dès le premier soir ?

Il a relevé un sourcil.

– Pourquoi, tu me prends pour un mec facile ?

J'ai pouffé d'un rire nerveux.

– Mais non.

Enfin, il m'a répondu :

– Non, pas vraiment. Bien sûr que je ne dis pas non, mais je ne cherche pas forcément à coucher dès le premier soir non plus.

Au bout d'une minute, je lui ai demandé :

– Alors ça fait de moi une fille facile ?

Il s'est radouci. M'a serrée fort contre lui.

– Mais non, pas du tout. Ça fait de toi une vraie lady.

Sans doute espérait-il que cela passe pour un compliment, mais je doutais tellement de sa sincérité que je l'ai mal pris. Je me suis demandé s'il mentait pour me faire plaisir ou pour s'assurer qu'on continue à coucher ensemble.

Petite, j'entendais toujours les adultes me dire : « Utilise tes mots à toi » – ce qui signifiait qu'il me fallait exprimer avec précision ce que j'attendais des autres. En tant qu'adulte, je me suis aperçue que beaucoup de gens ne savent pas utiliser leurs mots à eux, surtout avant de passer à l'acte, ou juste après. Rares sont ceux qui disent avec précision ce qu'ils pensent ou ce qu'ils veulent.

Quoi qu'il en soit, j'ai souri et répondu : « C'est vrai ? Merci. » Et je l'ai embrassé sur la joue, la tempe et le front. « Et ça fait de toi un vrai gentleman. »

C'était la vérité. Toutefois, j'espérais en secret qu'il ressente les mêmes choses que moi, c'est-à-dire que son cœur bouillonne d'indiscrétion réprimée, et que la rapidité avec laquelle nous étions arrivés au lit soit aussi typique de lui que de moi. Car si ça n'était pas le cas, je me demandais si en découvrant la vérité il n'aurait pas un mouvement de recul. S'il me prendrait pour une traînée, une fille immorale, même s'il prétendait me trouver gentille.

– Waouh, tu as vraiment un sourire craquant, a-t-il dit en me caressant la taille, le ventre, les hanches, les cuisses. Tu as tout, toi.

– Tu n'es pas obligé de dire ça.

– Je sais. Mais je le pense.

Il a ajouté que j'étais intelligente, drôle, créative.

– Tu as un bon karma, Gab.

– Tu vois des choses en moi que je croyais invisibles.

Je ne sais pas comment j'ai pu mordre à l'hameçon, car en vérité je ne cherchais rien de tout cela. Pour je ne sais quelle raison, j'ai toujours été du genre à penser que ma vie s'améliorerait considérablement si je parvenais à trouver la solution à un problème précis. Au lycée, c'était: «Tout ira mieux le jour où je n'aurai plus ces bagues sur les dents» ou «quand je n'aurai plus de boutons» ou «quand je serai à la fac».

Et à présent que je suis plus âgée, et censée m'assagir, j'ai tendance à penser que tout ira mieux quand je trouverai l'amour. Quand j'aurai rencontré un homme qui veuille bien de moi même si je suis faillible, grande gueule, et passionnée de politique. Un homme qui d'un seul baiser parvienne à m'arracher à mon autoapitoiement. Il y a si longtemps que je suis prête à voir la beauté en l'autre, à caresser les cicatrices d'une personne aussi imparfaite que moi et qui me rendrait la même chose en retour.

Cette nuit-là, je ne cherchais pas l'amour, mais ce type avec qui j'avais couché deux fois a réussi à se faire une place dans ma tête en me racontant que j'étais la fille de ses rêves, et je ne puis m'empêcher de trouver ça cruel étant donné la manière dont les choses se sont passées ensuite. Il m'a embrassée sur la bouche et m'a lancé un clin d'œil en sortant du métro.

Il m'avait souri en disant: «On se voit plus tard», mais nous ne nous sommes jamais revus. J'ai appris depuis que «plus tard» signifie la même chose que quand j'étais enfant et que je voulais faire quelque chose d'extravagant: «On fera ça plus tard.» Cela signifie: «Je n'en ai pas envie» ou, tout simplement, «Non».

À présent, mes amis me disent: «Tu penses à lui uniquement parce qu'il t'a flattée»; ou bien: «Quand la baise est vraiment bonne, on a tendance à croire qu'il y a plus que ça».

– Mais à quoi tu t'attendais, Gab ? m'a dit mon amie. On ne peut pas nouer une relation si vite avec quelqu'un.

– Je n'en avais pas l'intention. Mais cette fois, c'était différent.

Elle a soupiré.

– Ton problème, c'est que tu tires des conclusions trop hâtives.

– Ah.

Je devais avoir un grave problème d'ordre médical pour aussi mal interpréter les signes. J'ai voulu consulter un médecin. Avoir un diagnostic. J'ai voulu demander à mon partenaire s'il s'était senti déçu que je ne corresponde pas à ses attentes.

D'après mes amis, il faudrait que je commence par m'aimer moi-même. Il paraît que cela rendra ma vie meilleure – exactement comme naguère la disparition des bagues et des boutons devait me rendre belle. Quand je leur demande comment m'y prendre, ils deviennent philosophes et répondent : « Tu dois le découvrir en toi-même. » Ce conseil est tellement abstrait que je finis par me demander s'ils ont vraiment cherché, et s'ils ont trouvé.

Comment faire pour découvrir cet amour de moi-même ? Je m'imagine plonger la main au fond de ma gorge et fouiller jusqu'à ce que je tombe sur un petit truc brillant, étiqueté « amour de soi ». Peut-être qu'il se cache derrière un organe inutile, ou dans les replis d'un muscle têtu. Et quand j'aurai déniché cette panacée magique, je m'écrierai : « Ah, te voilà, toi ! Mais où étais-tu donc pendant tout ce temps ? » Et je le renfournerai à l'intérieur, mais cette fois en le mettant à la bonne place.

Ma question : comment saurai-je que j'ai trouvé cette chose que j'ignorais avoir perdue, et que se passera-t-il ensuite ?

À vrai dire, je ne pense pas que mon problème vienne d'un manque d'amour envers moi-même. J'aime le sexe pour le sexe, autant qu'un homme, et je suis toujours honnête à ce propos. Ce qui complique les choses, c'est tout ce discours sentimental, suivi de la disparition de celui qui l'a tenu.

– *Ghoster* quelqu'un, c'est la manière la plus lâche de le quitter, ai-je dit un jour à un ami dans une pièce où se trouvait justement un type qui m'avait fait ce coup-là quelques années plus tôt.

– Tu préférerais que quelqu'un te dise droit dans les yeux qu'il n'a aucun sentiment pour toi ?

– Oui, je préfère ça plutôt qu'on me prenne pour une idiote.

Peu de temps après, un homme avec qui j'avais couché m'a dit que j'étais belle alors que nous allions chez moi au beau milieu de la nuit. Il m'a caressé la main en souriant, mais ça ne voulait rien dire – dans la lumière ambrée des réverbères, même un tesson de bouteille était d'une beauté fracassante.

– J'ai tellement de chance. Je n'arrive même pas à croire qu'une fille comme toi puisse me regarder.

Je lui ai envoyé un SMS la semaine suivante, mais il ne m'a jamais répondu. Exaspérée, je me suis fait la réflexion que je n'aurais même pas eu l'idée de lui envoyer un message s'il ne m'avait pas ainsi gratuitement flattée.

Et puis il y avait le type qui m'avait assuré que j'étais une lady. Il m'a ajoutée parmi ses amies sur Facebook et m'a promis qu'on resterait en contact. Que ma peau était douce et mon sourire superbe, et qu'il ne parvenait pas à croire qu'il ait pu rencontrer une fille comme moi.

Il m'a dit :

– Je ne suis jamais méchant avec les filles.

J'ai souri.

– Donc tu t'octroies à toi-même le titre de mec bien.

– Oui. Quel mal y a-t-il à ça ?

– Aucun, ai-je répondu en enroulant mes jambes autour des siennes.

Il a glissé la main sous ma tête, comme un coussin.

– Mais je n'ai pas envie qu'un mec soit gentil avec moi juste parce qu'il s'y sent obligé, tu comprends ? Je veux qu'il soit gentil parce qu'il a envie de l'être.

– C'est très sensé, a-t-il remarqué en emmêlant ses doigts dans mes cheveux et en m'embrassant sur le front.

Je ne recherche pas les aventures dans l'espoir de rencontrer l'amour. Je n'ai jamais compris pourquoi certains hommes sont convaincus que la flatterie est la clé qui les mènera à une chambre où ils sont déjà les bienvenus. Ils disent qu'ils adoreraient me revoir, et se demandent pourquoi le lendemain me vient l'idée saugrenue qu'ils veulent me revoir !

Je ne recherche aucun compliment, et je ne mérite pas de me faire *ghoster*. Quand il s'agit uniquement de sexe, pas besoin d'être mesquin : il suffit d'exprimer ce qu'on veut. Utilisez vos propres mots.

Gabrielle Ulubay termine son master à University College à Cork, en Irlande. En plus de sa contribution au Times, *elle a publié des articles dans* Film Ireland, O'Bheal *et* HeyAlma *à Trinity College à Dublin. Ce témoignage est paru dans le numéro de janvier 2018.*

JE CROIS QUE JE T'AIME

Quand Cupidon prend l'apparence d'une journaliste indiscrète

DEBORAH COPAKEN

Mon interview de Justin McLeod approchait de la fin quand je lui ai lancé cette dernière question : «Vous avez déjà été amoureux ?»

Ce cadre aux traits poupins était l'inventeur de Hinge, la dernière appli de rencontres à la mode. Ma question n'avait évidemment rien de sérieux.

Justin s'est décomposé. Personne ne lui avait jamais demandé cela au cours d'une interview.

– Oui, a-t-il fini par répondre. Mais quand je m'en suis rendu compte, il était trop tard.

Puis il m'a priée d'arrêter l'enregistrement.

Hors micro, il m'a raconté son histoire, à son plus grand soulagement. Elle s'appelait Kate. Ils étaient ensemble à l'université. Il n'avait cessé de lui briser le cœur. (Les larmes lui sont alors montées aux yeux.) À l'époque, il faisait quantité de bêtises ; il s'était beaucoup amendé depuis. Hélas, Kate vivait à présent à l'étranger et elle était sur le point de se marier.

– Sait-elle que vous l'aimez toujours ? lui ai-je demandé.

– Non, elle est fiancée depuis deux ans.

– Fiancée depuis deux ans ? C'est étrange, pourquoi ainsi attendre ?

– Je l'ignore.

Il y avait une année que j'avais mis un terme à mon mariage, au bout de vingt ans. J'avais beaucoup réfléchi à la nature de l'amour, à sa rareté. Si j'étais venue interviewer Justin, en fait, c'était parce que son appli m'avait aidée à organiser mon premier rendez-vous avec un inconnu après mon divorce (en réalité, c'était le premier rendez-vous avec un inconnu de ma vie), un artiste pour qui j'avais eu un véritable coup de foudre.

Le coup de foudre, ça ne m'était jamais arrivé non plus. En outre, c'était le premier homme que j'avais vu apparaître à l'écran après avoir téléchargé l'appli de Justin.

Pour ceux et celles qui tiennent les comptes, cela fait donc beaucoup de premières fois : première appli de rencontres ; premier homme à apparaître sur mon écran ; premier rendez-vous avec un inconnu ; premier coup de foudre. Ce qui m'intéressait, c'était de comprendre l'algorithme, comment il était né, comment il avait deviné en se basant sur notre liste d'amis sur Facebook que cet homme-là, ce sculpteur qui s'intéressait particulièrement au nœud entre l'imagerie libidinale et les fleurs, puisse vraiment me plaire.

– Il faut lui dire, ai-je déclaré. Écoutez…

Et j'ai raconté à Justin l'histoire que j'avais vécue avant de rencontrer mon mari.

Il terminait ses études et il était parti étudier Shakespeare à l'étranger. J'étais une reporter de guerre de vingt-deux ans, basée à Paris. Nous nous étions rencontrés sur une plage des Caraïbes, puis je lui avais rendu visite à Londres, traumatisée après avoir assisté à la défaite des Soviétiques en Afghanistan.

Tandis que je couvrais la guerre, je pensais à lui tous les jours. C'était mon amour pour lui qui m'avait maintenue en vie alors que je gisais dans une grotte, rongée par la dysenterie et une blessure à la main causée par un éclat de shrapnel – mon état était si grave que Médecins sans frontières avait dû m'évacuer vers l'Hindu Kuch.

Mais quelques semaines après que j'étais allée le voir à Londres, il m'avait posé un lapin à Paris. Il avait dit qu'il me rendrait visite un week-end, mais il n'était jamais venu. Du moins, c'est ce que je croyais.

Vingt ans plus tard, j'ai appris qu'en réalité, il était allé à Paris, seulement il avait perdu le papier avec mon adresse et mon numéro de téléphone. Je n'étais pas répertoriée dans l'annuaire. Il n'avait pas de répondeur téléphonique. Nous n'avions aucun ami en commun. Il a échoué dans une auberge de jeunesse, et moi, je me suis mariée et j'ai eu trois enfants avec l'homme que j'ai rencontré ensuite. La vie continue.

Quand Internet est apparu, la première photo de moi qu'il a vue me montrait avec mes enfants : il s'agissait d'une critique de mon premier livre de souvenirs comme reporter de guerre. Peu de temps après, il s'est marié à son tour et a eu lui aussi trois enfants. La vie continue.

Je l'ai retrouvé par hasard, en faisant des recherches sur une compagnie théâtrale pour mon dernier roman. Il y avait sa photo au-dessus de son nom, extrêmement banal. Je lui ai adressé un message : « Êtes-vous le même homme qui m'a posé un lapin à Paris autrefois ? »

C'est ainsi que j'ai appris ce qui s'était passé ce week-end-là, et que j'ai commencé à prendre conscience de l'ampleur des conséquences de cette rencontre ratée.

Son travail l'a amené à New York quelques mois plus tard, et nous nous sommes retrouvés pour déjeuner sur un banc à Central Park. J'étais dans un tel état que j'ai renversé ma limonade et fait choir mon sandwich : l'amour ancien couvait toujours sous les cendres.

En réalité, grâce à ces retrouvailles et au choc ressenti en découvrant la présence toujours vivante d'un amour qui pendant si longtemps avait été privé d'eau et de lumière, nous avons pu tourner la page, ce qui a affecté nos couples respectifs de manières très différentes. Lui a en effet compris qu'il devait vraiment s'occuper davantage du sien. De mon côté, j'ai réalisé que j'avais déjà donné au mien tout ce que je pouvais lui apporter – vingt-trois ans passés à le cultiver avec soin – mais que la terre était devenue stérile.

En découvrant l'amour de Justin pour Kate, assise sur un autre banc new-yorkais, quatre ans plus tard, j'ai ressenti une urgence nouvelle :

– Si vous l'aimez toujours et qu'elle n'est pas mariée, alors vous devez le lui dire. Tout de suite. Il ne faudrait pas que vous vous réveilliez dans vingt ans et que vous regrettiez ce silence. Mais vous ne pouvez pas faire ça par e-mail ou sur Facebook. Il faut aller la voir en personne, et accepter qu'elle vous claque la porte au nez.

Il a éclaté d'un rire mélancolique.

– Je ne peux pas. C'est trop tard.

Au bout de trois mois, il m'a envoyé une invitation à déjeuner. L'article que j'avais écrit sur lui et sa compagnie, où il m'avait autorisée à mentionner Kate (que j'avais appelée « Rosebud »), avait déclenché de l'intérêt pour son application, et il souhaitait me remercier.

Le jour J, je suis arrivée au restaurant et j'ai demandé à l'accueil :

– La table réservée au nom de Justin McLeod, pour deux personnes.

– Non, a-t-il rectifié en arrivant soudain derrière moi. Pour trois.

– Pour trois ? Qui est donc la troisième personne ?

– C'est elle, a-t-il dit en désignant une femme toute fine qui passait en courant près de la fenêtre dans un tourbillon de rose, ses cheveux blond vénitien flottant derrière elle.

– Nom de… c'est « Rosebud » ?

– Oui.

Kate est entrée en trombe et m'a prise dans ses bras. De près, elle ressemblait à une autre Kate – Katharine Hepburn, qui jouait dans ces comédies de remariage que j'avais étudiées à l'université avec Stanley Cavell.

Ces films, précurseurs des comédies romantiques d'aujourd'hui, avaient été tournés dans les États-Unis des années 1930-1940, à une époque où montrer des scènes d'amour adultères ou hors mariage n'était pas possible. Pour contourner la censure, les scénarios étaient toujours les mêmes : un couple marié divorce, flirte avec d'autres, puis se remarie. La leçon ? Parfois il faut savoir perdre pour mieux trouver ensuite, et repasser par la case départ est la clé de l'épanouissement.

– Tout ça, c'est grâce à vous, a dit Kate en pleurant. Merci.

À présent, Justin et moi étions en larmes, nous aussi, au point que les autres clients nous dévisageaient, gênés.

Une fois à table, ils m'ont raconté l'histoire de leurs retrouvailles, finissant les phrases l'un de l'autre comme s'ils étaient mariés depuis des années. Un jour, après être tombé par hasard sur un ami de Kate, Justin lui a envoyé un SMS pour savoir quand il pouvait l'appeler, puis il a réservé une place dans le prochain vol transatlantique et il est parti la retrouver sans la prévenir. Il l'a ensuite appelée depuis sa chambre d'hôtel en demandant s'il pouvait passer la voir. Elle devait se marier un mois plus tard : trois jours après, elle quittait l'appartement qu'elle partageait avec son fiancé.

J'ai ressenti une onde de culpabilité. Le pauvre !

– Mais non, ça va, a-t-elle dit.

Leur relation n'était plus au beau fixe depuis des années. Elle cherchait un moyen de repousser, voire d'annuler le mariage, seulement les invitations avaient déjà été envoyées, la salle et le traiteur réservés, et elle n'arrivait pas à se résoudre à décevoir tout le monde.

Justin était arrivé à sa porte au tout dernier instant où il pouvait encore lui parler ou se taire à jamais. À la date de notre déjeuner, les tourtereaux vivaient déjà ensemble.

Peu de temps après, je les ai invités à dîner pour leur présenter l'artiste obsédé par les fleurs qui était pour moitié responsable de leurs retrouvailles. Ça n'avait pas marché pour nous en tant que couple, à ma grande tristesse, mais nous avions réussi à nouer une amitié, et même une collaboration artistique après qu'il m'eut envoyé un petit dessin griffonné.

En fait, nous venions de signer un contrat pour trois livres : *The ABC of Adulthood*, *The ABC of Parenthood*, et – quelle ironie ! – *The ABC of Love*.

– Je peux voir le dessin ? m'a demandé Kate.

Je le lui ai montré sur mon téléphone.

– Ce sont des ovaires ? a-t-elle demandé en souriant.

– Ou des graines, ai-je répondu. Ou des boutons de fleurs, ça dépend comment on les voit.

Toutes ces interprétations étaient parfaites pour désigner l'amour qui engendre l'amour qui engendre l'amour, raison pour laquelle nous nous étions tous retrouvés ce soir-là autour de ma table, n'est-ce pas ? Car le véritable amour, lorsqu'il a fleuri, ne disparaît jamais. Il peut s'égarer avec un morceau de papier, se transformer en art, en livres, en enfants, ou bien déclencher la naissance d'une nouvelle union, s'il a échoué à cimenter un premier couple.

Mais il est toujours là, attendant tranquillement un rayon de soleil, poussant sur un sol gelé, insistant pour exister dans nos cœurs et sur la terre.

Deborah Copaken figure sur la liste des meilleures ventes recensées par le New York Times *avec* Shutterbabe *et* Le Livre d'or *(traduit par Corinne Daniellot, Paris, Le Cherche Midi, 2015). Elle est chroniqueuse à* The Atlantic *et fait partie de l'équipe de scénaristes de la nouvelle série Netflix de Darren Star,* Emily in Paris. *Ses Mémoires,* Ladyparts, *seront publiés chez Penguin Random House en 2021. Elle partage son temps entre Brooklyn et Los Angeles. Ce témoignage est paru en novembre 2015.*

Coucher avec le guitariste

JEAN HANFF KORELITZ

Parmi les différents âges de l'homme, il y a les classiques : bébé, enfant, adulte. Il y a aussi la crise de la quarantaine, si chère aux thérapeutes et aux secondes épouses. On peut aussi évoquer l'adolescence, qui chez certains dure longtemps... d'ailleurs a-t-elle une fin ? Toutefois, ces dernières années, j'ai découvert grâce à mon mari un stade de l'évolution masculine que jusque-là j'avais eu le bonheur de ne pas connaître. Je m'y réfère désormais comme l'âge de la guitare-dans-le-sous-sol.

Il y a six ans, quand mon époux, Paul Muldoon, un poète qui enseigne à Princeton, a rapporté chez nous une guitare électrique et l'a descendue dans le sous-sol de notre maison du New Jersey, je riais bien trop fort pour prendre la mesure de l'énormité de l'événement. Je savais qu'il adorait la musique. Il avait grandi dans l'Irlande des années 1960, il avait pour ainsi dire assisté en direct à la naissance du rock britannique, et il en savait bien plus long que moi sur l'influence du blues américain de chaque côté de l'Atlantique. Il sautait sur l'occasion dès que les tickets du prochain concert de U2 étaient en vente, et m'avait emmenée au fil des années à bien des concerts où je m'étais copieusement ennuyée (je me suis même endormie en écoutant Bob Dylan au Beacon Theatre).

Toutefois, je ne me rendais pas encore compte que le fracas qui émanait de sous notre salon augurait de grands changements pour notre famille. J'étais enceinte de notre second enfant à l'époque et, pour être honnête, je n'avais pas tout à fait les yeux en face des trous. Quand Paul jouait de la guitare au sous-sol, toute la maison vibrait, et moi je restais assise là, au rez-de-chaussée, vacillant sous les nausées. Quand je ne pouvais plus le supporter, j'ouvrais la porte de l'escalier du sous-sol et j'éteignais la lumière pour attirer son attention. «Je t'en prie. Arrête.» Et il s'arrêtait. Mais pas pour longtemps.

Or, j'allais bientôt le découvrir, ce nouveau phénomène ne se limitait pas à l'acquisition d'un seul instrument. Nous étions en passe d'acheter d'autres guitares avec tout l'équipement nécessaire, le charme de chacune s'évanouissant bientôt devant les vibrations de la suivante. Après cette première guitare, une Cort et son ampli, Paul a commandé une Fender Stratocaster, une Gibson Les Paul, un ampli Marshall, une copie de la Telecaster 1952 («comme celle dont jouait Keith»), une acoustique/électrique Ibanez et un ampli Fender Acoustasonic.

C'était une facette nouvelle et dérangeante d'un homme que je croyais bien connaître, un homme qui n'achetait jamais rien, portait une montre au bracelet en plastique craquelé, et qui conduisait une vieille bagnole, amochée dix ans plus tôt après une rencontre inopinée avec un cerf. À présent, il se rendait exprès chez Sam Ash à New York (j'imaginais les vendeurs échangeant de petits coups de coude: «Encore un de ces mecs qui jouent de la guitare dans leur sous-sol!»). Et notre maison était de plus en plus encombrée.

Peu à peu, j'ai commencé à comprendre qu'il ne s'agissait pas simplement de mon mari. Des hordes d'hommes du même âge environ branchaient leurs amplis dans leurs sous-sols pour batifoler au pays des merveilles de la musique. Dans les semaines qui ont suivi le 11-Septembre, alors que je commençais chacune de mes journées par la lecture d'un nouveau «Portrait de deuil» du *New York Times*, j'entendais sans cesse parler de ces messieurs qui rentraient chez eux après le travail pour aller s'enterrer dans leur sous-sol et faire vibrer jusqu'à la charpente leur maison du New Jersey, de Westchester ou de Long Island.

Une fois, lors d'un dîner, Paul s'est retrouvé assis à côté d'un directeur financier terriblement ennuyeux qui m'avait déjà tenu la jambe dans des cocktails. À ma grande surprise, ils se sont très vite lancés dans une conversation animée qui a duré jusqu'à la fin du repas. Je ne les perdais pas des yeux, incapable d'imaginer quel sujet de conversation ils avaient bien pu dénicher, sans parler de la ferveur qu'ils manifestaient.

– Il a une Stratocaster et joue dans son sous-sol, m'a appris Paul tout joyeux en rentrant à la maison. Il vient juste de s'acheter une pédale wah-wah.

Il était inévitable qu'à un moment donné, Paul cherche à partager sa passion. Il connaissait un avocat qui possédait un véritable studio d'enregistrement chez lui, et puis un professeur spécialisé en poésie de la Renaissance qui avait toute une collection de guitares. Au début, sortir après le dîner avec son instrument sur la banquette arrière était une grande occasion, une aventure exaltante pour lui, si ce n'est pour moi, mais bientôt, c'est devenu la sortie habituelle. « Ça ne t'ennuie pas si je vais répéter, ce soir ? » me demandait-il. *Répéter ?* me disais-je à moi-même, sidérée. Il en était encore au stade où il apprenait les accords basiques sur son instrument. *Répéter ? Sérieusement ?*

Il m'a fallu longtemps avant de comprendre à quoi j'avais affaire. Mais je suis une femme, ce qui signifie que, dans les tréfonds de mon cœur, je sais de longue date que certaines choses ne m'arriveront jamais. Par exemple, faire la couverture de *Sports Illustrated* pour présenter un maillot de bain, représenter mon pays aux Jeux olympiques dans l'équipe de gymnastique, ou danser *Coppélia* avec le New York City Ballet.

J'ai appris à accepter ce genre de déceptions et à passer à autre chose. Néanmoins, mon mari – mon cher et merveilleux époux, qui rencontre un vif succès en tant que poète et enseignant – à l'âge de cinquante-trois ans, croyait qu'il était tout à fait possible pour lui de devenir guitariste dans un groupe de rock. Et de jouer sur scène. Devant un public.

Notre fille âgée de douze ans avait baptisé son nouveau groupe « les Ringards à la guitare », mais leur véritable nom était d'un humour plus subtil. Ils s'appelaient les Cervelas (du nom d'un instrument de musique de la Renaissance), et avaient été rejoints par trois beaux jeunes hommes qui venaient de terminer leurs études. Ils se sont mis à écrire des chansons : le professeur de poésie de la Renaissance composait la musique, mon mari, les paroles.

Un des jeunes savait bien chanter. Le prof de poésie de la Renaissance était en vérité un excellent guitariste. Au bout de quelques mois, les enregistrements réalisés dans le studio de l'avocat ne me paraissaient plus si éloignés de la musique qu'écoutait ma fille à fond dans sa chambre. Le claviériste, qui avait sa propre compagnie de production de pastilles pour rafraîchir l'haleine, a évoqué la possibilité de produire un album.

Je n'essayais même plus de faire entendre raison à mon mari. De quelle raison s'agissait-il, de toute façon ? Ma perception de la réalité en avait pris un coup le jour où, en rentrant à la maison, je l'avais découvert écoutant en boucle un message laissé sur notre répondeur par une des rares stars du rock que nous révérions tous les deux : Warren Zevon. Celui-ci avait en effet lu ses poèmes. Quand Paul a appuyé une nouvelle fois pour réécouter le message enregistré sur notre répondeur, j'ai entendu l'auteur de « Werewolves of London » et d'« Excitable Boy » dire que mon mari était « le meilleur poète sur cette putain de planète ».

En temps voulu, ils se sont rencontrés, sont devenus amis et ont écrit ensemble deux chansons, dont « My Ride's Here », le titre phare de son avant-dernier album. Les livres sur l'industrie de la musique ont commencé à s'accumuler dans les toilettes. Paul a créé une maison d'édition pour préserver les droits de ses textes et il est devenu membre de l'ASCAP (Société américaine des compositeurs, auteurs et éditeurs). Les revues *Spin* et *Guitar World* arrivaient désormais chaque mois, en même temps qu'une suite ininterrompue de catalogues de chez Sam Ash. Les Cervelas ont été invités à donner leur premier concert dans un club de Greenwich Village. Le catalogue des chansons interprétées par le groupe est passé de trente à cinquante. Bruce Springsteen a produit un enregistrement live de «My Ride's Here» pour l'album d'hommage posthume à Warren Zevon.

Je refuse néanmoins de tirer la conclusion que j'aie pu vivre dix-huit ans avec une rock star sans m'en rendre compte. Je ne suis pas aveugle au point d'avoir raté le vieux cuir dans le placard, le bus de tournée dans le garage, et les lettres de groupies débordant de la boîte aux lettres. Ce n'est pas non plus une histoire de lent labeur, des années durant, d'un talent musical prodigieux, de la patiente construction d'un savoir-faire, qui tous arrivent un jour à maturité.

Selon moi, le succès de cette étrange aventure vient du fait qu'il ne savait pas que c'était impossible, c'est-à-dire que sa méconnaissance de l'industrie de la musique, son âge et son absence de look anéantissaient toute possibilité qu'il devienne jamais ce qu'il voulait être. Mais là encore, cet entêtement vient peut-être tout simplement du fait que c'est un homme.

Contrairement aux femmes pour qui la ménopause est une transition que l'on ne peut ignorer, une frontière qui divise la vie en deux parties, les hommes ne reçoivent aucun signe leur expliquant qu'ils ont atteint l'âge mûr et qui les guide à travers les régions intérieures conduisant de la jeunesse à la vieillesse. Ils ne voient qu'une grande plaine extensible à souhait. Faut-il alors s'étonner qu'ils perdent la notion de ce qu'ils sont? Et les preuves sont là: je suis bien obligée d'admettre que si jamais Paul arrivait demain pour m'annoncer qu'il a décidé de devenir ingénieur, ou peintre, ou star à Broadway, je lui accorderais le bénéfice du doute.

Sur scène, il a l'air d'un poète irlandais d'âge mûr, avec ses lunettes et son costume de professeur d'université. Ce n'est pas un excellent musicien, et, encore aujourd'hui, il ne joue qu'avec sept accords (ce qui fait déjà quatre de plus que nécessaire, souligne-t-il). Mais réussir dans un domaine, quel qu'il soit, c'est déjà une gageure. En quoi le fait qu'il ait cinquante-trois ans et soit un néophyte en musique devrait-il rendre si bizarre à mes yeux le fait de le voir jouer sur scène avec son groupe ? Pourquoi devrais-je ainsi m'étonner d'être surprise ?

Et puis il y a le fait qu'un des grands plaisirs qu'on a à être stupéfaite devant l'incroyable accomplissement de celui qu'on aime, c'est d'en découvrir les conséquences sur soi-même. Je reconnais que j'ai fait des choses que jamais je n'aurais envisagé de faire, comme sauter sur place dans le sous-sol obscur d'un club de rock avec une bande de jeunes, activité qui aurait pu me rappeler ma propre jeunesse si jamais j'avais fait ce genre de choses à cet âge-là. J'ai assisté à des scènes que jamais je n'aurais imaginées, comme voir un groupe d'étudiantes brandir une banderole avec le nom de Paul écrit dessus lors d'un concert des Cervelas.

Et j'ai dit quelque chose que jamais je n'aurais cru pouvoir dire à l'entrée des artistes d'un club new-yorkais, alors que j'emportais sa guitare – une de ses guitares ! – dans sa loge. Le videur, après m'avoir lancé un regard très dubitatif, se demandant peut-être si je ne m'étais pas égarée depuis un terrain de foot du New Jersey (où je me trouvais précisément quelques heures plus tôt), m'a demandé s'il pouvait m'aider.

– C'est bon, ai-je répondu en lui montrant la guitare. Je suis avec le groupe.

Jean Hanff Korelitz est l'autrice de six romans, dont Admission, Les Premières Impressions [1] *et* The Devil and Webster. *Elle est coadaptatrice et coproductrice de* The Dead, 1904, *une adaptation immersive de la nouvelle de James Joyce « Les Morts », présentée par The Irish Repertory Theatre (www.thedead1904.com). Elle vit à New York avec son mari, Paul Muldoon, qui fait désormais partie d'un groupe appelé Rogue Oliphant. Ce témoignage a été publié en mars 2005.*

1. Jean Hanff Korelitz, *Les Premières Impressions*, traduit par Hélène Zylberait, Paris, Le Cherche Midi, 2016. Ce roman a récemment été adapté en série sur HBO sous le titre *The Undoing*, avec Nicole Kidman et Hugh Grant. (Toutes les notes sont des traducteurs.)

À force d'entendre résonner la marche nuptiale, on finit par rentrer dans le rang

LARRY SMITH

C'est vrai, nous nous trouvions sur un îlot idyllique, face à une crique de carte postale sur les côtes de la Nouvelle-Angleterre. Certes, j'avais une bague – sept, en réalité, mais aucun diamant. Bien sûr, j'étais nerveux, maladroit, et il y avait une bouteille de champagne très bien cachée dans le bac à légumes du réfrigérateur. Mais disons les choses tout net : je n'ai pas prononcé les paroles fatidiques. En fait, je n'ai même pas eu besoin de lui poser la question. Et elle n'a pas eu à répondre non plus. Cela n'avait aucune importance.

« Veux-tu m'épouser ? » Qui donc a besoin de le savoir ? Qui cela peut-il soucier ? Pas moi. Ni elle. Et existe-t-il quelqu'un d'autre dont l'opinion importe ?

Nous étions ensemble depuis sept ans. Grâce aux progrès de la médecine, aux poulets élevés en plein air et aux cours de Pilates, selon mes calculs, nous avions bien cinquante à soixante années de plus devant nous. Nous n'avions pas besoin d'un morceau de papier pour rendre les choses plus concrètes entre nous. Ce dont nous avions besoin, c'était d'apprendre l'espagnol pour aller faire du surf au Costa Rica. D'acheter ensemble un appartement et de discuter des lampes que nous y installerions. Et peut-être aussi de nous reproduire. Mais nous n'avions aucun besoin de nous marier.

Tout cela inquiétait les suspects habituels (grands-parents, mères), mais aussi, à notre grande surprise, ceux dont nous espérions qu'ils approuveraient notre mode de vie « anticonformiste » (les gens tatoués, les gays, les frères et sœurs plus jeunes). Lors d'une bataille officielle de coleslaw à Daytona, en Floride, un motard grisonnant lui a dit qu'elle était folle (« Mais qu'est-ce que tu fais avec ce mec ? Il a de l'argent ? ») et m'a traité d'idiot car je n'avais pas encore définitivement conclu l'affaire (« Tu as intérêt à t'accrocher, mon gars, avant que quelqu'un d'autre te la pique ! »).

Mais enfin, c'était quoi, le problème ? Nous, nous n'en avions pas.

Il ne s'agissait pas d'une posture politique. Nous nous étions rendus à vingt-sept mariages – vingt-sept ! – au cours des sept ans que nous avions passés ensemble. Nous avions porté des toasts, dansé avec des cousins éloignés, réussi à persuader des extras de nous filer en douce des bouteilles en rab. Nul ne pouvait nous accuser de ne pas soutenir avec entrain cette tradition sacrée.

Cela n'avait rien à voir non plus avec un traumatisme familial. Mes parents s'étaient rencontrés au lycée et ils étaient mariés depuis quarante ans, pour le meilleur et pour le pire. Ses parents à elle avaient divorcé alors qu'elle était au lycée – situation pas idéale, mais pas vraiment exceptionnelle pour une fille née en 1969, qui dans son cas n'aura pas été à l'origine d'une longue et coûteuse thérapie.

Il ne s'agissait même pas d'une vision de bobos postmodernes et rebelles. Bien que cette erreur conceptuelle soit très répandue, je n'avais jamais cru que se marier revienne à se plier aux conventions. En réalité, j'avais toujours pensé que je me marierais un jour.

Elle vous dirait elle-même que, jamais dans ses rêves de jeune fille, elle n'avait fantasmé qu'un jour un homme l'enlève, lui passe au doigt un énorme diamant et l'attende au pied de l'autel. Elle avait toujours été forte et indépendante – et n'avait jamais imaginé être en couple si longtemps. Elle vous dirait elle-même que toute cette affaire avait été pour elle une agréable surprise, et qu'elle était sidérée que tout se passe aussi bien. Je ne voyais pas de raison de changer les choses.

Avance rapide jusqu'à la veille de notre mariage : disons que nous sommes en mai 2006. Une brise fraîche accueille les invités à la répétition du dîner dans un café branché de Key West. Les convives se mélangent, puis s'ensuit un pastiche comique de nos vies respectives avant notre rencontre. La vidéo démarre.

C'est sur moi qu'on ouvre le feu. L'enfance de « Dennis la menace ». Utilisation inappropriée des haut-parleurs du lycée, qui ferait rougir les protagonistes de *Desperate Housewives*. Étés de folie à Atlantic City chez ma grand-mère, sorties à toute heure du jour et de la nuit pour jouer avec des accessoires qu'elle et son amie Bunny Bookbinder auraient réprouvés. Un thème se fait jour : les filles. Il les adore. Petites, grandes, grosses, minces. Blanches, noires, asiatiques. Plus jeunes, plus âgées. Laurence David Smith aime trop les filles. En outre, il n'a pas un physique exceptionnel, aussi doit-il faire des efforts. Mais il les adore. Regardez-le en action ! Pourquoi renoncerait-il à tout ça ? Le voici à présent, la trentaine, vivant à New York – le meilleur endroit au monde pour un mec bien avec un bon job, qui n'a pas de problèmes de drogue ou de gestion de ses humeurs risquant de l'empêcher de faire connaissance avec toutes sortes de femmes. Il pourrait continuer ainsi pendant encore des années – cinq ans ! dix ! – avant de s'installer avec une compagne de choix qui soit dans sa cible démographique. Amusant !

Mais c'est son histoire à elle qui déchaîne la foule. La voilà, conçue par des parents hippies en 1969 à San Francisco. Sa brève mais mémorable carrière de mannequin, lorsqu'elle était enfant. L'éclosion lente mais sûre d'un caractère farouchement indépendant, l'indifférence aux garçons à l'époque du lycée. Les années passées dans son université pour filles. Des petits boulots dans des bars sympas. Ses exploits en Indonésie. Un amour dangereux. Ne vous y trompez pas, dans ce film, c'est elle le trophée (rarement remporté). Le thème : ne m'enferme pas. Le mariage ? Je ne parierais pas l'argent de mon déjeuner dessus.

L'homme qui aimait les femmes et la femme qui ne voulait pas qu'on l'enferme : quel beau sujet pour une vidéo. Vous dites : Le tigre ne change jamais de rayures. Nous répondons : Nous sommes ensemble, nous sommes heureux.

Que s'est-il donc passé ?

Je n'en suis pas certain. Le chemin qui m'a conduit à transporter sept bagues en or (une pour chaque année passée avec elle) dans un sac hermétiquement fermé, tandis que je manœuvrais avec précaution mon kayak au milieu des rochers, était un mélange subtil entre une vision personnelle, une impulsion impossible à définir, et l'expression d'un instinct qu'aujourd'hui encore j'essaie de comprendre.

Il n'y a pas eu de point de bascule, pas de moment d'épiphanie où je m'étais aperçu qu'accomplir l'acte le plus traditionnel qui soit était une bonne idée. Certains disent qu'ils ont reconnu immédiatement la femme de leur vie. Pas moi. Que ce soit un pull ou un logiciel, il me faut du temps pour décider de garder ou pas quelque chose, voilà pourquoi je conserve toujours les tickets de caisse. Je ne peux pas dire qu'un jour, en regardant au fond de ses yeux bleu pâle la fille que j'avais rencontrée en mangeant un hachis Parmentier de corned-beef dans un café de San Francisco, je me sois dit : *C'est la bonne.*

Aujourd'hui, après huit années, je le sais, un point c'est tout. D'où vient cette certitude ? Est-ce lié à la manière dont elle m'a aidé à faire mon deuil après le décès de mon grand-père ? Au soulagement que j'ai ressenti quand elle a enfin répondu à mon appel le 11-Septembre ? À cette longue randonnée à Point Reyes ? Parce qu'elle a pleuré quand les Sox ont fini par gagner ? Est-ce à cause de l'accueil digne d'une rock star que lui réservent mes neveux quand elle fait son entrée ? Peut-être que cette évidence aurait dû me frapper tout de suite, le matin où nous partions pour traverser le pays, quand elle a demandé à aller une dernière fois chez *Arthur Bryant* pour y déguster des travers de porc en guise de petit déjeuner (et qu'au bout de dix minutes, elle m'a dit : « Chéri, pourquoi tu ne te prends pas une bière ? »). L'ignorais-je lorsque sept ans plus tard, nous avons été séparés pendant toute une année ? Comment savoir ? Les grands moments comptent, mais les petits faits du quotidien en disent aussi long, voire davantage.

Je sais une chose : ces vingt-sept mariages y étaient pour beaucoup. Ils ont été joyeux, intègres (comme l'a dit Woody Allen à propos des orgasmes : « Le plus raté était précis comme un coucou suisse »). L'idée d'apposer notre sceau personnel sur une tradition dont nous avions assisté à tant de manifestations diverses – y compris, mais sans se limiter à ça, des messes complètes, des homards grillés, des vols de colombes, des houppas explosifs, des bulles de savon géantes, des bains de minuit glacés, et une quasi-orgie – devenait en effet de plus en plus attirante à chaque fois, et non l'inverse.

Mais ça, c'est pour la fête, et il n'y a jamais eu le moindre doute que nous serions capables d'organiser une immense fiesta pour célébrer notre aptitude à rester ensemble. Se marier – avec les tests sanguins, les cartons d'invitation à renvoyer, les déductions d'impôts –, c'est beaucoup plus que ça.

Comme je le disais, j'ai toujours pensé que je me marierais, jusqu'à ce que je réalise que ce ne serait peut-être pas le cas, ou tout au moins que je n'y étais pas obligé. J'ai vécu des relations longues auparavant, sans jamais la moindre pression de ce côté-là. Et nulle ne s'intéressait moins à la question du mariage que ma fiancée, ce qui faisait d'elle la femme de l'année auprès de mes copains qui ressentent une pression de la part de leurs partenaires désireuses qu'on leur fasse entrevoir une ligne d'arrivée bien réelle et tangible. Toutefois, j'ai beau être absolument fou de sa liberté et de son incroyable force, je vois l'envers du problème me concernant : a-t-elle vraiment besoin de moi ? Vit-elle son inébranlable indépendance comme un badge honorifique qui lui serait arraché si jamais un prêtre, un juge où un copain promu pour la journée à cette charge se mettait à chanter les louanges du mariage ?

J'ai donc écarté cette possibilité (elle a besoin de moi, évidemment ; et toute personne qui nous a vus ensemble sait combien j'ai besoin d'elle). J'ai compris le reste à la manière dont elle m'a serré le bras en écoutant un énième discours du père de la mariée, genre « c'est pas possible d'entendre ça ». Je l'ai compris aussi à sa façon de me prendre la main durant une magnifique cérémonie, et à ses larmes qui coulaient sur nos doigts. Enfin, je l'ai compris à cette expression très légèrement différente que j'ai lue dans ses yeux la dernière fois qu'un parfait inconnu m'a demandé si j'étais sain d'esprit de ne pas avoir encore épousé cette dame. Et avec ma lenteur habituelle, mais de manière très sûre, la vérité m'est apparue : *Elle veut se marier ! Et moi aussi ! Avec elle !* Il n'existe rien de moins original que le mariage – voilà donc sans doute l'idée la moins originale que j'aie eue depuis longtemps – mais il me fallait y arriver en suivant mon propre chemin. Et après toutes ces années (si nombreuses que les gens avaient cessé de nous demander combien), j'avais un atout dans ma manche : l'effet de surprise.

Alors qu'importe, allons-y ! Je ne pense toujours pas que le mariage soit la seule voie vers le bonheur, ou l'accomplissement de soi, mais pour nous, c'était ce qu'il fallait faire. Et donc, je lui ai fait ma demande. Ou plus exactement, assis près d'elle sur cet îlot ridicule sorti tout droit d'un magazine sur le mariage, je lui ai parlé d'amour et d'engagement, je lui ai dit que je n'irais nulle part, et voilà ces bagues, elles sont pour toi, et si tu veux vraiment rendre les choses officielles, c'est super, mais si tu n'en as pas envie, c'est super aussi. Et si tu veux un mariage en grande pompe, je te suis, et si tu n'en veux pas, on s'en fiche. Elle ne sait toujours pas très bien ce que je lui ai demandé, mais quand son rire s'est calmé, elle a dit oui. Puis elle a ôté ses vêtements et s'est jetée à l'eau.

Mes amis plaisantent en disant que je suis allé à vingt-sept mariages et qu'à présent le temps est venu pour mon enterrement… de vie de garçon. Ce qui est triste, comme n'importe quelles funérailles, bien sûr, mais cet enterrement ne résulte pas d'un tragique accident. Je le vois plus telle une sorte d'euthanasie que je m'impose, la mort par miséricorde.

Chérie, je suis prêt. Tu peux me débrancher.

Larry Smith est le créateur du projet Six-Word Memoir et l'auteur de séries de livres, dont a été récemment publié Six Words Fresh Off the Boat : Stories of Immigration, Identity, and Coming to America. *Il vit à Columbus, Ohio. Ce témoignage a été publié en décembre 2004.*

La course est plus douce dans les cent derniers mètres

EVE PELL

Sam et moi, nous nous fréquentions depuis deux ans. Lorsque j'ai atteint l'âge de soixante-dix ans et lui de quatre-vingts, nous avons fait une fête pour nos cent cinquante ans conjoints, et annoncé nos fiançailles. Nous nous sommes mariés un an plus tard.

Nous venions de milieux très différents. Sam était un Nippo-Américain qui avait été interné dans les camps de concentration pour Japonais pendant la Seconde Guerre mondiale, puis avait fait des études à l'université et connu un mariage heureux avec une Nippo-Américaine pendant plus de quarante ans, jusqu'à la mort de celle-ci. Quant à moi, j'étais une « débutante » qui avait appris à chasser le renard et dont les ancêtres colons de New York étaient les Lords du manoir de Pelham. Chose typique dans ma famille où l'on se mariait beaucoup, j'avais déjà divorcé deux fois.

Nous étions tous les deux membres du même club de course à pied dans la région de San Francisco, et Sam avait quelque chose de plus que les autres : c'était un monsieur de soixante-dix-sept ans, charmant, en forme et célibataire. J'avais envie de mieux le connaître.

Alors j'ai mis au point un plan. Une amie commune, Janet, avait chez elle une petite salle de projection qui pouvait accueillir une douzaine de personnes, et elle organisait souvent des fêtes. Je l'ai appelée :

– Ça fait très collégienne, ai-je commencé par lui dire, mais j'aimerais bien que tu invites Sam à l'une de tes soirées cinéma. S'il vient, je veux bien voir n'importe quel film.

Peu de temps après, elle m'a rappelée :

– Il vient jeudi.

Nous étions huit ou dix, ce soir-là. Après le film, nous discutions tous ensemble, et quelqu'un a mentionné *Carnets de voyage*, un film adapté du livre de Che Guevara.

– J'aimerais bien le voir, ai-je lancé.

– Moi aussi, a dit Sam.

Court silence. Je retenais mon souffle. Il m'a regardée :

– Vous voulez qu'on y aille ensemble ?

Me retenant de toutes mes forces pour ne pas embrasser Janet, j'ai accepté. Nous avons décidé d'une date pour la semaine suivante, et prévu de nous retrouver devant le cinéma. Hélas, ce soir-là, c'était complet.

Que faire ? Nous avons regardé quels autres films passaient et nous avons choisi *Sideways*. Il ne m'en reste qu'un vague souvenir d'hommes et de vin, en revanche, je me rappelle très bien m'être retrouvée assise près de Sam. À la fin de la séance, nous avons décidé que, puisque nous n'avions pas atteint notre objectif, nous reviendrions voir *Carnets de voyage* un autre jour.

Sam et moi avons pris l'habitude de courir ensemble. Très vite, je me suis retrouvée confrontée à un dilemme. À mi-chemin d'un marathon à Humboldt County, il a démarré beaucoup plus vite que moi, et m'a largement distancée. Mais à mesure que j'avalais les kilomètres, je me rapprochais de plus en plus de lui. À la manière dont il courait, je voyais bien que j'avais davantage d'énergie en réserve. Que faire ? Le doubler et prendre le risque qu'il m'en veuille ? Certains hommes ne supportent pas d'être supplantés par une femme.

Je pouvais ralentir et le laisser arriver avant moi, mais ce serait paternaliste de ma part, et j'en conserverais de la frustration. Et puis j'ai pensé : « Si ça le dérange que je coure plus vite que lui, alors ce n'est pas l'homme qu'il me faut.» Aussi ai-je accéléré, et quand je suis arrivée à sa hauteur, je lui ai donné une petite tape sur les fesses en m'exclamant: «Allez, du nerf!» Je suis allée au bout, mais en fin de compte, lui s'est arrêté avant. Toutefois, il était inutile de m'inquiéter. Sam ne s'est pas vexé: en fait, il était même content que j'aie fait une bonne course. Voilà comment nous nous sommes rapprochés.

Souvent, nous allions manger au restaurant chinois, où l'on vous donne ces biscuits avec un petit message à l'intérieur. J'en ai gardé deux qui m'ont particulièrement plu et se sont avérés prémonitoires:

Persévérez dans vos projets et vous épouserez la personne que vous aimez.

Cessez de chercher partout: le bonheur se trouve juste à côté de vous.

Un soir, au cinéma, alors que nous sortions ensemble depuis plusieurs semaines, j'ai senti sa main posée sur la mienne. Quand je ferme les yeux et que je me concentre, je réussis à recréer ce moment: l'obscurité de la salle, la chaleur de ses doigts, ce sentiment de bonheur. On ne s'attend pas à ce qu'une vieille grand-mère éprouve encore une fois le tumulte de l'amour, pourtant c'est bien ce que je ressentais, et je savais que son geste lui avait demandé du courage. J'en ai fait un à mon tour: je l'ai invité à prendre le thé chez moi après le cinéma. Dans mon salon, j'ai un petit canapé étroit, inconfortable, guère fait pour l'intimité, mais nous avons dû nous en contenter, et c'est là qu'il m'a embrassée avant de rentrer chez lui.

Un problème subsistait: je sentais bien que Sam était gêné à l'idée de cet amour naissant qui entrait en conflit avec la loyauté qu'il éprouvait toujours envers sa femme, Betty, décédée six ans plus tôt. Dans mes jeunes années, je me serais lancée dans la compétition, comme si le fait qu'il l'aime toujours signifiait qu'il avait moins d'amour à me donner. Désormais, j'étais différente, et un soir je lui ai exprimé le fond de ma pensée:

– Je sais que tu aimais profondément Betty, et j'ai le plus grand respect pour votre couple. Néanmoins, je pense qu'il y a de la place pour moi dans ton cœur.

Il m'a prise dans ses bras et il est rentré chez lui.

Quelques jours plus tard, il m'a demandé :

– Tu vas courir le 5 km à Carmel la semaine prochaine ?

– Oui.

– Tu veux qu'on y aille ensemble ?

– Bien sûr.

Je ne savais pas du tout ce qu'il avait en tête, mais tout s'est éclairci quelques jours plus tard. Nous discutions après nous être entraînés quand Sam a timidement baissé les yeux pour me dire :

– J'ai réservé une chambre à Carmel avec un seul lit. Ça te convient ?

J'ai alors réalisé que la dernière fois où il était sorti avec une fille remontait au début des années 1950, avant son mariage, et qu'il était complètement passé à côté des changements des années 1960 et 1970. Quand il a commencé à rester dormir chez moi, il faisait suspendre la distribution de son journal les jours en question pour que les voisins ne remarquent pas son absence. Pourtant, malgré son respect des convenances, c'était un vrai romantique.

Quelques mois plus tard, alors que nous étions tous les deux en Europe mais séparément, nous nous sommes retrouvés à Barcelone. Nous atteignions un nouveau seuil. Voyager ensemble à l'étranger allait s'avérer une mise à l'épreuve de notre relation bien plus importante que nos sorties au cinéma ou bien nos participations à des courses. Et là, comme dans tout le reste de ce qu'il faisait, il s'est montré parfait. Quand je suis arrivée à notre hôtel, il m'attendait avec du vin, des chocolats et des fleurs. En dépit de nos inquiétudes à l'idée de voyager ensemble, nous nous sommes parfaitement entendus. Dans le vol de retour, Sam a déclaré :

– Il ne faut plus jamais qu'on voyage séparément.

À partir de ce jour nous avons été vraiment ensemble. Il n'y avait guère d'éléments extérieurs qui nous en empêchent : il ne travaillait plus et touchait une retraite confortable ; j'étais écrivaine, indépendante, touchant moi aussi des revenus ; nos enfants, tous adultes, vivaient leurs vies. Nous n'avions rien d'autre à faire que nous aimer et être heureux. Aussi, Sam et moi avons fait les mêmes choses que les jeunes : nous courions, participions à des courses organisées, nous nous aimions, voyagions ensemble, puis nous avons redécoré une maison et nous nous sommes mariés.

Après la cérémonie, nous sommes partis pour Hawaï et il m'a confié :

– Il ne faut jamais appeler ça une lune de miel. Comme ça, personne ne pourra dire que la lune de miel est terminée.

Nous sommes allés en Italie en 2007 pour participer aux championnats du monde vétérans d'athlétisme (que j'appelle avec tendresse les « Jeux olympiques des vieux »), où nous avons tous les deux remporté des médailles d'or dans nos catégories respectives : 70 à 74 ans pour moi, 80 à 84 ans pour lui. À la maison, nous avons créé un jardin ; j'achevais la rédaction de mes Mémoires. Tous les matins, nous faisions des pompes ; tous les soirs, nous nous asseyions sur le rebord de la baignoire pour nous passer du fil dentaire. Il m'appelait « ma douce ». Jamais il n'oubliait le moindre anniversaire, y compris celui de notre premier rendez-vous au cinéma. Le jour de l'anniversaire de Betty, je lui offrais des fleurs.

Avec l'âge, l'amour évolue. À soixante-dix ou quatre-vingts ans passés, nous avions suffisamment subi les vicissitudes de la vie pour savoir qui nous étions, et nous avions appris l'art du compromis. Nous avions approché la mort car nous avions tous deux perdu des êtres chers. La ligne d'arrivée se rapprochait. Pourquoi ne pas laisser son cœur s'épanouir une dernière fois ?

Je n'étais plus très jolie, mais je n'étais pas névrosée. J'avais survécu à la perte, aux erreurs, aux mauvaises décisions ; si notre relation échouait, je survivrais aussi. Contrairement aux autres hommes que j'avais connus, Sam était adulte, il n'avait pas peur de l'intimité et explorait joyeusement ce que la vie lui offrait. Nous avons suivi nos cœurs où ils nous conduisaient, nous avons fait ce pari, et pendant quelques années, nous avons eu un petit bout de paradis sur terre.

Et puis un jour, le canal lacrymal droit de Sam s'est bouché et son œil s'est mis à gonfler. De diagnostics erronés en traitements inefficaces, nous sommes enfin arrivés à la biopsie. Une semaine plus tard, son médecin lui a appris qu'il avait un cancer au stade quatre, et qu'il était condamné.

Il s'est battu jusqu'au bout avec grâce et courage. Prête à tout pour alléger ses souffrances, j'ai appris à offrir aux infirmières des bons de vingt dollars chez Starbucks pour qu'elles s'occupent plus particulièrement de lui. Tous les jours, je lui apportais des morceaux découpés de sa pastèque préférée. Un matin, hélas, il n'a pas pu les manger. Il est mort quelques heures après.

Non seulement j'ai été heureuse pendant ces courtes années passées avec Sam, mais je me savais heureuse. J'avais reçu l'un des cadeaux les plus précieux qu'on puisse offrir à quelqu'un : le véritable amour. J'étais allée le chercher, et je l'avais trouvé.

Sam me manque toujours désespérément. Mais cette douleur en valait la peine. Nous nous disions souvent lui et moi : « Nous avons tellement de chance. » Et c'était la vérité. Un nouvel amour, même chez des personnes âgées, peut être d'une générosité surprenante.

Eve Pell est autrice et pratique la course de fond. Elle vit à Mill Valley en Californie. Ce témoignage est paru en janvier 2013.

Il ne s'intéresse pas vraiment à toi

VERONICA CHAMBERS

Sortir avec des hommes, pour moi, a toujours été pareil à ce jeu vidéo : on essaie de reproduire des mouvements de danse, et plus on progresse, plus c'est difficile, jusqu'à ce qu'on ne soit plus qu'un pantin désarticulé qui s'agite dans tous les sens. Je m'accrochais aux garçons, j'étais désespérée, j'offrais mon cœur au premier venu, je ne cessais de tomber amoureuse et, chaque fois, je me prenais un râteau dans la figure.

Voilà pourquoi c'est presque un miracle que je me sois mariée aussi vite il y a deux ans, et pour le meilleur.

Jusque-là, j'aurais pu figurer parmi les cas étudiés dans *Laisse tomber, il te mérite pas !*[1], enfin à ce qu'on m'a dit. Je n'ai pas lu ce livre : mes amies m'ont prévenue que ça me rappellerait trop de mauvais souvenirs. Apparemment, il est consacré aux filles dans mon genre : celles qui portent des œillères vis-à-vis des hommes qui traversent leurs vies, qui s'emballent trop vite et tombent sans cesse amoureuses des mauvaises personnes.

Je suis sûre que vous êtes nombreuses comme moi. Si c'est le cas, voilà ce que j'aurais envie de vous dire, et que j'aimerais qu'on m'ait dit à l'époque : ce n'est pas grave.

1. Greg Behrendt et Liz Tuccillo, *Laisse tomber, il te mérite pas ! Toute la vérité sur les hommes*, traduit par Madeleine Nasalik, Paris, Albin Michel, 2005.

Pas grave d'aller de loser en loser, et d'être raide dingue amoureuse à chaque fois. Pas grave de débarquer chez un type avec une douzaine de roses pour lui déclarer vos sentiments indéfectibles. Pas grave de boire trop et d'essayer d'appeler vingt fois votre ex, puis de vous sentir mortellement embarrassée en vous rendant compte que le nombre d'appels s'affiche sur son écran. Pas grave de se retrouver près d'une cabine téléphonique à Times Square au réveillon du Nouvel An, trempée comme un chat de gouttière sous une pluie battante à pleurer toutes les larmes de votre corps parce que l'homme auquel vous n'arrêtez pas de penser a décidé qu'il avait besoin d'air.

Ce n'est pas grave car je suis convaincue que ces grands gestes et tentatives héroïques pour suivre le conseil de E. M. Forster de «seulement être en lien» ne concernent pas vraiment tel ou tel type. Se ridiculiser par amour, c'est quelque chose qu'on fait pour soi-même, cela concerne la quantité d'amour qu'on a à donner, la distance qu'on est capable de parcourir pour garder le cœur grand ouvert alors que tout autour de vous vous donne envie de le fermer à double tour pour pouvoir recoller les morceaux.

Je ne voudrais pas m'aventurer trop loin dans une psychologie de bazar, mais parfois j'ai l'impression de n'avoir jamais eu la possibilité d'être une de ces filles qui se la jouent tranquille. Le couple de mes parents s'est avéré digne d'une série télé, avec ses départs dramatiques, ses manipulations et autres liaisons. Quand j'étais petite, mon père m'obligeait à lui dire lequel de mes parents j'aimais le plus. Si je choisissais ma mère, il était furieux. Si mon choix se portait sur lui, il me couvrait de baisers et de câlins, trop fier de cette victoire, puis il me promettait qu'il reviendrait bientôt.

«Bientôt», ça pouvait signifier deux jours. Deux semaines. Deux mois. J'ai appris de bonne heure que l'amour vous dispense de tenir vos promesses.

Ma mère, qu'elle soit bénie, a tout tenté pour que je ne devienne pas une de ces filles désespérées avec un gros complexe lié au père. En cinquième, j'ai rencontré mon premier petit ami : Chuck Douglas, un très bel athlète qui venait d'entrer au lycée. Nous fréquentions des établissements différents, aussi notre relation consistait-elle principalement en de longs appels téléphoniques et, la plupart du temps, c'était moi qui l'appelais.

Un jour où ma mère avait essayé en vain de me joindre pendant trois heures d'affilée, elle était rentrée plus tôt dans l'intention de me sermonner sévèrement. Quand elle m'a trouvée allongée sous la table, le fil du téléphone enroulé autour du bras comme un bracelet (ou des menottes), elle a eu pitié. Elle m'a emmenée dans sa chambre et m'a demandé tous les combien j'appelais Chuck.

– Tout le temps.

– Et à quelle fréquence t'appelle-t-il ?

J'ai haussé les épaules.

– Tu ne peux pas courir après les garçons comme ça. Ils n'aiment pas ça.

J'avais treize ans. Chuck Douglas avait choisi de sortir avec moi, une véritable intello parmi une foule de pom-pom girls aux poitrines développées. Les mots de ma mère ont glissé sur moi comme sur les plumes d'un canard. J'étais déjà une cause perdue.

À l'université, j'ai découvert les études féministes et j'ai réussi à adapter les mots de Gloria Steinem et d'Angela Davis à mon goût immodéré pour les garçons. « Je suis féministe, déclarais-je. Je n'ai pas besoin d'attendre qu'un garçon vienne me voir pour me proposer de sortir avec lui. »

Alors j'allais draguer untel, puis untel, puis untel : j'étais l'incarnation de « Il ne s'intéresse pas vraiment à toi ». Je suis sortie avec beaucoup de gays qui s'ignoraient. Aider mes ex à faire leur coming-out est devenu chez moi une espèce de service après-vente. Je suis sortie avec un DJ techno qui m'a invitée à faire du bateau avec ses parents. Je détestais ses goûts musicaux, il embrassait très mal, pourtant, j'ai quand même pleuré lorsqu'il m'a quittée une semaine plus tard.

Entre vingt et trente ans, j'ai eu deux relations longues, qui se sont malgré tout terminées, et je suis revenue à la case départ. À l'époque, le livre qui s'arrachait en matière de conseils s'appelait *Les Règles. Secrets pour capturer l'homme idéal*[2]. Il y avait de nombreuses règles censées vous aider à ferrer un garçon, mais celle dont je me souviens décrétait qu'on ne devrait jamais accepter un rendez-vous le samedi alors qu'on est déjà sortis ensemble le jeudi.

Ce livre me rappelait cette conversation avec ma mère au sujet du beau Chuck Douglas. Je comprenais que ces règles étaient bonnes pour moi, mais bon, le tofu aussi est bon pour moi, et je déteste ça.

Mon amie Cassandra insistait sur le fait que les hommes sont des lions: ils ont besoin de chasser leurs proies. Elle m'a suggéré de sourire au type qui m'intéressait plutôt que de foncer tout de suite dessus.

– Tu verras bien ce qu'il fait. Si tu te sens d'humeur joueuse, tu peux même lui lancer un clin d'œil.

Peu de temps après, une amie m'a invitée à l'accompagner en Afrique du Sud. Par un matin enchanté, nous prenions le petit déjeuner à l'hôtel. De l'autre côté de la salle, j'ai aperçu un homme charmant, au visage sympathique, du genre que vous avez l'impression de connaître depuis toujours. En quittant la salle, j'ai vu qu'il me regardait. J'ai souri. Il m'a renvoyé un sourire. M'enhardissant, je lui ai lancé un clin d'œil... puis j'ai trébuché sur une marche et je me suis étalée de tout mon long.

Pendant quelques minutes vertigineuses, je me suis retrouvée entourée par les employés de l'hôtel qui m'apportaient de la glace et des pansements. Ensuite, j'ai entendu une voix émerger de cette cacophonie: c'était l'homme à qui j'avais fait un clin d'œil. Je me suis détournée, mortifiée.

– Vous devriez voir un médecin, a-t-il dit.

2. Ellen Fein et Sherrie Schneider, *Les Règles. Secrets pour capturer l'homme idéal*, traduit par Arlette Stroumza, Paris, Albin Michel, 1997.

J'ai affirmé que j'allais bien.

– Alors laissez-moi en juger, car il se trouve que je suis médecin.

Le même soir, il m'a invitée à dîner, ainsi que tous les autres soirs. Nous avons échangé nos numéros de téléphone, bien que j'habite à New York, et lui à Sidney, en Australie. Je l'appelais, et l'appelais, parce que j'étais certaine que ce que je ressentais pour cet homme, si ce n'était de l'amour, au moins était-ce de la magie.

Mais non. Accordons-lui le fait que nous vivions sur des continents différents. Même s'il m'avait vraiment appréciée, notre relation aurait été extrêmement difficile.

C'est environ à cette époque-là, un peu avant mes trente ans, que j'ai trouvé une pépite dans un magazine féminin. L'article exposait l'idée suivante : si vous saviez que vous alliez rencontrer l'amour de votre vie dans un an, vous passeriez une très bonne année. Cela me paraissait raisonnable.

J'avais beau toujours me jeter au cou du premier venu et m'engager bien trop vite, je m'amusais beaucoup à rencontrer des types juste pour une nuit. Je savais bien qu'ils ne me rappelleraient pas. J'allais au théâtre, à des shows de hip-hop, j'essayais de me détendre face à toutes ces histoires d'amour et d'engagement.

Environ un an plus tard, j'ai rencontré celui qui allait devenir mon mari. L'amie qui nous a plusieurs fois mis en contact insistait sur le fait que, contrairement à la majorité des hommes que je côtoyais à New York, Jason était un garçon responsable. Ce n'était pas le genre Mr Big comme dans *Sex and the City* – une catégorie de mecs que je connaissais bien –, qui réussit tout ce qu'il entreprend et vous tient en permanence à distance. Ce n'était pas non plus un artiste sans le sou, qui voulait bien tomber amoureux, mais continuait à avoir des difficultés avec des réalités comme le fait de payer ses factures ou de garder un emploi.

Jason était juste un homme normal : il avait un bon métier, était propriétaire d'une maison, et il aimait ses parents. Huit mois après notre premier rendez-vous, il m'a fait sa demande en mariage.

Soudain, je me suis retrouvée dans le rôle inverse de celui que j'avais joué toute ma vie : je ne voulais pas me marier. Jamais je n'avais rêvé d'une alliance. Tout ce que je voulais, moi, c'était avoir une vraie relation avec un homme, qui m'appelle quand il disait qu'il le ferait, se lève tôt pour aller courir avec moi sur Brooklyn Bridge, et saute sur l'occasion dès que se présentait la possibilité d'aller passer un week-end dans le Berkshire.

Je voulais être avec quelqu'un qui lise le journal du dimanche au lit, m'accompagne voir des films étrangers, m'apporte du bouillon quand j'étais malade, m'envoie des fleurs le jour de la Saint-Valentin, et même parfois sans raison.

Jason m'a expliqué qu'il voulait lui aussi toutes ces choses. Mais pour lui, ce que je décrivais, c'était une relation de couple marié.

Alors j'ai dit oui.

Voilà sans doute pourquoi, au bout de deux ans de mariage sanctionné par l'Église, je commets encore parfois l'erreur de dire que Jason est mon petit ami. En tout cas, c'est le meilleur petit ami que j'aie jamais eu. Personne ne m'a jamais dit qu'un vrai mariage pouvait rattraper deux décennies de relations ratées. Personne ne m'a jamais dit que ces types qui ne s'intéressent pas vraiment à vous sont pour les femmes l'équivalent de petites encoches qu'on fait au pied de son lit.

Aujourd'hui, je suis heureuse d'être sortie avec le DJ, le médecin, le fabricant de bougies. Quand je repense à ces relations, je m'aperçois que, malgré tous les drames que j'ai vécus, j'ai réussi à conserver le sens de l'humour.

Que serait-il arrivé si l'une de ces liaisons avait duré, continuant à ronronner tant bien que mal malgré tous ses défauts ? Au lieu de me faire larguer et d'aller me consoler en ingurgitant des pintes de Chunky Monkey et en regardant *Diamants sur canapé*, je me serais retrouvée à côté de l'un d'eux devant un juge pour divorcer, ou j'aurais été obligée de le voir tous les samedis après-midi lorsque je lui aurais amené les enfants pour le week-end, ou bien notre cocker.

Par chance, ces hommes ne s'intéressaient pas vraiment à moi. En cela, ils m'ont rendu un grand service, plus que je n'aurais pu l'imaginer.

Veronica Chambers est rédactrice au New York Times *et éditrice de* Queen Bey : Celebrating the Power and Creativity of Beyoncé Knowles-Carter. *Elle est toujours aussi heureuse que ces hommes ne se soient pas vraiment intéressés à elle. Selon les mots de Beyoncé :* « Boy, Bye. » *Ce témoignage est paru en février 2006.*

Seule, cernée par un mur d'hommes

SUSAN M. GELLES

Parfois je joue à ce petit jeu où j'imagine combien ma vie aurait pu être différente si j'avais fait d'autres choix. Une chose en amène une autre, qu'on ne peut prévoir.

Après avoir passé des années à tenter de faire carrière dans la musique, je me suis inscrite en droit à New York. J'ai terminé mes études avec un prêt étudiant de cent mille dollars à rembourser. Par chance, j'ai trouvé une place dans un cabinet d'avocats incroyable, mais très exigeant, où l'on m'a attribué un bureau avec un collègue, Daniel.

Daniel et moi avons tissé ce genre de liens qui unissent les soldats dans une tranchée. Tous les deux, nous étions timides, mais travailler ensemble jour et nuit, et même les week-ends, finit par avoir raison de toute forme de réserve. Il m'envoyait de faux e-mails de nos supérieurs, je me levais d'un bond de mon bureau pour le faire sursauter.

Nous n'avons pas noué de relation amoureuse, mais nous partagions nos revers sentimentaux. Nous étions d'accord sur le fait qu'il était particulièrement effrayant de rencontrer des gens dans des environnements non structurés. Voilà pourquoi nous nous cachions dans nos bureaux pour éviter le cocktail hebdomadaire au cabinet. Nous formions une alliance défensive face à la perspective de nous mêler à des collègues que nous connaissions peu.

Mais même les meilleures alliances de guerre finissent par se disloquer. Au bout de trois ans, Daniel a quitté le cabinet pour déménager dans une autre ville. Il m'a fallu encore deux ans pour finir de rembourser mon prêt. Dans les cinq secondes qui ont suivi, j'ai fui le champ de bataille pour rejoindre le service juridique d'une maison d'édition au rythme d'activité plus calme.

Avec davantage de temps libre, j'ai pris mon courage à deux mains et signé pour une soirée spéciale célibataires. J'avais trente-sept ans, j'avais atteint le milieu de ma vie, et de là où je me trouvais, la seconde moitié ressemblait à une lente dégringolade. Aussi ai-je mis mes interrogations de côté et me suis rendue à cette soirée.

Neuf personnes présentes : cinq hommes et trois autres femmes. Nous avons tous pris la parole au micro pour parler de nous. Puis est arrivé le moment que je détestais : celui où on se retrouve tous ensemble pour discuter. Les organisateurs de l'événement nous ont rappelé les consignes : ne pas se montrer impoli. Si quelqu'un venait vers nous, il fallait accepter de lui parler, ne serait-ce qu'une minute.

Nous nous sommes levés dans un bruit de chaises. J'ai aperçu un mec assez mignon et je suis allée vers lui. Il est venu vers moi avec un grand sourire, puis s'est détourné pour parler à celle qui l'intéressait vraiment. J'en ai repéré un autre et je me suis approchée.

– Salut ! ai-je dit.

– Pardon, a-t-il répondu en passant son chemin.

Je suis partie en me jurant de ne plus jamais assister à ce genre de soirée. J'ai écrit un message à Daniel, qui m'a répondu que le même groupe organisait une nouvelle soirée un mois plus tard, et que je devrais quand même y aller. *Bien sûr*, ai-je pensé. J'ai entrepris des recherches sur l'adoption pour femmes célibataires, et j'ai signé pour un nouvel appartement.

Un vendredi après-midi, quelques semaines plus tard, je travaillais à mon bureau dans un environnement bienheureusement tranquille. Ici, nul n'avait besoin en urgence d'un mémo résumant des recherches juridiques. Nul ne s'attendait à ce que je travaille la nuit. C'était un emploi paisible.

J'ai décidé de faire le ménage dans mes e-mails. Et j'ai retrouvé ce message où Daniel m'enjoignait de retourner à la soirée pour célibataires. Le jour J était arrivé, et cela démarrait à dix-huit heures dans Midtown Manhattan.

Je portais une chemise de flanelle, un jean et des baskets. Mais quelle importance ? Je n'allais rencontrer personne. Et puis à quoi ça servait, l'amour, de toute façon ? Oh, après tout, ce serait peut-être amusant. Mais ne devrais-je pas parler avec des gens ? *Je peux partir quand je veux*, me suis-je rappelé à moi-même.

Cette fois, il y avait bien quatre-vingts personnes présentes, assises sur les chaises d'une salle de réunion dans un lycée. Il a fallu une heure pour que tout le monde s'exprime au micro. J'ai pris des notes sur ce que disaient certains. Il y avait cet entrepreneur qui aimait Shakespeare, cet avocat amateur d'opéra.

Puis est venu le moment tant redouté où il fallait engager la conversation avec les autres. Un homme à l'air furieux est venu vers moi et m'a demandé comment j'allais. Quelques instants plus tard, un autre, sourire figé, s'est enquis de mes films préférés.

La phase d'approche devait durer une demi-heure, mais je ne pouvais feindre d'être détendue et sûre de moi pendant si longtemps. Si je ne partais pas bientôt, j'allais commencer à raconter des anecdotes personnelles déplacées, comme ce jour où à l'école élémentaire une bonne sœur m'avait dit que je n'arriverais à rien dans la vie parce que je parlais trop doucement. Après avoir échangé quelques mots avec d'autres hommes, dont aucun ne m'intéressait, j'ai filé aux toilettes et je me suis barricadée.

Pourquoi m'infliger ça à nouveau ? C'était épuisant. L'amour était sûrement une chose très surestimée. Sans doute était-ce un sentiment que les gens prodiguaient envers ceux qui les acceptaient tels qu'ils étaient. Je me suis adossée au mur et j'ai fermé les yeux. J'entendais d'autres femmes bavarder, le bruit des robinets, les chasses d'eau. *Je vais attendre ici jusqu'à la fin des rencontres*, ai-je pensé. *Ensuite, j'y retournerai pour voir si quelqu'un a noté mon numéro en vue d'un potentiel rendez-vous.*

Seulement, quand je suis revenue, la séance de prise de contact n'était toujours pas terminée. Aussitôt, l'avocat qui aimait l'opéra s'est planté devant moi. Il portait un costume impeccable, ses cheveux bruns étaient coupés court, son regard pénétrant. Quant à moi, j'aurais pu passer pour la fille d'écurie qui prenait soin de son cheval.

– Bonjour ! ai-je dit. Je me souviens de vous. Vous êtes avocat.

– Oui, a-t-il dit, le visage fermé.

– Je suis avocate moi aussi. J'ai travaillé dans un grand cabinet. Maintenant, je suis au service juridique d'une maison d'édition. Dans quel domaine êtes-vous ?

– L'immobilier.

– Ah. Et vous aimez l'opéra. Quelle est votre période préférée, quel compositeur ?

Il a semblé se détendre un peu.

– J'aime Puccini.

Un vague souvenir m'est revenu de m'être trouvée dans une bibliothèque spécialisée en musique, dix ans plus tôt, et d'avoir écouté un opéra que j'avais détesté.

– Je me rappelle avoir entendu *Tosca*, il y a des années. C'était tellement surfait.

Silence. Derrière lui, les organisateurs nous invitaient à regagner nos places.

Tout était délicieusement affreux : la prise de contact, la façon dont j'étais habillée, la futilité de mes efforts pour rencontrer quelqu'un. Même quand je tentais de montrer de l'intérêt pour une personne, je l'insultais involontairement.

Je n'ai pu retenir un rire :

– Désolée. C'était sans doute un mauvais enregistrement. Ou bien j'étais de mauvaise humeur cet après-midi-là.

– Oui, sans aucun doute.

Nous sommes tous revenus à nos places et nous avons dûment noté le numéro des personnes que nous avions appréciées, puis nous avons rendu nos fiches aux organisateurs. Ensuite, nous avons attendu que les ordinateurs nous donnent les résultats.

L'avocat, qui s'appelait Richard, et moi étions sur la même longueur d'onde. Une semaine plus tard, nous nous sommes retrouvés pour dîner dans un restaurant italien. À nouveau, il portait un costume impeccable, et moi une robe. Je lui ai demandé :

– Si vous ne m'aviez pas parlé, est-ce que vous auriez quand même relevé mon numéro ?

– Oh non, je n'accepterais jamais un rendez-vous avec une personne à laquelle je n'ai pas d'abord parlé – il a incliné la tête : C'est vrai que c'était difficile de vous approcher ce soir-là.

Oui, ai-je pensé, *puisque je me cachais dans les toilettes.*

– Vous étiez entourée d'hommes.

Vous vous faites des illusions, ai-je pensé.

– Il a fallu que je me fraie un chemin à travers un véritable rempart, a-t-il ajouté.

J'ai choisi d'être honnête.

– Non, il n'y avait pas un mur d'hommes autour de moi.

– Oh si ! a-t-il insisté.

– Je m'étais cachée dans les toilettes.

– Mais il y avait bien un mur d'hommes.

C'est sans doute là que commence l'amour : quand on voit quelqu'un d'une manière qui défie la réalité, mais qui nous paraît pourtant totalement sensée.

À notre deuxième rendez-vous, nous sommes allés au Metropolitan Opera voir *Tosca*. Nous en sommes ressortis mêlés à la foule dans la nuit d'automne. Les petites rues étaient presque désertes, et nous avons marché en discutant avec ferveur de Scarpia, qui était si mauvais, et du terrible destin qui s'abattait sur Cavaradossi.

– Merci de me pardonner d'avoir insulté ton opéra préféré, ai-je dit.

Richard a gentiment haussé les épaules.

– Au moins, tu en avais entendu parler.

Et nous avons continué à marcher en nous tenant la main et en discutant musique. Je ne sais comment nous nous sommes retrouvés de nouveau sur la place désormais vide, devant l'Opéra. Il était minuit.

– Chante-moi quelque chose de Rodgers et Hart, ai-je demandé.

Richard a réfléchi : « I'm wild again. Beguiled again. A simpering, whimpering child again. »

Deux ans plus tard, nous nous sommes mariés. Nous avons eu des jumeaux.

Quand je me demande comment j'ai fait pour avoir autant de chance, je me dis : parce que ma carrière dans la musique n'a pas marché. Parce que je suis allée dans une université hors de prix, alors même que je n'avais pas d'argent. Parce que j'avais besoin d'un travail bien payé. Parce qu'on m'a adjugé Daniel pour collègue de bureau. Et parce qu'il m'a envoyé cet e-mail.

Mais le plus crucial, c'est que j'ai cessé de me cacher dans les toilettes avant qu'il soit trop tard.

Susan M. Gelles est autrice, elle vit avec sa famille à Larchmont, dans l'État de New York. Son témoignage est paru en décembre 2015.

Quand Ève et Ève croquent ensemble la pomme

KRISTEN SCHAROLD

Quand on vous élève pour devenir une bonne chrétienne, vous ne vous contentez pas d'aller à l'église : vous embrassez l'Église. Celle-ci devient l'entité avec laquelle vous passez vos soirées et vos week-ends, le petit ami dont vous partagez les relations, la copine avec laquelle vous échangez vos rêves.

J'étais une très bonne chrétienne, aussi je ne me suis pas contentée d'embrasser l'Église : je l'ai épousée.

Après avoir terminé mes études dans mon université du Midwest, dont la devise était « Pour le Christ et pour son royaume », je suis partie m'installer à New York. C'était la première fois que je sortais de mon cocon évangélique, et ma priorité était de trouver une église qui me plaise, où je trouve un guide spirituel, un centre communautaire, et à laquelle je puisse consacrer ma vie.

Mes recherches m'ont menée à Brooklyn, où j'ai découvert un endroit qui réunissait de jeunes gens créatifs et des professionnels encore inexpérimentés qui, comme moi, étaient en quête d'une foi moins encombrée par le fondamentalisme. Nous avons très vite forgé des amitiés, y compris avec notre pasteur, qui était autant un ami qu'un guide spirituel et un pair. Nous restions traîner à l'église le dimanche, mais en semaine nous allions aussi dans les bars et les uns chez les autres.

Très vite, cette congrégation a fait pour moi office de bien-aimé. J'ai prononcé mes vœux et accepté de diriger des séances d'étude de la Bible, de faire l'école du dimanche, d'assister à des réunions en semaine, et de me charger de toutes sortes d'autres obligations. Je me suis engagée auprès de cette nouvelle église avec la joie et l'énergie d'une jeune mariée.

Comme la plupart des femmes célibataires de cette communauté, ma deuxième priorité était d'y trouver un époux. Le christianisme aime les triangles amoureux. Comme la Sainte Trinité se compose du Père, du Fils et du Saint-Esprit, les principes élémentaires de l'Église évangélique nous enseignent aussi la sainte trinité du mariage: l'homme, la femme et l'Église. Aussi chaque semaine passais-je en revue les rangs des fidèles à la recherche d'un homme qui ne porte pas d'alliance.

Un dimanche, j'ai remarqué une femme que je n'avais jamais vue, vêtue d'une veste en daim, aux cheveux courts ramenés sous son chapeau. Nous avons eu une conversation assez banale. Pourtant, j'étais captivée. Je lui ai lancé l'invitation la plus évangélique qui soit:

– Tu veux venir à mon cours sur la Bible?

Elle est venue. Puis je l'ai invitée à dîner chez moi. Ensuite, elle a commencé à venir dormir dans mon canapé. On se retrouvait pour boire un café, un whiskey, et au bout d'un moment, on a oublié qui devait payer pour l'autre. J'ai réussi à la convaincre qu'il était possible de circuler à bicyclette dans New York, et elle a acheté un vélo.

Deux fois, elle est tombée, et je l'ai ramenée chez moi pour la soigner, nettoyer sa blessure, et lui bander la cheville. Un jour, sans le savoir, nous sommes allées voir une exposition dans un musée qui montrait des œuvres d'artistes gays et lesbiennes, ce qui m'a obligée à me poser des questions sur nous. Toutefois, je refusais de voir l'évidence.

Au cours des mois qui ont suivi, Jess a pris l'habitude de laisser des affaires dans mon placard, de faire des courses pour diversifier mon régime alimentaire exclusivement constitué de burritos surgelés, et il a bien fallu que je m'avoue à moi-même que j'étais en train de tomber amoureuse. Cette prise de conscience m'a fait descendre de mon petit nuage céleste pour me précipiter directement dans la gueule béante de l'enfer.

J'ai réussi à accepter cette réalité. Puis j'ai voulu la combattre. Mon âme et mon identité étaient en jeu, ainsi que ma vision du monde tout entière, ma cosmologie spirituelle, mes relations avec mes amis, ma famille, Dieu. La sainte trinité du mari, de la femme et de l'Église me hantait toujours, alors même qu'elle s'éloignait de plus en plus.

Ce fut une crise aux proportions démesurées. Je m'enfonçais dans un abîme de honte et d'angoisse. Ma peur des Enfers m'empêchait d'imaginer tout avenir avec Jess. Je me repentais de ce que les chrétiens appellent la «lutte contre l'attirance pour le même sexe», et pourtant, je prenais toujours un plaisir incomparable en sa compagnie. J'ai lu d'innombrables livres sur l'homosexualité. Hélas, je n'y voyais toujours pas clair. Cherchant à tout prix le réconfort, j'ai réussi à me convaincre que Jess et moi étions simplement amies.

Cela a marché jusqu'au soir où, en allant assister à un ballet, je l'ai embrassée, et elle m'a avoué qu'elle était amoureuse de moi. Pour la première fois, je me sentais complète, aimée, reconnue. Être couchée près d'elle guérissait toutes mes blessures, passées comme présentes. Mais cela confirmait aussi mes pires craintes. Je me suis réveillée terrifiée. Il fallait que je mette Jess dehors et que je rompe immédiatement toute relation avec elle.

Mais d'abord, le brunch. C'était le genre d'événement auquel nous ne pouvions nous soustraire: le pot de départ d'un ami cher. Nous avons eu toutes les peines du monde à endurer les œufs mimosa ou Bénédicte, tandis que nous entrevoyions les changements catastrophiques dans nos vies, façon Adam et Ève chassés du paradis, remplies de culpabilité. Enfin, l'addition réglée, nous sommes parties nous confronter à notre nouvelle réalité.

Dans la rue, Jess a remarqué un sans-abri, perdu au milieu de la circulation. Comme elle n'était pas du genre à laisser tomber quelqu'un dans le besoin, elle l'a interpellé pour qu'il revienne sur le trottoir, où il a commencé à nous raconter l'histoire des accidents que la vie lui avait infligés. Jess l'a écouté patiemment. Quant à moi, je me tenais en retrait, supérieure et mal à l'aise. Puis elle a proposé de lui acheter à manger.

Ils sont ressortis d'une bodega toute proche, l'homme tenant entre ses mains un sac de nourriture et un café, arborant un grand sourire.

– Combien je vous dois ? a-t-il demandé.

– Mais rien, c'est cadeau.

– Combien ? a-t-il insisté.

– Eh bien, a hésité Jess. Un dollar.

Il a fouillé dans sa veste et en a sorti un porte-monnaie dont il a extrait quatre pièces, qu'il a mises dans la main de Jess avant de s'en aller.

Jess a considéré les pièces :

– C'est la chose la plus précieuse qu'on m'ait jamais donnée. Je ne sais même pas quoi en faire.

Au cours de ma vie, on m'avait assené une série de définitions de l'amour et des relations amoureuses faciles à vérifier dans les Écritures ; de même, je pouvais constater que la Terre était plate rien qu'en regardant l'horizon. Mais en voyant Jess avec cet homme, j'ai soudain entrevu un nouvel horizon, qui s'avérait bien plus complexe.

En elle, je voyais l'amour de Jésus en action, libre de toute condition et s'étendant à toute personne, mais surtout aux exclus, aux marginaux. Jésus n'avait jamais mentionné l'homosexualité. Sa cosmologie n'était pas constellée de croyances, de crimes, ni de mépris ; par nature elle consistait à aimer les laissés-pour-compte. Or c'était bien ce que reflétait Jess jusqu'au tréfonds d'elle-même. Elle incarnait les vertus qui étaient les plus importantes aux yeux de Jésus : compassion, gentillesse, justice. Comment aimer une personne qui savait si bien aimer son prochain pouvait-il être un péché ?

J'ai senti peu à peu se lézarder mon austère cadre religieux fait de dichotomies erronées et de rigueur morale. Ce qui au début me paraissait un choix terrible entre perdre mon âme ou perdre mon amie la plus chère était en vérité une leçon me révélant que le véritable amour était la seule chose qui puisse me sauver.

Il allait se produire encore de grands bouleversements. Beaucoup de gens s'opposaient à notre relation en insistant sur le fait que, si nous nous aimions, alors nous n'aimions pas Dieu. Notre pasteur en faisait partie. Nous étions allées le voir tout de suite pour lui confesser ce que nous considérions alors comme une relation pécheresse. Mais avec le temps, nous avions discuté avec lui de l'évolution de notre pensée, espérant que ces années passées à servir avec dévouement notre église témoigneraient de notre vertu, et que notre pasteur – notre ami – accepterait de prendre notre parti nonobstant la théologie.

Au lieu de cela, il nous a donné un ultimatum : « Séparez-vous, ou vous serez exclues de l'église. » Et bientôt, l'église nous a répudiées.

Lorsque je revenais sur ce triangle compliqué entre Jess, l'Église et moi, je ne cessais de m'interroger sur les exigences de l'amour du Christ, et voilà le refrain que j'entendais : « Aime ton prochain comme toi-même. » Jess ne m'avait pas seulement initiée à l'amour romantique, mais aussi à l'*agapè*, en me montrant que le principe le plus fondamental, c'est cette trinité qui consistait à aimer Dieu et votre prochain comme vous-même. Nous avons fini par trouver une nouvelle église qui mettait à l'honneur ce principe, et acceptait tout le monde. J'ai à présent la joie de la servir en tant que membre senior.

Deux ans après notre premier baiser, Jess et moi sommes allées nous promener sur une plage déserte de Rhode Island. Une lune voilée par les nuages et une poignée d'étoiles illuminaient nos bonds et cabrioles tandis que nous laissions la liberté chasser toute honte. À mesure que nos yeux s'habituaient à l'obscurité, nous avons aperçu un poste de sauveteur en hauteur, et nous y avons grimpé. L'océan à nos pieds, l'horizon face à nous, nous nous sommes installées côte à côte dans la nuit.

– Si on écrivait quelque chose ? a suggéré Jess en sortant le journal que nous tenions ensemble.

– Non, profitons juste de ce moment, ai-je répondu car tout me paraissait parfait ainsi.

– Alors moi je vais écrire quelque chose et tu le liras après.

Jess a griffonné sur une page, puis elle m'a tendu le carnet ouvert en l'éclairant de la lampe de son portable. La lumière était une intrusion brutale dans notre nuit privée, et je lui ai demandé d'éteindre.

Elle a donc poussé le journal entre mes mains. Quand j'ai regardé, j'ai vu qu'il y avait un trou au milieu, et dedans, une bague.

J'ai été prise de vertiges. J'ai attendu qu'elle prononce les paroles magiques, mais elle est restée silencieuse. Nous pouvions nous passer de mots.

Puis j'ai pris le stylo et j'ai écrit « Oui » sur la page.

Elle m'a passé l'anneau d'argent au doigt, et m'en a donné un, assorti, à passer au sien. Ensuite elle m'a demandé si je me souvenais de ce sans-abri que nous avions rencontré le jour du brunch.

J'ai ri.

– Bien sûr ! Pourquoi ?

– J'ai fini par trouver quoi faire de ses pièces. Je les ai fait fondre pour fabriquer nos alliances. Cinquante centimes chacune.

Kristen Scharold est autrice et vit à Brooklyn. Son témoignage est paru en novembre 2016.

Mon cœur court-il plus vite que celle qui le poursuit?

GARY PRESLEY

La polio m'a laissé presque quadriplégique et je ne peux pas me lever. La force de mes bras est limitée, je peux effectuer des gestes simples lorsque je suis dans mon fauteuil, mais je suis incapable de m'y installer ou d'en sortir seul.

Pour vivre dans mon appartement comme je le souhaitais, plutôt que dans une institution, j'avais besoin d'être assisté par des personnes qui venaient m'aider à me mettre au lit le soir, à me lever le matin, et à prendre ma douche… voilà, vous avez un aperçu. Dix à vingt minutes le matin et le soir en général suffisaient. Le reste du temps, je m'occupais moi-même de mes affaires, ce qui comprenait mon travail pour une compagnie d'assurances. Pas de mise au rebut dans un établissement spécialisé pour moi, merci.

Les assistantes de vie qui m'aidaient venaient à deux, ce qui était préférable pour mettre un homme au lit et le déshabiller. Je suis très déférent envers les femmes, et je faisais un véritable effort pour éviter tout contact, tout propos qui risquerait de paraître inapproprié. Ainsi les choses se passaient sans encombre, se limitant à un travail effectué puis oublié – enfin, jusqu'au jour où Belinda, une jeune mère de deux garçons, est arrivée chez moi avec sa collègue. Elle travaillait le soir pour payer ses études.

Un peu plus tôt dans la journée j'avais remarqué que ma douche avait du jeu, aussi ai-je demandé à Belinda :

– Vous savez vous servir d'une clé à molette ?

– Bien sûr. J'étais un vrai garçon manqué. J'aidais tout le temps mon père quand j'étais petite.

Ses cheveux de soie bruns étaient attachés dans sa nuque délicate, elle avait des yeux marron foncé exotiques, et le corps souple d'une danseuse. Peut-être naguère avait-elle été un garçon manqué, mais je ne voyais en elle qu'une belle jeune femme.

– Il y a une boîte à outils dans le tiroir du bas, à gauche de mon bureau. Allez la chercher, je vais vous expliquer ce qu'il faut faire.

À mesure que les jours passaient, Belinda venait parfois seule s'occuper de moi.

– Ça ne vous dérange pas d'être là sans votre collègue ?

– Pourquoi ? Je cours plus vite que vous.

Alors la corvée de mon transfert entre lit et fauteuil a disparu, et nous avons commencé à parler d'autre chose : de livres, de films, de mon travail et du sien. Nos relations ont évolué de manière naturelle et, au bout de quelques semaines, Belinda venait parfois me rendre une petite visite amicale avant de commencer son service, entre quinze heures et vingt-trois heures.

Un jour, elle a amené ses fils.

– Voici Matthew et Christopher, a-t-elle dit.

Les garçons ont pris la parole, même si Matthew, le cadet, s'accrochait aux jupes de sa mère. Bien sûr, elle leur avait parlé de mon fauteuil roulant. Matthew était roux, avec des taches de rousseur, tandis que Chris avait hérité de la chevelure brune de sa mère.

C'est ainsi que l'homme en fauteuil roulant, hautain et sardonique, et la jeune femme énergique qui aimait les sciences et s'inquiétait de réussir à nourrir ses enfants ont peu à peu tissé des liens étranges, qui faisaient étinceler les pensées, les sentiments, les émotions, tels des éclairs à l'horizon, et autorisaient leurs mains à se toucher.

J'avais plus de quarante ans, ma colère et ma frustration à l'idée d'être paralysé s'étaient dissipées. Mais il ne m'était jamais venu à l'esprit que notre amitié, ce lien avec Belinda, puisse aussi être un pont entre prudence et passion, entre isolement et relation de couple.

– Sincèrement, je ne vois pas le fauteuil, a dit Belinda quelques mois après avoir fait ma connaissance. C'est toi seul que je vois.

Mais moi, je ne la croyais pas. J'avais été paralysé trop jeune, à une époque où j'étais trop immature, où on considérait les handicapés comme des invalides, incapables de faire quoi que ce soit, acceptant passivement les limites et le retrait derrière un sourire soumis afin d'éviter d'être rejetés, abusés, blessés ou maltraités.

Belinda avait vingt-six ans, elle se lançait dans un master en microbiologie, mais elle était aussi mère célibataire avec un revenu faible. Il y avait presque dix ans qu'elle travaillait comme aide à domicile pour payer ses études et l'école de ses enfants. Sa vie était devenue bien plus compliquée depuis qu'elle était en master.

À l'époque, je ne savais pas aimer d'amour, mais j'étais capable d'endosser le rôle d'ami. J'essayais de l'aider avec ses garçons, je les préparais pour aller prendre le bus quand elle commençait à travailler très tôt le matin, je les gardais après l'école et m'assurais que leurs devoirs soient faits et qu'ils aient goûté.

Un jour à la fin de l'été, Belinda m'a demandé de l'accompagner sur le campus tout proche.

– J'ai besoin de l'opinion d'un homme pour savoir ce que doit porter une assistante en sciences.

En effet, ses études lui permettaient d'arrondir ses fins de mois en travaillant comme assistante auprès des professeurs. La question de sa tenue l'inquiétait, aussi nous nous y sommes rendus dans ma fourgonnette.

En chemin, dans une rue adjacente, nous avons aperçu une vieille Coccinelle retapée, elle l'a montrée du doigt en déclarant :

– Un de ces jours, je m'en achèterai une et je la rénoverai.

À moitié distrait, j'ai murmuré :

– Si les souhaits étaient des chevaux, les mendiants feraient de fiers cavaliers.

– Mais c'est méchant ! m'a-t-elle lancé en se détournant.

Elle conduisait ma fourgonnette ; j'étais assis à l'arrière dans mon fauteuil roulant attaché par une ceinture de sécurité. « Pardon », ai-je répondu par automatisme, sans comprendre ce qui avait suscité sa réaction. Cet aphorisme caustique était parfaitement sensé pour moi : j'étais passé maître dans l'art des souhaits.

– On a bien le droit de rêver ! s'est-elle indignée.

Nous sommes restés silencieux pendant qu'elle achetait ses robes. Elle aimait les imprimés à fleurs. J'aimais le modèle bleu marine à petits pois blancs. Je l'ai invitée à déjeuner, puis nous sommes rentrés. Tandis que nous attendions le retour de ses fils en bus, elle s'est assise sur mon canapé, encore déprimée, ses jambes ramenées sous elle, ses cheveux bruns tombant le long de son visage. Elle regardait par la fenêtre la rangée de cèdres qui bordait l'allée.

– Je ne voulais vraiment pas te blesser, ai-je répété.

– Ça va. Je ne devrais pas être aussi sensible.

Je lisais le désespoir dans ses épaules tombantes.

Je connaissais le désespoir. Je le portais comme un vieux manteau familier, incapable d'accepter ce qu'il faut tolérer, ignorant avec mépris ce qu'il faut reconnaître. Mais à ce moment-là, devant tant de tristesse chez une personne d'habitude si ouverte et pleine d'allant, face au découragement qui avait envahi l'esprit de cette femme qui attendait quelque chose de moi, j'ai voulu offrir davantage que de simples mots d'excuses. Toutefois je savais aussi que m'aventurer plus loin dans son monde pourrait m'entraîner en un lieu où je risquais de mettre en péril ce que j'étais, un lieu où je savais que je ne pourrais plus m'accrocher à la réalité qui me permettait de ne pas sombrer dans la folie.

J'étais persuadé que je n'étais pas digne d'aimer Belinda.

Que je ne devrais pas la laisser m'aimer. Je m'accrochais à l'idée que je devrais me satisfaire de continuer tranquillement à vivre sans me plaindre, cas désespéré, mélange hétéroclite et absurde de morceaux brisés, mendiant qui ne rêvait même plus de monter à cheval. Seulement c'était une femme, belle et pleine de vie, et j'étais un homme, certes en fauteuil roulant, mais plein de chaleur et de désir, ce qui parfois me faisait oublier mon fauteuil.

Et je détenais aussi un petit secret obscène, sans doute depuis que j'avais été placé sous respirateur, ou bien un peu plus tard, quand j'avais compris que jamais je ne remarcherais. Cette chose continuera à jamais de suppurer dans mes entrailles, et jusque-là elle avait rongé en moi toute illusion que l'amour et le mariage tels que les décrivent les films et les livres puissent m'être destinés. Voilà ce secret : je serai toujours physiquement dépendant de ceux qui pourraient m'aimer. Je suis une obligation, une corvée, et je le serai toujours. Je ne pouvais comprendre rationnellement qu'une femme puisse m'aimer sans très vite sombrer dans la haine pour le poids mort que j'étais.

Tout cela ricochait dans ma tête – pas sous forme de mots, mais d'un malaise brumeux et mélancolique – tandis que je regardais Belinda. Soudain, elle s'est levée, a franchi la distance qui nous séparait. J'ai ouvert les bras, et elle s'est assise sur mes genoux, posant la tête sur mon épaule. Il n'y a eu aucun bruit, aucun mot, seulement ses larmes, et mon étonnement silencieux.

Amis. Amants. Peut-être ce jour a-t-il servi à prouver qu'un chemin pouvait être tracé dans la jungle de mes insécurités. Je me souviens seulement de ce cadeau, cette magie, cette transition sans anicroche entre ce que jamais je n'aurais pu imaginer et ce que je chérirai jusqu'à mon dernier souffle. Un baiser. Une caresse. Le doux parfum au creux de son cou.

– Il faut qu'on arrête tout de suite, ai-je dit la bouche dans ses cheveux. Tu dois trouver quelqu'un d'autre.

– Où est-ce que je trouverais un homme assez fou pour

garder mes enfants chez lui quand ils ont la varicelle ? a-t-elle répondu en souriant et en embrassant le sommet de mon crâne.

Quelques mois plus tard, Belinda est venue me rendre visite et m'a tendu une petite boîte. À l'intérieur, une alliance, un large anneau orné de feuilles de chêne gravées.

– Essaie-la pour voir si elle te va.

Nous approchons à présent nos vingt ans de mariage, et je suis toujours aussi émerveillé de constater combien l'amour peut transformer une vie. Parfois, je pense que Belinda pourrait voir en moi une créature qu'il faut nourrir, un lieu de sacrifice, un autel sur lequel offrir son amour. Mais je ressens aussi autre chose : cet éclat d'il y a vingt ans, cette chaleur entre une femme et son compagnon.

Les cyniques disent que l'amour romantique est une fiction. Je suis tombé vraiment amoureux une seule fois dans ma vie, et je pense qu'il s'agit là d'un mystère, d'une énigme, d'un nœud gordien dans lequel deux esprits s'entremêlent. Et pourtant, aujourd'hui encore, je n'arrive toujours pas à m'habituer à la réalité de l'amour que Belinda me porte. J'ai choisi de l'aimer, contre ma raison, mais avec tous les rêves de mon cœur. Et même à présent, je considère les tâches pour lesquelles elle m'apporte son soutien avec un mélange de culpabilité et de gratitude, de rancœur et d'amitié, de colère et de stupéfaction.

Quelque part dans les tréfonds de mon âme sommeille un affreux vieux mendiant. Il ignore que l'homme que Belinda a choisi d'aimer a trouvé son cheval et qu'il est parti au galop.

Gary Presley est l'auteur de Seven Wheelchairs : A Life Beyond Polio. *Son témoignage a été publié en novembre 2009.*

Un amour sincère, fou, coupable

AYELET WALDMAN

J'ai participé à de nombreux groupes de jeunes mamans. Chaque fois, au bout de trois minutes, la conversation revient invariablement sur le fait que les relations sexuelles leur pèsent. Elles veulent toutes entendre dire que les autres non plus n'en ont pas envie, afin de se rassurer. Pour la plupart, ces femmes sont à l'aise avec leur corps, elles se considèrent comme des êtres sexués. Elles aiment leur mari ou leur compagnon. Pourtant, presque aucune d'entre elles ne fait l'amour.

Il existe des raisons expliquant cette désertion du lit conjugal. Elles sont exténuées. Ça leur fait mal. Et puis elles sont tellement disponibles pour leurs bébés – lui donner le sein, le porter, le câliner –, comment pourraient-elles l'être pour quelqu'un d'autre après cela ?

Toutefois, la véritable raison de cette abstinence, ou du moins la plus profonde, c'est que la passion de l'épouse s'est déportée vers un autre centre d'intérêt. Au lieu de se concentrer sur son mari, elle est tout entière vouée à son bébé. Là où naguère son mari était le centre de son univers affectif, il existe un nouveau soleil autour duquel elle est désormais en orbite. Sa libido, telle qu'elle la vivait autrefois, a disparu, remplacée par un gigantesque amour maternel. L'unanimité sur la question est absolue, et toutes les mères se sentent aussitôt rassurées.

Enfin, à une exception près. Moi.

Je suis la seule du groupe qui visiblement continue de faire l'amour avec son mari. Cela pourrait me remplir d'une satisfaction complaisante. Je pourrais rester assise là à me rengorger au sujet de mon merveilleux couple. Je pourrais me dire que notre vie sexuelle – toujours essentielle, et même torride – est plus excitante et imaginative à présent qu'au moment de notre rencontre. Je pourrais consulter ma montre au cas où j'aurais le temps de m'arrêter chez *Good Vibrations* pour voir s'ils ont reçu de nouveaux *sex toys* excitants. Je pourrais même considérer avec pitié les autres mères du groupe en leur souhaitant de connaître un amour aussi profond que le mien.

Et pourtant non. Je suis bien trop occupée à m'inquiéter de ce qui ne va pas chez moi. Pourquoi, parmi toutes les femmes présentes, suis-je la seule à ne pas avoir opéré cette transition érotique que toute bonne mère doit accomplir? Pourquoi suis-je la seule qui soit incapable de mettre ses enfants au centre de son univers émotionnel?

Quand ma première fille est née, mon mari l'a prise dans ses bras et il a dit:

– Mon Dieu qu'elle est belle!

J'ai décortiqué ses couvertures à mon tour. Elle était de taille moyenne, avec de longs doigts fins et un assortiment aléatoire d'orteils. Ses yeux étaient rapprochés, et elle avait le nez crochu de son père. Ça lui va mieux à lui.

C'était une nouveau-née, rouge et osseuse, le visage crasseux, miaulant comme un chat. Je ne me souviens plus de ce que j'ai dit à mon mari. En fait je me souviens de très peu de choses de ces premiers jours de maternité où j'étais plongée dans un brouillard médicamenteux, en dehors de cet appel d'une amie qui a glapi:

– Alors tu es raide dingue amoureuse?

Bien sûr que j'étais raide dingue amoureuse. Mais pas de mon bébé.

J'aime ma fille. Mais je ne suis pas amoureuse d'elle. Ni de ses deux frères et de sa sœur. Oui, j'ai quatre enfants. Je passe une bonne partie de mes journées à les baigner, brosser leurs cheveux, surveiller leurs devoirs, et les prendre dans mes bras lorsqu'ils pleurent toutes les larmes de leur corps. Mais je ne suis pas amoureuse d'eux. Je suis amoureuse de mon mari. C'est son visage qui m'inspire le paroxysme de la dévotion. Si une bonne mère doit aimer ses enfants plus que n'importe qui au monde, alors je ne suis pas une bonne mère. En réalité, je suis une mauvaise mère. J'aime mon mari plus que mes enfants.

Un exemple : il m'arrive comme beaucoup de parents de jouer à me faire peur en émettant cette hypothèse : et si jamais… ? Et si jamais un de mes enfants était enlevé ? J'imagine ce que ce serait d'en perdre un, ou même de les perdre tous. J'imagine que je me consumerais de chagrin, que je serais ravagée par la douleur. Et pourtant, au cœur de ce fantasme, demeure toujours un avenir par-delà la mort. Car si je devais perdre un de mes enfants, voire tous, lui, mon mari, je l'aurais toujours.

En revanche, l'imagination me manque lorsque j'essaie de me représenter un avenir après sa mort à lui. Bien sûr que je continuerais à vivre. J'ai quatre enfants, un emprunt immobilier, un emploi. Mais je ne peux pas imaginer être heureuse sans lui.

Je ne pense pas que les autres mères du groupe de parole ressentent la même chose que moi. Je sais qu'elles seraient brisées si elles se retrouvaient veuves. Mais elles seraient prêtes à sacrifier n'importe quoi pour leurs enfants, y compris leur époux.

Est-ce la faute de mon mari si je suis une mauvaise mère ? Peut-être m'inspire-t-il une adoration plus vaste que les autres conjoints ? Il fait la cuisine, le ménage, s'occupe de notre progéniture, tout ça au moins autant que moi.

Si les préliminaires érotiques les plus excitants pour une jeune mère, ainsi que j'ai entendu certaines l'affirmer, consistent à remplir le lave-vaisselle ou à balayer, alors mon mari est un maître en la matière.

Il est beau, brillant, et il réussit. Mais il peut aussi se montrer écervelé, asocial et arrogant. Il danse mal, et il en sait beaucoup trop sur la politique des Klingons et les paroles des chansons de Yes. Dans le fond, il ne vaut pas tellement mieux que les autres. Alors en fait, ce doit être ma faute.

J'essaie de me remémorer les premiers jours et semaines qui ont suivi l'accouchement. Je sais que le désir sexuel a mis du temps à revenir. Je me souviens de ne pas avoir eu envie de faire l'amour. Ni même de câlins. Par moments, je savais que si jamais la main de mon époux par accident me touchait les seins, en attrapant le sel par exemple, je la lui trancherais avec le couteau à beurre.

Même aujourd'hui, je n'ai pas forcément tout le temps envie. Quand les enfants sont au lit, je suis aussi épuisée que n'importe quelle mère qui a passé sa journée à travailler, faire le taxi, construire des châteaux en Lego, et aller acheter tel modèle précis de chaussures de foot. Je suis également une lectrice compulsive. Additionnez la fatigue et le besoin de lire, et vous avez là une situation dans laquelle aucun couple ne parvient à se retrouver. Sauf que quand je vois mon mari à la périphérie de mon champ de vision – ses épaules rondes et douces, ses yeux d'un bleu éclatant magnifié par ses lunettes de lecture –, je referme mon roman.

Parfois j'ai l'impression d'être la seule à ce point obsédée par son conjoint. Parfois, j'ai l'impression qu'il ne ressent pas la même chose que moi. Il aime ses enfants comme une mère. Il les a mis au centre de son univers. Mais c'est un homme, et il est doté d'une forte libido. Bien qu'il ait désormais quelqu'un d'autre que moi au centre de son univers, il ne désire pas moins me faire l'amour pour autant.

En outre, il me dit que je me trompe. Qu'il m'aime autant que je l'aime. De temps à autre, nous nous éclipsons tous les deux quelques jours. Nous parlons de notre relation, nous disons combien nous nous aimons physiquement et sentimentalement, et nous évoquons ce qui nous rend heureux d'être mariés.

Au cours de ce genre de discussions légères et exaltantes, nous nous touchons, nous commençons à faire l'amour, et puis nous nous arrêtons.

Ensuite, mon mari me dit que notre couple est au cœur de son univers, que les enfants sont des satellites, bien-aimés, mais pas au centre. Et cela ne semble pas le perturber le moins du monde. Il n'a pas le sentiment d'être un mauvais père. Il ne trouve pas que m'aimer davantage qu'eux est quelque part déloyal.

J'imagine que je devrais me ranger à son avis. Je ne devrais plus utiliser cette maudite expression : « mauvaise mère ». Au moins devrais-je estimer que je suis une mère « suffisamment bonne ». En tout cas, je sais une chose : quand je regarde autour de moi dans la salle où se réunissent les mères, je sais que je n'échangerais ma place avec aucune autre.

J'aimerais qu'une éminente sociologue publie une étude sur ces couples de parents désespérément épris l'un de l'autre, et dont l'amour réciproque est plus fort que celui qu'ils éprouvent pour leurs enfants. Ce serait merveilleux qu'il soit une fois pour toutes établi que les enfants de ce genre de couples réussissent mieux, sont plus heureux, vivent plus longtemps et mènent des existences plus saines que ceux dont les mères concentrent tous leurs désirs et passions sur leur progéniture.

Mais même si cette étude n'est jamais réalisée, même si un jour je suis confrontée au fait que mes enfants deviennent héroïnomanes, qu'ils soient incapables de s'attacher à quelqu'un, qu'ils errent de relation pourrie en relation pourrie, et autres choses terribles que je préfère ne pas imaginer, je ne puis regretter ce battement de cœur lorsque je regarde mon mari, exactement comme il y a douze ans, la première fois où je l'ai vu, au milieu du hall de mon immeuble, un bouquet d'iris violets à la main.

Et si jamais mes enfants m'en veulent d'avoir été des lunes plutôt que des soleils ? S'ils me critiquent parce que je ne les ai pas assez aimés ? S'ils me traitent à leur tour de mauvaise mère ?

Je leur répondrai que je leur souhaite d'être aimés comme j'aime leur père. Qu'ils sont mes enfants et qu'ils méritent à la fois d'aimer et d'être aimés ainsi en retour. Je leur dirai de ne rien accepter qui soit en deçà de ce qu'ils ont vu naguère, chez nous, leurs parents.

Ayelet Waldman est l'autrice de A Really Good Day *et d'autres livres. Elle vit à Berkeley avec son époux et ses enfants. Ce témoignage a été publié en mars 2005.*

C'est qui la dame dans ton lit, papa ?

TREY ELLIS

Je les entends avant qu'ils entrent, tout en bruit de pas et murmures excités dans le couloir, devant ma chambre. Puis la porte s'ouvre, juste assez pour qu'ils puissent passer et faire la course pour être le premier. À cet instant, retentit le réveil :

– Papa, il est sept heures.

Ça, c'est ma fille, qui a six ans. Elle grimpe sur mon lit et son visage se niche contre le mien. J'ouvre un œil et découvre ses yeux, énormes. Puis mon fils monte à l'autre bout du lit, traverse le paysage de la couette en me martelant les tibias de ses petits genoux osseux.

– Papa, il est sept heures, répète-t-il en imitant sa sœur.

Il a trois ans et demi.

C'est ainsi que presque tous les matins, depuis trois ans que ma femme est partie, le désert de mon grand lit se peuple à nouveau.

Mon lit est un king-size californien, constitué d'une mousse à mémoire de forme inventée en Suède et développée par la NASA. Mon fils et ma fille ont tous les deux été conçus sur ce polymère de l'ère spatiale, et c'est là aussi qu'a eu lieu leur premier mouvement pour sortir du ventre de leur mère, avant que l'urgence de la situation ne nous conduise en toute hâte à la maternité.

Hélas, sept mois après la naissance de mon fils, je me suis

retrouvé seul sur cette étendue souple. Mon fils dormait dans son berceau, ma fille, dans son lit à barreaux. Et ma femme, dans son studio bohème à Venice Beach.

Elle voulait recouvrer sa liberté. Je voulais la stabilité pour mes enfants. Alors elle est partie et je suis resté – dans un sale état. Sous le choc, en grand besoin de réconfort, j'étais prêt à tout pour qu'on m'aime.

La plupart de mes amis hommes et toutes mes amies femmes m'ont déconseillé de me jeter aussitôt à la tête de la première venue. Pourtant, j'étais convaincu que le meilleur remède pour faire cicatriser mon cœur était l'odeur d'une nouvelle peau. J'ai fréquenté tous les bars pour célibataires de la région, mais chaque fois, j'en repartais aussi seul qu'à l'arrivée, et pendant des mois je suis resté en rade sur le marché.

Enfin, une divorcée patentée m'a donné ce conseil :

– Pense à toutes les femmes avec qui tu as eu envie de coucher à l'époque où tu étais marié et appelle-les.

Quelques jours plus tard, je suis rentré à la maison, la capote de la voiture relevée, le vent chassant mes larmes, en criant le nom d'une fille qui m'avait toujours plu, une Nigériane d'une trentaine d'années qui était arrivée ici via Liverpool.

Chez moi, j'ai fouillé à la recherche de mes vieux carnets d'adresses, j'ai retrouvé son numéro, je l'ai appelée et, fait incroyable, elle a répondu. Je lui ai dit que ma femme et moi avions divorcé et que je lui téléphonais pour lui proposer de sortir avec moi.

Au terme d'un long silence, elle m'a dit :

– Non. Tu es toujours marié.

Certes, nous étions récemment passés au tribunal pour remplir les papiers du divorce, et il fallait encore compter six mois pour que la procédure soit achevée. Par chance, ma future ex-femme était à la maison à ce moment-là, où elle s'occupait des enfants. Nous avions toujours partagé nos obligations parentales, et nous nous y tenions encore bien qu'elle n'habite plus là.

– Écoute, je vais te la passer, tu pourras lui demander toi-même.

J'ai posé la main sur le combiné et expliqué à ma « future ex » la nature du problème. Elle a pris la communication dans une autre pièce.

Que ma vie est devenue étrange, me souviens-je d'avoir pensé.

Enfin, elle est revenue et m'a rendu le téléphone.

– Eh bien, Ellis, c'est une première, ça, a murmuré la Nigériane. Tu dois vraiment avoir envie de sortir avec moi.

Sortir avec des femmes était une chose, mais les présenter à mes enfants en était une autre. J'étais déterminé à ne pas être de ces pères qui introduisent auprès de leurs enfants une nouvelle belle-mère potentielle tous les six mois. Mon ex et moi avons même ratifié dans notre accord de divorce qu'une période de six mois de relation stable était nécessaire avant de présenter quiconque aux enfants.

Puisque c'est moi qui vis avec eux, cet engagement est bien plus facile à respecter pour elle que pour moi. C'est une bonne initiative et j'ai bien l'intention de la respecter, mais attirer une femme dans mon lit sans que mon fils ou ma fille le remarque nécessite parfois de sacrées acrobaties.

À mon troisième rendez-vous avec la Nigériane, nous sommes allés chez moi après le dîner. Il était tard et je sentais l'espoir croître au même rythme que la peur. Allais-je m'effondrer en larmes au beau milieu de nos ébats ? Après douze ans passés avec la même femme, ma technique était-elle devenue aussi rouillée et démodée que Phil Collins et les pantalons à pinces ?

Le lendemain matin, je me suis réveillé à ses côtés dans mon lit, stupéfait et rassuré – et soudain terrifié : le réveil marquait six heures cinquante-neuf. J'ai sauté dans un bas de jogging, intercepté les enfants dans l'escalier, et je les ai dirigés avec habileté vers la cuisine en chuchotant les paroles magiques :

– Pain perdu ! Qui veut du pain perdu ?

Je les ai gavés de tartines arrosées de sirop d'érable, dans l'espoir que le sucre les plonge dans un état de béatitude qui me permettrait de faire discrètement sortir la Nigériane sans qu'ils s'en aperçoivent. Par instants, j'espérais aussi qu'elle ait spontanément l'idée de sortir par la fenêtre et de descendre en rappel le long des bougainvillées. Au lieu de cela, elle a débarqué dans la cuisine et s'est jointe à nous pour le petit déjeuner – elle portait mon peignoir. Mon cœur a fait un bond, mais par chance les enfants, qui avaient alors quatre ans et dix-huit mois, se sont contentés de glousser.

À la suite de cette expérience, les rares fois où j'ai eu la chance d'attirer une femme jusque dans mon lit, il a fallu d'emblée que je lui explique qu'il fallait quitter la chambre avant l'aube.

C'est alors qu'est arrivée la Française. (Je sais, j'ai des goûts très internationaux. Je n'y peux rien.) Elle avait vingt-sept ans, moi quarante et un. Bien sûr que tout ça était très cliché. Bien sûr que mes amis ont tout fait pour m'empêcher de plonger. Bien sûr que je ne les ai pas écoutés.

Nous nous connaissions depuis un an, et nous nous écrivions de temps à autre. Puis, un week-end à Paris, nous sommes tombés amoureux. Deux semaines plus tard, je la retrouvais à l'aéroport de Los Angeles, une rose à la main, plus nerveux que jamais.

J'ai dû expliquer à mon ex-femme que notre règle des six mois ne pouvait s'appliquer quand la personne venait de l'étranger. Qui pouvait s'offrir trois semaines à l'hôtel ? Donc la Française s'est installée chez moi avec les enfants, mais nous avons pris soin de ne pas nous embrasser devant eux, décidés à ne pas précipiter les choses. Et puis, sans nous en rendre compte, nos plaisanteries sur le mariage sont devenues sérieuses. Moins de deux mois après ce premier week-end, nous étions fiancés. Au lieu d'être pétrifiée ou dégoûtée à l'idée de devenir belle-mère, elle adorait ça. Elle aimait vraiment mes enfants, ne cessait de les prendre en photo, leur apprenait à faire des fondants au chocolat.

Quand mon fils disait qu'il était trop fatigué pour marcher jusqu'à la voiture et que je refusais de le porter, c'est elle qui le prenait dans ses bras, et il s'accrochait à elle comme un petit singe satisfait. Elle parlait même déjà de faire un autre enfant. Je croyais en avoir fini avec les couches, pourtant, l'idée d'avoir un bébé avec elle me faisait sourire.

Nous avons commencé à préparer notre mariage pour l'été, dans le merveilleux village du Bordelais où vivaient ses parents. Nous imaginions nos familles installées autour d'une de ces tables interminables au milieu d'un champ doré, un groupe de vieux accordéonistes ivres nous donnant la sérénade, etc. Puis, en janvier, elle est retournée pour un mois à Paris et ne m'a écrit qu'un seul message. Un très long message.

J'ai commis l'erreur de l'ouvrir au beau milieu d'une matinée de père célibataire surchargée. Mon fils portait encore des couches et je le changeais sur la machine à laver quand mon cœur s'est mis à battre comme une pendule détraquée. J'ai pris sur moi et j'ai expliqué aux enfants que les projets avaient changé, et que la Française ne reviendrait pas. Jamais. Cela fait désormais plus d'un an et demi, et mon fils me dit encore qu'elle lui manque.

Au cours des mois qui ont suivi, j'ai fini par accepter mon sort, et je me suis dit que je n'avais pas besoin d'aller chercher l'amour ailleurs puisque j'avais déjà celui de mes tout-petits. Si j'étais assez tendre avec eux, si je ne les blessais pas en profondeur par mon indifférence ou ma dureté, leur amour pour moi ne se dissiperait peut-être pas comme les deux grandes histoires romantiques de ma vie. Je décrétai que, même si désormais je devais vivre seul, j'avais déjà été gâté.

C'est après avoir pris cette décision, bien sûr, que j'ai rencontré quelqu'un, Cris, une Italienne qui non seulement était adorable, mais aussi sensiblement du même âge que moi. Cela fait cinq mois que nous sommes ensemble, elle est venue trois fois nous voir et les enfants ne nous ont jamais aperçus nous tenant la main. À chacune de ses visites, elle prend une chambre à l'hôtel le plus proche, et le réveil sonne à six heures pour qu'elle ait le temps de s'en aller. Nous voulons être sûrs de nous. Et plus encore même. Mais comment l'être jamais ?

Elle revient dans trois semaines, cela fera alors six mois, et nous avons décidé qu'il était temps qu'elle puisse rester dans mon lit au-delà du lever du soleil. Nous nous connaissons bien, même si elle ne parvient pas encore à tout comprendre. Elle aussi a survécu à un divorce, mais elle n'a pas d'enfants, aussi nous verrons bien comment elle acceptera mes bagages si adorables, mais si bavards.

Je les préparais à tout cela quand mon fils m'a lancé un regard inquiet :

– On pourra quand même venir faire des câlins dans ton lit le matin ?

Je l'ai serré contre moi et j'ai répondu :

– Bien sûr, c'est un king-size. Il y a de la place pour tout le monde.

Et c'est vrai : il y a de la place pour tout le monde dans ce grand lit douillet.

Si seulement les choses étaient aussi simples…

Trey Ellis est écrivain et professeur et vit dans le Connecticut. Ce témoignage, qui lui a inspiré le livre Bedtime Stories : Adventures in the Land of Single Fatherhood, *a été publié en juin 2005.*

Voulez-vous épouser mon mari ?

AMY KROUSE ROSENTHAL

Il y a un moment que j'essaie d'écrire ce texte, mais la morphine et le fait de ne pas pouvoir manger un bon cheeseburger (ça fait quoi, maintenant, cinq semaines que je n'ai pas avalé de la vraie nourriture ?) m'ont dépossédée de mon énergie et ont inhibé en moi toute capacité à produire de la prose. En outre, les microsiestes intermittentes qui ne cessent de m'assaillir au beau milieu d'une phrase n'aident pas à faire avancer mon travail aussi rapidement que je le voudrais. Toutefois, j'admets qu'elles sont assez agréables.

Enfin, il faut bien que je m'y mette, parce que la deadline, dans le cas présent, est vraiment la dernière limite. Je me dois de raconter les choses (de la bonne manière), tant que, 1°, je jouis de votre attention et que, 2°, mon cœur bat.

Je suis mariée depuis vingt-six ans à l'homme le plus extraordinaire au monde. Et j'avais l'intention de passer avec lui au moins les vingt-six prochaines années.

Vous voulez que je vous raconte une mauvaise blague ? Un mari et son épouse vont aux urgences en fin de soirée le 5 septembre. Quelques heures et examens plus tard, le médecin leur explique que la douleur inhabituelle que la femme ressent au côté droit n'est pas une appendicite avancée comme on l'avait d'abord soupçonné, mais un cancer de l'ovaire.

Le couple rentre chez lui au petit matin en ce 6 septembre, encore dans le brouillard du choc terrible que tous deux viennent de subir, et soudain ils se rendent compte que ce jour-là, où ils viennent d'apprendre ce qui se trame dans la clandestinité, est aussi celui où leur maison se vide. Le plus jeune de leurs trois enfants vient de partir pour l'université.

Et en un instant, tous les projets s'évaporent.

Pas de voyage en Afrique du Sud avec mon mari et mes parents. Plus besoin de remplir la demande pour le Harvard Loeb Fellowship. Plus de tour de l'Asie avec ma mère. Plus de résidences d'écrivain dans ces merveilleux sites en Inde, à Vancouver ou Jakarta.

Pas étonnant que les mots «cancer» et «cancel» se ressemblent autant.

C'est là que nous avons entamé ce que j'appelle notre «projet de vie»: exister seulement au présent. Quant à l'avenir, laissez-moi vous présenter le héros de cet article, Jason Brian Rosenthal.

C'est un homme dont il est facile de tomber amoureuse. Ça m'est arrivé naguère.

Laissez-moi tout vous raconter: «oncle» John, le meilleur ami de mon père depuis l'âge où ils allaient en colo, nous connaissait Jason et moi séparément depuis notre naissance, mais nous n'avions jamais été présentés. Je suis partie faire mes études dans l'Est, puis j'ai décroché mon premier poste en Californie. Quand je suis revenue à Chicago, John – qui pensait que Jason et moi étions faits l'un pour l'autre – a organisé pour nous un dîner en tête à tête.

On était en 1989. Nous avions vingt-quatre ans. Je n'attendais absolument rien de cette soirée. Mais quand il a frappé à la porte de ma petite maison, je me suis dit: *Ouh, mais il est pas mal, en fait.*

À la fin du dîner, je savais déjà que je voulais l'épouser.

Jason? Il l'a compris un an plus tard.

Bien que je ne sois jamais allée sur Tinder, ni sur aucune autre appli de rencontres, je vais toutefois essayer de créer un profil général de Jason ici même, fondé sur notre expérience de vie commune dans la même maison depuis 9 490 jours.

D'abord, la base : il mesure un mètre soixante-dix-huit, pèse soixante-douze kilos, a des cheveux poivre et sel et des yeux noisette.

Je cite les caractéristiques suivantes dans le désordre, car pour moi tout est important.

Il sait très bien s'habiller. Nos fils, jeunes adultes, Justin et Miles, lui empruntent souvent ses vêtements. Ceux qui le connaissent – ou qui ont juste un jour jeté un coup d'œil entre le bas de son pantalon et ses chaussures – savent qu'il possède une magnifique collection de chaussettes. Il est plutôt athlétique et aime s'entretenir.

Si notre maison pouvait parler, elle dirait que Jason est d'une efficacité redoutable. En matière de cuisine, il se débrouille à merveille. Au terme d'une longue journée, il n'y a pas de vision plus douce que de le voir rentrer à la maison, poser un gros sac de courses sur le plan de travail et me charmer en m'offrant des olives et un excellent fromage qu'il vient d'acheter, avant de s'attaquer à la préparation du dîner.

Jason adore aller aux concerts ; c'est l'une des choses que nous aimons le plus faire ensemble. Je me dois d'ajouter que notre fille Paris, dix-neuf ans, préfère aller au concert en compagnie de son père plutôt que de n'importe qui d'autre.

Lorsque j'ai écrit mon premier livre de souvenirs, je passais mon temps à revenir sur les passages que mon éditrice voulait que je développe. Elle me disait :

– J'ai envie de voir davantage ce personnage.

Bien sûr, j'étais d'accord : c'était en effet un personnage captivant. Mais c'était drôle, parce qu'elle aurait pu se contenter de dire : « Jason. Dis-en plus sur Jason. »

C'est un père admirable. Vous pouvez demander à qui vous voudrez. Vous voyez le type, là-bas, au coin ? Allez donc lui poser la question, il vous le confirmera. Jason est un homme plein de compassion – et il sait faire sauter les crêpes.

Il peint aussi. J'adore ce qu'il crée. Je dirais bien que c'est un artiste s'il n'avait fait ces études de droit qui le clouent à son bureau tous les jours de neuf heures à dix-sept heures. Enfin, ça, c'était avant que je tombe malade.

Si vous cherchez le compagnon idéal pour voyager, c'est également votre homme. Il a aussi un goût certain pour les objets minuscules : petites cuillères pour goûter, petits pots de verre, mini-sculpture d'un couple assis sur un banc, qu'il m'a offerte pour me rappeler comment notre famille avait commencé.

Voilà quel genre d'homme est mon mari : lors de la première échographie de notre premier bébé, il est arrivé avec des fleurs. Puisqu'il est toujours debout de bonne heure, chaque dimanche matin, il me fait la surprise de me présenter un smiley avec des objets qui entourent le pot de café : une cuillère, un mug, une banane.

Il est aussi du style à sortir de la station-service ou de l'épicerie en me disant : « Donne ta main. » Et tada ! un chewing-gum coloré apparaît. (Il sait que j'aime tous les parfums sauf le blanc.)

Bon, j'imagine que vous en savez assez maintenant, alors faites un swipe droit.

Une seconde. Est-ce que je vous ai dit qu'il était incroyablement beau ? Contempler son visage va vraiment me manquer.

Si vous trouvez qu'il a l'air d'un prince et que notre histoire ressemble à un conte de fées, vous n'êtes pas loin de la vérité, il manque juste les petits soucis du quotidien qui forcément adviennent quand on vit sous le même toit pendant vingt-six ans avec quelqu'un. Et puis aussi cette histoire de cancer. Beurk.

Dans mon livre de souvenirs (entièrement écrit avant le diagnostic), j'invitais les lecteurs à m'adresser des suggestions de tatouages assortis, l'idée étant que l'autrice et ses lecteurs soient liés par l'encre.

Cette entreprise était tout à fait sérieuse, et j'ai encouragé ceux et celles qui participaient à l'être aussi. J'ai reçu des centaines de réponses. Quelques semaines après la publication, en août, j'ai reçu un message d'une bibliothécaire de Milwaukee qui s'appelait Paulette.

Elle a proposé le mot : *more*. Elle s'appuyait sur un extrait de mon livre où je racontais que mon premier mot avait été « more » (et c'était vrai). Ce sera peut-être aussi mon dernier, le temps nous le dira.

En septembre, Paulette est venue me retrouver chez un tatoueur de Chicago. Elle a fait le sien (son premier) sur le poignet gauche. Moi, sur la partie inférieure du bras gauche, en recopiant l'écriture de ma fille. C'était mon second tatouage ; le premier était un petit « j », que je porte à la cheville depuis vingt-cinq ans. Vous imaginez, bien sûr, ce qu'il représente. Jason aussi en a un, mais avec plus de lettres : « AKR ».

Je voudrais plus de temps avec lui. Avec mes enfants. Je veux encore aller siroter des martinis au *Green Mill Jazz Club* le jeudi soir. Mais cela n'arrivera pas. Il me reste sans doute seulement quelques jours pour exister en tant qu'être humain sur cette planète. Alors pourquoi écrire ceci ?

Je termine ce texte le jour de la Saint-Valentin, et le cadeau le plus authentique que je puisse espérer, et qui ne se mette pas dans un vase, ce serait que la bonne personne le lise, vienne voir Jason, et qu'une nouvelle histoire commence.

Je laisse ci-dessous un espace vide intentionnellement afin que vous puissiez écrire le début de cette nouvelle histoire que vous méritez.

Avec tout mon amour, Amy.

Amy Krouse Rosenthal est l'autrice de best-sellers en littérature jeunesse et adulte. Elle était très douée pour toutes sortes d'autres choses, comme les courts-métrages et les salades. Elle est morte d'un cancer de l'ovaire le 13 mars 2017, dix jours après la publication de ce témoignage.

BIEN S'ACCROCHER DANS LES VIRAGES

Un corps meurtri, un mariage guéri

AUTUMN STEPHENS

J'ai reçu cet appel par une matinée ensoleillée de juillet 2001, alors que mon mari était au travail, mes enfants à la crèche, et que de grosses roses rougeaudes fleurissaient par grappes dans le jardin derrière ma maison. D'après les résultats de la biopsie, les canaux galactophores de mon sein droit étaient bourrés de cellules cancéreuses. Des cellules à l'état latent, pour le moment, mais si l'idée venait à leurs petites têtes pointues d'exploser, m'expliqua l'oncologue, ce serait bientôt l'enfer.

Il proposait d'opter pour une frappe préventive, afin de combattre la chose. Et qui étais-je, moi, pour discuter? J'avais eu deux enfants sur le tard, dont l'un portait encore des couches, tandis que l'autre était à peine capable d'écrire son nom. Nous avons décidé de tenter une ablation de la tumeur mammaire. Si cela ne marchait pas, nous amputerions purement et simplement le sein.

Mon mari a pris la nouvelle de ma maladie avec stoïcisme, on aurait presque dit qu'il le savait déjà. Pas même un froncement de sourcils exprimant la surprise ou la consternation. Comme pas mal d'hommes, il préfère prendre les choses en main calmement plutôt que de verser dans le mélodrame. Moi aussi, d'ailleurs. Mais cette nuit-là, je n'ai pas pu trouver le sommeil: allongée dans le noir, je tremblais, seule avec mes peurs. Mon mari pourrait vivre sans moi, je le savais. Il l'avait déjà fait – par choix. Malgré ses périodes d'ambivalence vis-à-vis de notre mariage – et, par conséquent, les miennes –, je vis avec cet homme (puis sans, puis de nouveau avec) depuis plus d'un quart de siècle. Toutes les cicatrices ne sont pas visibles à l'œil nu.

Il semble parfois incompréhensible que l'honnête contribuable dont je porte la bague à mon annulaire droit, insomniaque, propriétaire d'une Volvo et endetté pour l'achat de sa maison, ait pu être jadis ce garçon dégingandé de dix-neuf ans qui m'a retourné l'âme, ce petit copain aux yeux bleus que j'ai rencontré au centre d'études coopératives où nous étions tous les deux logés, un refuge peuplé de nouveaux hippies et d'étudiants engagés. Nous sommes devenus amants au début du printemps, une nuit où les lumières avaient sauté lors d'une fête où l'alcool et le LSD coulaient à flots. Nous avions passé tout l'hiver à nous tourner autour. Il avait peur, je m'en rends compte à présent, de ma langue bien pendue ; je le soupçonnais (pas totalement à tort) d'être une bien meilleure personne que moi.

Nous n'avions jamais eu de rendez-vous romantique, ne nous étions jamais vraiment fait la cour et n'avions pas succombé aux rituels de séduction si chers aux générations précédentes. Mais cette nuit-là, dans l'obscurité, nous nous sommes trouvés, et pendant les mois et les années qui ont suivi, tandis que les gens se mettaient en couple, puis se séparaient avant de se remettre en couple avec d'autres partenaires, nous sommes restés ensemble. Nous avons fini par nous marier, et n'avons pas tardé à nous tromper l'un l'autre, de manière tout aussi explicite qu'éphémère. Pour nous, il n'y a pas eu de vertige, ni d'euphorie, ni d'absolue insouciance des jeunes mariés ; pas de bébé conçu pendant la lune de miel ni d'achat immobilier grandiose prouvant notre foi dans un avenir partagé. Quand les choses se sont compliquées, rien de vraiment concret ne nous liait l'un à l'autre.

Deux ans jour pour jour après notre mariage pieds nus

dans le sable, mon mari a demandé le divorce. Pendant des semaines, j'étais tellement secouée que j'avais parfois peur de bouger, craignant de tomber en morceaux ; si sensible au rejet que j'osais à peine montrer mon visage blessé, mon visage de perdante, à ce monde qui aime tant les vainqueurs.

Mais on finit par s'habituer à tout. Voici à quoi ressemblait ma nouvelle vie : solitaire, libératrice, productive. Paisible, comparée au désespoir silencieux et assourdissant qui avait caractérisé mon mariage. Et sûre. Seule, je n'avais aucune chance d'être poignardée dans le dos, de voir ma sérénité prise en otage par les démons d'un autre. Au fil du temps, je me suis peu à peu renfermée sur moi-même. Parfois, pour finir un article à temps, je ne quittais pas mon appartement pendant deux ou trois jours d'affilée ; je dormais à peine, oubliais de me changer. Je percevais cela non comme une maladie, mais comme un plaisir, la pleine expression d'une part déterminée et asociale de moi-même que j'ai tendance à ressentir – ou peut-être tout simplement à fantasmer – comme mon « vrai moi ».

Ainsi donc, lorsque, cinq ans plus tard, mon mari et moi nous sommes soudain et contre toute attente réconciliés (une rencontre par hasard, un baiser explosif, la même sensation de déjà-vu qu'au tout début de notre histoire), j'ai bien réfléchi avant de consentir à abandonner mon studio de célibataire. Non sans appréhension, j'ai cosigné la demande de prêt pour la grande demeure victorienne de Berkeley que nous étions décidés à peupler, le plus vite possible, d'une famille.

Et puis sont venus le jardin de roses mentionné plus haut, les dîners entre amis et le vif soulagement de nos parents respectifs en voyant qu'il y aurait finalement des petits-enfants. Le cliché du Couple Heureux, enfin. Même si un portrait plus perspicace, une biopsie conjugale, aurait révélé combien le cœur de la femme était encore étranglé par un manque de confiance ; que le mari se mordait les joues jusqu'au sang pour ravaler sa frustration. L'histoire se répète, pas vrai ? Des années durant, j'ai attendu, en nourrissant mon amertume, que l'inévitable se produise.

Et c'est ce qui s'est passé, au bout du compte – mais pas de la manière dont je l'avais imaginé, non : sous la forme de ce cancer qu'on me diagnostiquait. Le deal avantageux que je croyais avoir négocié – mon sein affaissé de quarante-trois ans en échange d'une longue et agréable vie quotidienne – ne s'est pas déroulé aussi simplement que je l'avais anticipé. Ni mes médecins, ni mon mari, ni moi n'avons été choqués quand le moindre mal chirurgical, l'ablation de cette tumeur, a échoué à mettre le cancer en déroute. Personne n'avait promis que ce serait le cas. Non, ce qui est tombé du ciel, c'est la féroce infection postopératoire qui m'a prise en traître deux jours plus tard et dont j'ai littéralement failli mourir.

L'été 2001 a filé tandis que j'étais alitée, shootée aux médocs injectés en intraveineuse, trop préoccupée par mon propre état pour voir le temps passer. Il a fallu des semaines de ces traitements en intraveineuse, d'abord à l'hôpital puis à la maison, pour que je sois en assez bonne santé pour me faire enlever le sein – enfin, ce qu'il en restait.

Quand le chirurgien esthétique a parlé de réparer ma poitrine mutilée, il a utilisé le terme « reconstruction ». Ce mot m'évoque toujours la fin de la guerre de Sécession : les champs de bataille au sol gorgé de sang, les efforts perdus d'avance pour refermer les plaies et passer à autre chose, alors que l'odeur de mort flottait encore dans l'air.

J'ai rejeté catégoriquement la proposition du chirurgien. Pour être honnête, il y avait des raisons médicales à cela. Mais il y en avait d'autres, aussi. À l'époque de notre jeunesse, mon mari et moi, la ligne du Parti féministe, c'était qu'il ne fallait pas souligner les différences homme-femme. Le fait que j'aie rarement réussi à m'approprier ma propre féminité, pas dans la durée en tout cas, vient peut-être de là. À vrai dire, je n'ai même jamais compris ce que les gens entendaient par là, mais quel que soit le sens qu'on prête à ce concept, je suis certaine qu'une paire de seins assortis n'est pas ce qui le définit.

Et pourtant, tandis que mon appétit s'envolait et que mon poids s'effondrait jusqu'à retomber à celui que je faisais en sixième, parfois, en songeant combien j'avais l'air fragile et combien je me sentais blessée et sensible, l'adjectif «féminin» flottait dans mon esprit. Comme un bourgeon sur une branche arrachée. Aujourd'hui encore, en remarquant dans les rues de la ville la cicatrice de bitume sombre d'une portion de chaussée fraîchement rapiécée, il m'arrive d'avoir une conscience exacerbée de la partie supérieure de mon torse. Cette surface plane et vide où je sens tantôt des fourmillements, tantôt des douleurs, mais où, la plupart du temps, je ne sens rien.

Mais mon mari... N'oublions pas mon mari. Car, bien sûr, ce n'est pas juste mon histoire à moi. Pendant tout ce temps, il ne pouvait échapper à mon attention captive à quel point mon mari, mon mari jadis ambivalent, prenait soin de moi – littéralement, et pragmatiquement. De ses deux mains, il bandait le néant que je ne voulais pas voir. Il vidait sans broncher les tubes de plastique évacuant le pus et le sang de ma poitrine; mesurait sans sourciller ce liquide répugnant dans un gobelet et notait son volume, comme le chirurgien nous l'avait joyeusement, sadiquement ordonné de faire. Et, sans cesse répété, le rituel consistant à frotter la peau, à étirer les gants de latex sur ses mains familières et compétentes, à enfoncer l'intraveineuse dans mon bras crispé, mais docilement tourné vers le haut, jusqu'à ce qu'enfin mon appréhension disparaisse, que je relève la tête pour fixer avec une absolue confiance ses yeux fatigués mais toujours aussi bleus.

Il y a des moyens plus faciles de soigner son mariage que d'attraper un cancer. Mais c'est ainsi que cela s'est passé pour nous. N'allez pas cependant imaginer nos regards à jamais entrelacés, nos lèvres verrouillées dans un grand baiser final. La vie suit son cours. Et comme bon nombre de femmes de plus de quarante ans, je regrette que ma libido ne soit plus ce qu'elle était. Je suis préoccupée par les enfants ou le travail, ou bien tout simplement fatiguée, incapable de penser à autre chose qu'au sommeil dont j'ai tant besoin. La dernière chose dont j'ai envie, c'est bouger, ou être bougée. Sans compter que les organes manquants n'ont généralement aucun effet aphrodisiaque sur la flamme vacillante du désir sexuel des quadragénaires. Je ne parle ici que de moi ; cela n'a pas l'air de gêner mon mari. N'allez pas vous méprendre : si nous devions divorcer à nouveau, ce serait à cause du manque de sexe, pas de ce sein manquant.

Mais vous ne vous dites tout de même pas, rassurez-moi, que je devrais être reconnaissante que mon mari me trouve toujours attirante, qu'il reste accro à mon flanc défiguré ? Je concède qu'il ne s'agit pas là du dénouement idéal : renoncer à toutes les autres pour une femme qui se révèle, au bout du compte, aussi clairement imparfaite. Pourtant, n'est-ce pas précisément ce que nous avons tous fait, tous autant que nous sommes à avoir juré fidélité à un autre être humain condamné à l'imperfection ?

Croyez-moi, si je le pouvais, je m'étalerais sur les draps comme un luxuriant paysage de délices sensuelles, l'assortiment complet, tout ce qu'un amant peut désirer. Mais je fais ce que je peux ; je fais des efforts sporadiques, et il est vrai qu'après coup, nous sommes plus proches l'un de l'autre. Il passe son bras autour de mes épaules et j'essaie de le faire rire, ou du moins d'aborder d'autres thèmes que le comportement de nos garçons ou les tâches qui restent à accomplir.

L'été dernier, mon fils de trois ans et moi flânions sur le trottoir un après-midi, nous arrêtant, comme toujours, pour étudier les nombreux objets dignes d'intérêt – cailloux, fourmis, mégots de cigarette. C'était notre jour de chance : une trompette des anges magnifique, orange et mauve, qui ressemblait effectivement à un instrument de musique miniature, était tombée d'un mur. Mais quand mon petit gars ravi a soulevé la fleur pour que je puisse mieux l'admirer, il a vu que le dessous des pétales était brun et moucheté. Consternation et détermination se livraient bataille sur son jeune visage.

– Manman, a-t-il dit d'une voix chevrotante, on fait comme si elle est parfaite ?

En faisant comme si, on oublie parfois. Mais en faisant comme si, il arrive qu'on se souvienne. Nue devant le miroir, je suis subjuguée à la vue de mes côtes, qui s'articulent si nettement à présent. J'ai le torse osseux et sans fioriture – en tout cas en partie – d'un adolescent, pas très différent de celui de mon mari à dix-neuf ans, quand le sexe était la super-glu qui nous liait l'un à l'autre, brouillant les frontières à tel point qu'il était impossible de dire où le corps de chacun s'arrêtait et où commençait celui de l'autre. Désormais, bien sûr, la différence saute aux yeux. Mon torse à moi, c'est celui qui a la fine cicatrice rose courant en diagonale du nord-est au sud-ouest, pointée droit sur mon cœur.

Autumn Stephens est l'éditrice du recueil Roar Softly and Carry a Great Lipstick: 25 Women Writers on Life, Sex, and Survival *(Inner Ocean Publishing), dans lequel cet article datant de novembre 2004 a d'abord été publié, avant d'être adapté pour le présent ouvrage.*

La maman SDF de DJ

DAN SAVAGE

Nous n'avions aucune garantie qu'opter pour une adoption ouverte[1] nous permettrait d'accueillir un bébé plus rapidement qu'en ayant recours à une adoption classique ou à l'étranger. L'agence nous avait même prévenus que, en tant que couple gay, il fallait sans doute nous préparer à une longue attente. C'est lors du séminaire de deux jours consacré à l'adoption, auquel nous étions tenus d'assister, que nous avons vraiment saisi de quoi il retournait, lorsque les deux mères biologiques venues témoigner ont déclaré que leur principal souci était de trouver pour leur enfant un «bon foyer chrétien». Mais nous avons décidé d'insister quand même et de tenter l'adoption ouverte. Si nous devions devenir parents, nous voulions que les parents biologiques de notre enfant fassent partie de sa vie.

Au bout du compte, nous n'avons pas eu à attendre très longtemps. Quelques semaines après avoir déposé notre dossier, nous avons reçu un appel de l'agence. Une gamine des

1. *Open adoption*: procédure d'adoption qui, aux États-Unis, permet aux parents biologiques de rencontrer et de choisir eux-mêmes les parents adoptifs, puis de maintenir par la suite des contacts avec leur enfant. Par opposition, on qualifie d'adoption «fermée» (*closed adoption*) celle où les futurs adoptants n'ont aucun contact direct avec les parents naturels, et ignorent tout ou presque d'eux.

rues sans abri de dix-neuf ans – SDF par choix et enceinte de sept mois par accident – nous avait choisis parmi l'échantillon d'aspirants parents présélectionnés par l'agence.

Le jour de notre première rencontre, l'agence a suggéré que nous sortions déjeuner tous les trois – enfin, tous les quatre en comptant Wish, le berger allemand de la gamine; cinq, en comptant le bébé qu'elle portait dans son ventre. Nous débordions de questions délicates et pleines de compassion, mais elle restait sur ses gardes, et seuls les faits l'intéressaient: elle n'avait pas voulu avorter et ne pouvait pas élever son bébé dans la rue. Il ne lui restait donc que l'adoption. Et elle était prête à se plier au protocole strict de l'agence – qui incluait des séances de suivi psychologique hebdomadaires et plusieurs rendez-vous avec nous – car elle aussi, elle préférait une adoption ouverte.

Nous étions avec elle quand DJ est né. Et nous étions dans sa chambre d'hôpital, deux jours plus tard, quand l'heure est venue pour elle de se séparer de lui. Avant de pouvoir ramener DJ à la maison, nous avons littéralement dû l'arracher des bras de sa mère, assise sur son lit, en larmes.

J'avais trente-trois ans quand nous avons adopté DJ, et je croyais savoir à quoi ressemblait un cœur brisé, ce qu'on ressentait dans ces moments-là, alors qu'en fait je ne savais rien. Vous savez à quoi ressemble un cœur brisé? À une adolescente en pleurs qui tend un nourrisson de deux jours dont elle ne peut pas s'occuper à un couple dont elle espère qu'il en sera capable.

Si vous demandez à des gens cherchant à adopter ce qu'ils désirent le plus au monde, ils vous répondront qu'ils ne désirent qu'une seule et unique chose: un bébé en bonne santé. Mais de nombreux couples veulent autre chose encore: ils veulent que les parents biologiques de leur enfant disparaissent à tout jamais afin qu'il n'y ait jamais aucune question sur l'identité des «vrais» parents de celui-ci. Les parents naturels débarquant sur le pas de la porte, flanqués de leurs avocats, pour récupérer leur enfant, tel est le cauchemar collectif de tous les parents adoptifs, débattu sans fin sur les forums dédiés à l'adoption et lors des séminaires spécialisés.

Mais il nous semblait que tous les enfants adoptifs voulaient un jour ou l'autre savoir pourquoi ils avaient été adoptés, et que, tôt ou tard, ils finissaient invariablement par poser des questions. « Ils ne m'aimaient pas ? » « Pourquoi se sont-ils débarrassés de moi ? » Dans le cas des adoptions classiques, les parents n'ont pas grand-chose à opposer. En vérité, ils ne connaissent pas les réponses. Nous, nous les connaîtrions.

Comme la plupart des gamins des rues, la mère naturelle de notre fils tourne aux quatre coins du pays. Portland ou Seattle au cœur de l'été ; Denver, Minneapolis, Chicago et New York à la fin de l'été ; Phoenix, Las Vegas ou Los Angeles en hiver et au printemps. Ensuite, elle fait du stop ou grimpe sur un train de marchandises jusqu'à Portland, sa ville natale, et puis elle recommence. Pendant les premières années qui ont suivi l'adoption de DJ, sa mère a mis un point d'honneur à monter jusqu'à Seattle chaque été pour que nous puissions tous nous retrouver. Quand elle n'était pas à Seattle, elle restait en contact par téléphone. Ses appels étaient généralement brefs. Elle demandait comment nous allions, nous faisions de même puis lui passions DJ. Elle ne s'épanchait guère ; lui ne savait pas quoi dire. Mais il était important pour lui que sa mère appelle.

Quand DJ a eu trois ans, sa mère a cessé de téléphoner et de nous rendre visite régulièrement. Quand elle finissait par appeler, c'était le plus souvent pour donner des nouvelles inquiétantes. Une fois, son petit ami était mort d'une intoxication alcoolique. Une autre fois, elle a téléphoné après que son nouveau copain avait replongé dans l'héroïne. Bientôt, les appels ont cessé pour de bon, et nous avons commencé à nous demander si elle était toujours vivante. Au bout de six mois sans contact, j'ai entrepris d'appeler les hôpitaux. Puis les morgues.

Quand DJ a fêté son quatrième anniversaire sans recevoir de coup de fil, je me suis dit qu'il était vraiment arrivé quelque chose à sa mère, sur la route ou dans une gare de triage quelconque. Elle devait être morte.

Un soir, peu après les quatre ans de DJ, j'étais en train d'arracher le papier peint dans la chambre d'amis. Son meilleur copain, un petit garçon prénommé Haven, avait passé la nuit chez nous, et après que la mère de l'enfant est venue le récupérer, DJ a traîné une chaise dans la chambre et m'a regardé tirer sur les bandes de papier peint.

– Haven a une manman, a-t-il soudain déclaré. Et moi aussi j'ai une manman.

– C'est vrai, ai-je répondu.

Il a poursuivi :

– Je suis sorti du ventre de ma manman. Je joue avec ma manman dans le parc.

Puis il m'a regardé et m'a demandé :

– Quand est-ce que je vais revoir ma manman ?

– Cet été, ai-je dit, en espérant que ce n'était pas un mensonge.

Nous étions au mois d'avril, et nous n'avions plus entendu parler de la mère de DJ depuis le mois de septembre de l'année précédente.

– On la verra au parc, comme l'été dernier.

Nous ne l'avons pas vue cet été-là. Ni pendant l'automne, ni au printemps suivant. Je ne savais plus trop quoi dire à DJ. Nous étions certains qu'elle ne s'était pas débarrassée de lui et qu'elle l'aimait. Mais nous savions aussi qu'elle n'appelait plus et qu'il se pouvait qu'elle soit morte. Pour tout dire, j'étais persuadé qu'elle l'était. Mais qu'elle fût morte ou bien vivante, nous ne savions pas comment aborder ce problème avec DJ. Quelle brique devions-nous lui lâcher sur la tête ? Que, selon toute probabilité, sa mère n'était plus de ce monde ? Ou bien qu'elle était là, dehors quelque part, mais ne tenait pas assez à lui pour venir le voir ou l'appeler ? Et bientôt, il poserait des questions plus compliquées encore. Que répondre s'il nous demandait pourquoi sa mère ne l'aimait pas suffisamment pour prendre soin d'elle-même, afin de pouvoir vivre assez longtemps pour être là pour lui ? Pour pouvoir lui dire elle-même combien elle l'aimait à présent qu'il avait l'âge de se souvenir d'elle et de savoir ce que signifiait l'amour ?

Mon compagnon et moi discutions de ces problèmes tard le soir, quand DJ était couché, pleins de reconnaissance pour chaque jour où sa mère disparue n'avait pas été évoquée. Nous savions que nous ne pourrions pas éviter le sujet ni botter en touche une fois que l'été s'installerait à Seattle. Les semaines défilaient, et nous avons fini par nous avouer que ces adoptions classiques que nous avions longtemps dénigrées nous semblaient à présent assez enviables. Au lieu d'être un mystère, la mère de DJ était un amas d'informations particulièrement éprouvantes. Et au lieu de se confronter aux informations concernant ses parents biologiques à, disons, dix-huit ou vingt et un ans, comme la plupart des enfants adoptés, il allait devoir le faire à quatre ou cinq ans.

Il commençait déjà à y faire face : la dernière fois que sa mère était venue, quand DJ avait trois ans, il avait voulu savoir pourquoi elle sentait si mauvais. Pris au dépourvu, nous avions répondu sans avoir eu le temps de réfléchir. Nous lui avions expliqué que, puisqu'elle n'avait pas de maison, elle ne pouvait pas prendre souvent de bain ni laver ses habits.

Nous avons compris que nous avions déconné avant même que DJ ne commence à flipper. Qu'y a-t-il en effet de plus effrayant pour un enfant que l'idée de ne pas avoir de chez-soi ? Lui expliquer que sa mère avait choisi de vivre dans la rue, que les rues étaient sa maison, n'y changeait rien. Pendant des mois, DJ n'en a pas démordu : sa mère allait juste devoir venir vivre avec nous. Nous avions une salle de bains, une machine à laver. Elle pourrait dormir dans la chambre d'amis. Quand mamie nous rendrait visite, elle prendrait le lit de DJ et lui dormirait par terre.

Nous avons fini par avoir des nouvelles de la mère de DJ, au bout de quatorze mois, quand elle a téléphoné depuis Portland, dans l'Oregon. Elle n'avait pas perdu la vie, mais la notion des choses. Elle n'avait pas vu le temps passer et n'avait pas réussi à monter jusqu'à Seattle avant qu'il fasse trop froid et humide ; et chaque fois qu'elle pensait à nous appeler, soit il était trop tard, soit elle était trop soûle. Quand elle m'a expliqué qu'elle en était arrivée au point où elle se sentait mal quand elle ne buvait pas, je lui ai gentiment suggéré qu'il était peut-être temps de sortir de la rue, d'arrêter l'alcool et la drogue, et de penser à son avenir. Je l'entendais rouler de gros yeux à l'autre bout du fil.

La raison pour laquelle elle nous avait préférés à tous les couples hétéros, c'est que nous n'avions pas l'air assez vieux pour être ses parents. Elle ne voulait pas que nous commencions à présent à nous comporter comme ses propres parents, me dit-elle. Elle quitterait la rue lorsqu'elle serait prête. Elle n'était pas en colère, n'avait pas élevé la voix. Elle voulait simplement être sûre que nous nous comprenions.

DJ était heureux d'avoir des nouvelles de sa mère, et les quatorze mois sans appel ni visite ont aussitôt été oubliés. Nous sommes descendus à Portland pour la voir, elle s'est excusée en personne auprès de DJ, nous avons pris quelques photos et elle a promis de ne plus disparaître.

Nous n'avons plus entendu parler d'elle pendant toute une année. Cette fois, elle n'était pas noyée dans l'alcool. Elle était en prison, poursuivie pour voie de fait. Elle avait déjà été incarcérée pendant de brèves périodes, après avoir été arrêtée pour vagabondage et violation de propriété. Mais cette fois, c'était différent – elle avait besoin de notre aide. Enfin, son chien surtout.

Ses petits copains et ses compagnons d'errance finissaient toujours par disparaître, contrairement à son chien, Wish, l'unique présence constante dans sa vie. Le fait d'avoir un gros chien compliquait bien sûr les voyages en stop ou dans les trains de marchandises, mais la mère de DJ est un petit bout de femme, et son chien lui offre un peu de protection. Et d'amour.

Un soir, tard, à La Nouvelle-Orléans, nous a-t-elle expliqué depuis la bruyante salle commune de sa prison, elle s'était disputée avec un autre SDF. Il s'était jeté sur elle, et Wish l'avait mordu. Elle appelait, nous a-t-elle dit, parce qu'elle ne sortirait visiblement pas de prison à temps pour éviter que la fourrière ne pique son chien. Elle était désemparée. Elle nous a suppliés de l'aider à sauver Wish. Elle était en larmes, c'était la première fois que je l'entendais pleurer depuis ce fameux jour à l'hôpital, six ans auparavant.

Cinq semaines et mille six cents dollars plus tard, nous avions non seulement réussi à sauver Wish, mais à faire libérer la mère de DJ et à obtenir l'abandon des charges qui pesaient sur elle. Quand nous nous sommes parlé au téléphone, je lui ai vivement conseillé de changer d'endroit. J'ai découvert trois mois plus tard qu'elle m'avait écouté – elle m'appelait depuis une prison en Virginie, où elle avait été arrêtée pour s'être introduite illégalement dans un dépôt de trains. Wish allait bien – des amis le gardaient; elle appelait juste pour dire bonjour à DJ.

J'ai entendu des gens affirmer que choisir de vivre dans la rue est une sorte de suicide au ralenti. Connaissant à présent la mère de DJ depuis six ans, je dirais que c'est plutôt juste. Tout ce qu'elle fait semble l'exposer à des dangers. J'ai perdu le compte de tous ses amis et petits copains morts d'overdose, d'intoxication alcoolique ou d'hypothermie.

En grandissant, DJ se fait une image de plus en plus nette de sa mère, mais jusqu'à présent, cela ne semble pas lui poser de problème. Il l'aime. Telle photo prise lors d'une réunion de famille n'est pas complète, soutient-il, parce que sa mère n'est pas dessus. Il veut la voir cet été, «même si elle sent mauvais». Nous aussi, nous avons hâte de la voir. Mais je suis fatigué.

Et maintenant, j'en arrive à la partie de cet article que j'aimerais bien ne jamais avoir eu à écrire: je commence à être impatient que ce suicide au ralenti s'achève, de quelque façon que ce soit. Je préférerais que ce soit parce que la mère de DJ a quitté la rue, vit dans un appartement quelque part et reprend sa vie en main. Mais au fil des années, cette issue-là est de plus en plus difficile à imaginer.

Un tas de gens qui s'autodétruisent ne réfléchissent pas à deux fois avant de détruire leurs enfants au passage. Peut-être la mère de DJ savait-elle qu'elle allait s'autodétruire, et elle aimait si fort son fils qu'elle voulait s'assurer qu'il n'en souffrirait pas. Elle l'a laissé dans un endroit sûr, avec les parents qu'elle avait choisis pour lui, même si le fait de l'abandonner lui brisait le cœur, parce qu'elle savait que, s'il restait près d'elle, elle lui ferait aussi du mal. Je me demande parfois si cette réponse satisfera DJ quand il nous demandera pourquoi sa mère n'a pas pu se ressaisir suffisamment pour trouver sa place dans la société, et être là pour lui. Franchement, j'en doute un peu.

Dan Savage est l'auteur de The Commitment : Love, Sex, Marriage, and My Family, *dans lequel cet article datant de septembre 2005 a d'abord été publié, avant d'être adapté pour le présent ouvrage.*

«Now I Need a Place to Hide Away»

ANN HOOD

Pour paraphraser leur fameuse chanson «Now I Need a Place to Hide Away» («Maintenant, j'ai besoin d'un endroit où me cacher»), difficile de trouver un endroit où se cacher des Beatles. Après toutes ces années, ils sont encore omniprésents dans les médias. Leurs chansons demeurent des incontournables des radios Oldies et des compilations de grands succès. Il y a toujours quelque chose à célébrer, concernant les Beatles: la première chanson devenue n° 1 des ventes, la première tournée aux États-Unis, l'anniversaire d'un membre du groupe ou de son mariage, un événement marquant de leur carrière, un spectacle à Broadway.

Pourtant, il me faut leur échapper. Parfois, littéralement: un jour, la stéréo de l'épicerie s'est mise à hurler «Eight Days a Week» et j'ai dû abandonner mon chariot rempli de nourriture pour m'enfuir en courant. Monter dans un ascenseur pour tomber sur une version aseptisée de «Hey Jude» suffit à m'envoyer au lit pour la journée.

Ça n'a pas toujours été le cas, bien sûr. Il fut un temps où j'adorais tout ce qui touchait aux Beatles. Enfant, je savais par cœur leurs dates d'anniversaire, les histoires tragiques de leur vie, les paroles de leurs chansons. Je collectionnais les cartes des Beatles qu'on trouvait dans les paquets de chewing-gums, et portais un bracelet à breloques orné des visages du groupe et de quelques guitares.

Ma cousine Debbie et moi débattions pendant des jours de la question de savoir si le 45 tours de « Penny Lane » et sa face B « Strawberry Fields Forever » avaient valu la peine qu'on les attende si longtemps. J'avais du mal à comprendre l'album *Sgt. Pepper*. La virtuosité de l'*Album blanc* m'émerveillait.

Mes cousines et moi jouions à être les femmes des Beatles. Nous voulions toutes être l'épouse de Paul, mais John était pas mal aussi. Aucune de nous ne voulait de Ringo. Et encore moins de George.

Il était facile d'aimer Paul. Ces yeux langoureux. Cette tignasse. Mignon, dans le genre classique. À huit ans, j'ai demandé à ma mère si elle pensait qu'un jour, je pourrais épouser Paul McCartney.

– Eh bien, ma chérie, a répondu ma mère en tirant longuement sur sa Pall Mall, quelqu'un va l'épouser. Ça pourrait être toi.

En CM2, dans mon journal intime où j'écrivais essentiellement « On s'ennuie tellement ici », ou simplement « Je m'ennuie », une seule entrée ressort vraiment : « Je viens d'entendre à la radio que Paul s'est marié. Oh, Dieu, je vous en prie, faites que ce ne soit pas vrai. »

C'était vrai, et il m'a fallu bien trop longtemps pour m'en remettre.

Évidemment, une fois entrée au collège, j'ai pris la mesure de ma sottise. John était le meilleur Beatles : sarcastique, drôle, au physique intéressant. Ce long nez fin. Ces lunettes rondes à monture métallique. Je ne voulais plus être l'épouse de qui que ce soit. Mais je voulais un petit copain comme John, quelqu'un qui disait ce qu'il pensait, s'attirait des ennuis, proférait beaucoup de gros mots et écrivait de la poésie.

Quand je me suis finalement mariée et que j'ai eu des enfants, c'étaient des chansons des Beatles que je leur chantais le soir. Étant l'une des plus jeunes de vingt-quatre cousins, je n'avais jamais tenu un nourrisson dans mes bras, ni fait de baby-sitting. Je ne connaissais aucune berceuse, alors j'ai bercé Sam et Grace au son de « I Will » et « P.S. I Love You ». Bien vite, Sam est tombé amoureux des comédies musicales de Broadway et a oublié les Beatles.

Mais pas Grace. Elle les a adoptés avec la même ferveur que moi. Elle avait des goûts décalés, très mûrs.

– C'est quoi la chanson où l'homme est debout et se tient la tête ? demandait-elle, le front plissé – et aussitôt je déterrais mon vieux *Help!* et nous chantions en chœur : « Here I stand, head in hand. »

Pour son quatrième Noël, Grace a reçu tous les films des Beatles en vidéo, un album photo de leur carrière et la cassette de *The Beatles 1*. « Eight Days a Week », passé à fond, n'a pas tardé à devenir notre hymne familial. Même Sam chantait avec nous, reconnaissant que c'était sans doute le meilleur morceau jamais écrit.

Le plus remarquable chez ma petite fan des Beatles, c'est qu'à cinq ans à peine, elle était amoureuse de John. La beauté classique de Paul ne lui faisait aucun effet. Elle préférait la voix nasillarde de John, son côté sombre. Après avoir vu le biopic *Backbeat : Cinq Garçons dans le vent*, elle a décrété que Stu était son préféré. Mais elle est vite revenue à John. Un jour, je l'ai entendue se disputer avec un élève de CP qui ne voulait pas croire qu'il y avait eu un autre Beatles.

– Il y a eu deux autres Beatles, lui disait Grace, dégoûtée. Stu et Pete Best.

Elle a roulé de gros yeux et s'est éloignée d'un pas lourd dans ses chaussures à paillettes.

Parfois, juste avant de s'endormir, elle me demandait de lui raconter des histoires sur la mort de la mère de John, sur la manière dont le groupe s'était formé à Liverpool, et comment, en composant la mélodie de « Yesterday », Paul avait chanté sur le refrain les mots *scrambled eggs* – « œufs brouillés ».

Après avoir déposé Sam à l'école, je repartais vers la crèche de Grace, et la petite voulait toujours que je mette l'une de ses cassettes des Beatles. Et durant tout le trajet, elle chantait: «Scrambled eggs, all my troubles seemed so far away.»

Le jour où George Harrison est mort, Grace a réagi comme si elle venait de perdre un ami, déambulant tristement dans la maison, les larmes aux yeux, secouant la tête, incrédule. Elle a demandé si nous pouvions ne passer que les Beatles pendant toute la journée, et c'est ce que nous avons fait. Ce soir-là, nous avons regardé une rétrospective consacrée à George. Coupable, j'ai avoué qu'il était celui que personne, à l'époque, ne voulait épouser.

– George? a répliqué Grace avec stupéfaction. Mais il est génial.

Cinq mois plus tard, par une belle matinée d'avril, Grace et moi avons emmené Sam à l'école, puis sommes remontées en voiture et avons chanté en chœur sur «I Want to Hold Your Hand» pendant tout le trajet. Avant de descendre, elle m'a dit de caler la cassette pour pouvoir écouter «You've Got to Hide Your Love Away» dès qu'elle remonterait dans la voiture cet après-midi-là. C'est la dernière fois que nous avons écouté nos chers Beatles ensemble.

Le lendemain, Grace a été prise d'une forte fièvre et elle a succombé à une infection à streptocoques aiguë. Brièvement, alors qu'elle gisait sur son lit dans l'unité de soins intensifs, les infirmières nous ont demandé de lui apporter sa musique préférée. Mon mari a couru jusqu'à sa voiture et a arraché *The Beatles 1* de l'autoradio. Puis il a enfoncé la cassette dans le magnétophone de l'hôpital, et, assis sur le lit avec notre fille, nous lui avons chanté «Love Me Do». Malgré les tuyaux et les machines qui s'efforçaient de la maintenir en vie, Grace nous souriait.

Lors de la cérémonie funéraire, notre Sam, huit ans, portant un nœud papillon rouge vif, s'est dressé devant une assistance de plusieurs centaines de personnes et a entonné «Eight Days a Week» assez fort pour que sa sœur, où qu'elle fût, puisse l'entendre.

Ce soir-là, j'ai rassemblé tous mes albums des Beatles – les disques poussiéreux, les cassettes qui jonchaient le plancher de ma voiture, les CD qui traînaient au-dessus de notre chaîne – et les ai rangés dans un carton avec les DVD des films des Beatles appartenant à Grace. J'étais incapable de m'attarder sur aucun d'entre eux.

Je les ai jetés dans le carton en vrac, précipitamment, sachant que la vue de ces visages en noir et blanc sur la pochette de *Revolver*, des couleurs étourdissantes de *Sgt. Pepper*, ou même des illustrations de bandes dessinées de *Yellow Submarine*, de tous ces objets qui, une semaine plus tôt, m'avaient rendue si heureuse, était désormais trop douloureuse pour que je puisse même les caresser du regard. Comme tous les parents, j'avais partagé mes passions avec mes enfants. Et concernant les Beatles, Grace avait embrassé ma passion et l'avait faite sienne. Mais avec sa mort, cette passion s'était retrouvée inversée : au lieu de m'apporter la joie, les Beatles me tourmentaient.

Je ne supportais même plus d'entendre les premiers accords de «Yesterday» ou une reprise de «Michelle». Dans la voiture, je n'écoutais plus désormais que des talk-shows pour éviter qu'un air des Beatles me prenne par surprise et ne déclenche une nouvelle crise de larmes.

Je voulais me protéger de tout ce qui touchait aux Beatles – leur musique, leurs images, les conversations à leur sujet – mais c'était difficile, voire impossible. Comment faire, par exemple, pour demander à Sam de ne pas pratiquer les arpèges de leurs morceaux pendant ses cours de guitare ?

Dans les années 1960, chez ma tante, dans ce séjour au lambris noueux où trônait un téléviseur Zenith, entourée de tous mes cousins, avec nos cheveux longs et lisses, nos franges qui nous tombaient dans les yeux, l'air chargé de la fumée des cigarettes de nos parents et des harmonies des Beatles, j'étais persuadée qu'il n'existait pas d'amour plus grand que celui que j'avais pour Paul McCartney.

Encore aujourd'hui, quand je suis seule, je me surprends parfois à chanter doucement les paroles de «I Will» : «Et quand enfin je te trouverai, ta chanson emplira l'air.» Je les adresse à Grace en imaginant ses yeux bleus brillant sous ses petites lunettes à monture métallique, ses pieds battant le rythme. «Je t'aime chaque fois que nous sommes ensemble, je t'aime quand nous sommes séparés.» C'était l'une de mes chansons d'amour préférées, désormais réduite au silence sous la pochette de l'*Album blanc*, au fond de la cave.

Quelle idiote j'ai été d'avoir craqué si facilement pour Paul en négligeant John et George, d'avoir cru que tout ce dont j'aurais jamais besoin se trouvait là, dans ce séjour de mon enfance : mes cousins, la télé, ma musique préférée. Mais surtout, je me sens stupide d'avoir cru que le temps passé avec ma fille jamais ne prendrait fin.

À moins que ce ne soit ça, l'amour : un acte de foi, croire à l'impossible, être capable de penser qu'une petite fille vivant dans une ville de province de l'État de Rhode Island épouserait un jour Paul McCartney. Ou, pour une femme éplorée, croire que l'amour d'une mère est si fort que l'enfant qu'elle a perdu l'entend encore lui chanter une berceuse.

Ann Hood vit à Providence, dans l'État de Rhode Island. Son dernier livre paru s'intitule Kitchen Yarns : Notes on Life, Love, and Food. *Le présent article a d'abord été publié en février 2006.*

Bien s'accrocher dans les virages

CRIS BEAM

Ma fille vient tout juste de fêter ses trente ans. Comment est-ce possible, alors qu'une semaine plus tôt à peine elle était encore une adolescente insolente et querelleuse ? Comme toutes les mères du monde, je ne pense pas être assez âgée pour avoir donné naissance à une petite fille et qu'elle ait déjà franchi ce cap-là.

Dans mon cas, c'est la vérité : je n'ai que quarante et un ans. Je n'ai pas donné naissance à ma fille. Je suis devenue sa mère alors que j'avais vingt-huit ans et elle, dix-sept. Appelons ça un accouchement surprise, extrêmement tardif. Christina était l'une des plus de 135 000 adolescents placés dans des familles d'accueil aux États-Unis, dont la plupart sont abandonnés lorsqu'ils atteignent l'âge limite légal, lequel varie entre dix-huit et vingt et un ans.

J'ai eu la chance d'attraper dans mes filets l'une de ces perles rares, de partager ma vie avec la gamine la plus intelligente, la plus belle, la plus débrouillarde et la plus hilarante qui soit. Vous voulez des preuves ? J'ai des photos. Mais si vous me lancez sur le sujet, attention : comme toutes les mères du monde, de ce point de vue-là, je deviens vite insupportable.

Je dis que j'ai eu de la chance car je n'avais pas prévu cette vie. À l'époque où c'est arrivé, Christina n'était encore que mon élève préférée dans les cours d'anglais que je donnais au lycée. Quand l'agence qui s'occupait d'elle l'a fait changer d'établissement, nous sommes restées en contact.

Christina avait quelque chose de sauvage et de vulnérable à la fois, et sa compagnie me plaisait. Elle est en outre profondément intelligente, et je voulais faire en sorte que, quel que soit le traitement que lui réserverait le monde, l'un de ses professeurs au moins lui aurait montré qu'elle comptait.

Je voulais aussi m'assurer qu'elle serait en sécurité. Christina est transgenre, ce qui signifie qu'il y avait assez peu de places disponibles pour elle dans ce système, et, de manière générale, moins de protections.

Et ça n'a pas manqué : dans son nouveau lycée, ce fut un désastre. Un agent de sécurité a raconté à certains de ses camarades qu'elle était née biologiquement mâle, et ils l'ont menacée de mort, à tel point qu'elle a dû s'enfuir. J'ai été la première personne qu'elle a appelée, et ma compagne de l'époque et moi-même lui avons proposé de dormir sur notre canapé jusqu'à ce que nous trouvions une solution avec l'agence. N'importe quel être humain doté d'une conscience aurait fait la même chose.

Ce que je n'ai pas compris alors, c'est comment la Protection de l'enfance pouvait ainsi laisser tomber les adolescents dont elle avait la charge. J'ignorais qu'une bonne moitié de tous les adolescents placés en famille d'accueil se retrouvent dans des foyers collectifs ou des institutions fermées plus strictes parce que les familles n'en veulent plus.

J'ignorais qu'à l'âge de dix-neuf ans, 30 % des garçons auront déjà été incarcérés. J'ignorais, tandis que la première nuit de Christina se transformait en deux nuits, puis trois, et que nous nous sommes finalement retrouvées à aller chez Home Depot pour lui acheter des boîtes où plier ses vêtements et à lui libérer un tiroir dans la salle de bains, que 30 % des sans-abri de ce pays sont passés, un jour ou l'autre, par des familles d'accueil.

La plupart d'entre nous ne pourraient survivre à leur premier job, leur premier appartement, leur première histoire d'amour et leurs premières grosses erreurs sans le soutien d'une famille. Nous avons besoin d'argent, d'amour, de conseils et d'encouragements bien au-delà du jour de nos dix-huit ans – surtout si nous avons célébré cet anniversaire dans une institution dont les gardiens rémunérés par l'État travaillent par tranches de huit heures.

Ce que je savais, en revanche, alors que je faisais le lit de fortune de Christina ces premiers soirs-là, c'est que j'avais sur les bras une enfant blessée et en colère, qui avait peur d'être rejetée une fois de plus. Et je connaissais cette enfant, parce que j'avais été comme elle.

À quatorze ans, j'ai quitté la maison de ma mère pour ne plus jamais la revoir. J'ai déménagé chez mon père, à cinquante kilomètres de là. Ma mère ne m'a jamais tendu la main ni téléphoné, et moi, j'avais trop peur de reprendre contact avec cette femme qui ne voulait pas de moi.

Quand j'ai eu mon diplôme de fin d'études, à l'université, j'ai écrit une lettre à ma mère et elle m'a envoyé un mot sur un papier volant, me souhaitant une belle vie en orthographiant mal mon prénom. Plus tard, j'ai identifié chez elle les signes d'une maladie mentale ; je les ai identifiés chez les hommes qu'elle ramenait à la maison, dans ces nuits où elle ne rentrait pas et la manière qu'elle avait de se planquer dans les coins et de se perdre à longueur de journée.

Mais je ne savais pas quel nom donner à tout cela quand j'étais enfant. Pour l'essentiel, je m'agitais comme un chien sur la glace pour l'aider à aller mieux. Pour l'essentiel, je pensais que c'était de ma faute si ma mère me rejetait. Et quand je n'ai plus été capable de le supporter, je suis partie.

Quand Christina s'est installée chez moi, la symétrie ne m'a pas échappé. J'ai vu qu'en l'aidant, elle, j'allais pouvoir réparer une partie de ma propre histoire ; j'allais pouvoir être la mère que ma mère n'avait jamais été. Mais au moment où Christina commençait à s'installer dans une sorte de routine dans notre petit deux-pièces, son agence a téléphoné pour signaler qu'elle ne pourrait pas rester là.

Nous l'avions déjà inscrite dans un nouveau lycée public et peaufinions son CV pour qu'elle puisse se trouver un job. Nous étions en train de répartir les corvées ménagères. Mais nous n'étions pas habilitées en tant que famille d'accueil, si bien que l'agence lui avait trouvé une place dans un foyer destiné à de jeunes délinquants sexuels.

Christina, qui n'avait jamais commis de délit de ce genre, était, à juste titre, terrifiée. Cela ne serait que temporaire, promettaient-ils, le temps de trouver quelque chose de mieux.

Le truc, c'est que j'étais ce « quelque chose de mieux ». On m'avait déjà trouvée, et Christina était en sécurité avec moi. Pas question de laisser un système bancal briser une enfant que j'aimais. Je n'avais pas prévu de devenir la mère d'une adolescente à vingt-huit ans, mais je me suis rendu compte que si l'on menaçait un louveteau blessé dans ma tanière, j'étais capable de devenir une mère en un claquement de doigts.

Nous nous sommes battues, ensemble, et après quelques coups de fil houleux et autres arrangements précipités, elle s'est retrouvée chez nous. Mais ce n'est pas la partie la plus glorieuse de cette histoire. Le triomphe, ce sont ces treize dernières années.

Être parent d'une adolescente, parfois, c'est comme piloter une voiture de course, sans freins, sur un circuit glissant. La radio crache du rap hispano et la gamine sur le siège passager balance des insultes aux autres conducteurs, les siffle avant de se planquer, ou bien menace de se jeter par la portière lorsqu'elle est fâchée avec vous. Oh, attendez – c'est peut-être juste mon adolescente.

Bref, j'ai appris qu'avec mon ado, il faut juste bien s'accrocher dans les virages. Je n'ai pas appris à devenir une super-maman comme j'y comptais, mais j'ai appris qu'aucun « mauvais » comportement de sa part ne justifierait jamais un rejet sans appel. J'ai appris que pas un seul enfant ne mérite d'être abandonné – ni les dizaines de milliers d'enfants des foyers collectifs, ni Christina, ni même moi.

Ce dernier aspect, c'est Christina qui m'en a fait cadeau.

Le bonus, ç'a été de comprendre que ces trucs d'adolescent finissent par passer. Et alors, vous avez droit au jeune adulte magnifique qui tout à coup, miraculeusement, vous aime en retour.

L'expérience que j'ai eue de l'enfance de Christina a été extraordinairement condensée. Je n'ai pas eu droit aux couches, aux premières dents, ni aux premières coupes de cheveux. Mais j'ai eu droit à ses premiers pas. Je veux parler du moment où elle a commencé à rentrer à l'heure dite, le soir, parce qu'elle ne «voulai[t] pas [m']inquiéter», alors que, jusqu'alors, elle avait toujours outrepassé ce couvre-feu. (Jusqu'alors, personne ne s'en était jamais soucié.)

Mon ex et moi avions pris l'habitude de la réveiller avec la chanson de Dolly Parton, «Little Sparrow» – « Petit moineau» –, qu'elle prétendait détester, car c'était la seule chose qui pouvait la sortir du lit. Pour ses dix-neuf ans, en guise d'hommage, elle s'est fait tatouer un moineau sur la peau.

Je pense aussi bien sûr à cette lettre, il y a quelques années, où elle me remerciait de lui avoir sauvé la vie. Je lui ai répondu qu'elle s'était sauvée elle-même, mais il faut une sacrée profondeur d'âme pour éprouver une telle gratitude.

D'ailleurs, c'est moi qui suis reconnaissante. J'aimerais que davantage de gens désirent accueillir chez eux des adolescents (même s'ils ne l'ont, comme moi, jamais envisagé jusqu'à ce qu'un ado vienne se poser sur leurs genoux). Contrairement aux enfants plus jeunes, les ados reconnaissent souvent que leurs frustrations et leur souffrance sont dues au système et à leur famille d'origine, plutôt qu'à vous.

Ils sont capables de dire, comme Christina l'a souvent fait lorsqu'elle était en colère :

– Je ne sais même pas pourquoi je me comporte comme ça. Sans doute à cause des abus que j'ai subis dans un de mes foyers.

Et moi, je pouvais dire :

– Je ne sais pas comment m'y prendre avec toi. Je n'ai aucune expérience.

Et alors, nous pouvions toutes les deux hausser les épaules devant nos états de confusion respectifs, commander une pizza et la manger ensemble sur le canapé.

Le triomphe, dans cette histoire, n'est pas que nous ayons fêté le dix-huitième, puis le dix-neuvième puis le vingt-cinquième anniversaire de Christina et qu'elle n'ait même jamais failli faire partie des tristes statistiques concernant les enfants placés. Le triomphe, c'est que nous les ayons fêtés ensemble. Et la famille de Christina s'est élargie : elle a fait les premiers pas pour renouer avec les membres de sa famille biologique, et a gardé mon ex comme deuxième mère ; l'été dernier, Christina a assisté à son mariage.

Ma compagne actuelle et moi sommes récemment allées voir Christina pour son anniversaire et célébrer cette occasion autour d'un barbecue coréen, comme nous en avons pris l'habitude. Notre famille compliquée ressemble à beaucoup de familles compliquées mais, au fond, nous restons proches parce que nous l'avons décidé. Christina m'a appris qu'une famille qui dure n'est jamais le fruit du hasard : c'est quelque chose qu'on choisit, année après année.

Ce qui signifie que nous aimons vraiment fêter ensemble nos anniversaires. Même si trente ans, ça semble atrocement vieux.

Mais ça va. Je suis quand même une très jeune mère.

Autrice et professeure, Cris Beam vit à New York. Son dernier livre s'intitule I Feel You : The Surprising Power of Extreme Empathy. *Cet article a d'abord été publié une première fois en août 2013.*

Faire durer l'échange

ANN LEARY

Quand je me suis mise au tennis, mon mari voulait bien jouer avec nos deux enfants et moi, tant que nous n'étions pas tenus de respecter les règles. Comme Denis nous l'a expliqué tant de fois, respecter les règles le désavantageait de manière très injuste car il ne les connaissait pas, et ne savait pas servir.

Au lieu d'apprendre les règles du tennis, il voulait jouer à cette variante qu'il avait inventée avec un autre acteur, lors d'un tournage dans un pays tropical. Leur jeu ne comportait pas de service, mais obéissait à un ensemble de règles complexes quoique étrangement malléables qui, à mes yeux, semblaient souvent changer en pleine partie, presque toujours à l'avantage de Denis.

Ce qui n'était pas sans causer des querelles passionnées au bord du court. J'avoue à ma grande honte qu'une année, pendant des vacances en famille, nous ne nous sommes pas adressé la parole pendant plusieurs jours après une partie de «Denis Tennis» que j'avais perdue «injustement» (comme je n'arrêtais pas de le répéter, en râlant, à mes enfants), au point que notre fille et notre fils ont fini par intervenir en nous forçant à signer une trêve.

C'était une période difficile dans notre mariage. Nous avions découvert le tennis sur le tard, mais nous nous étions rencontrés très tôt dans nos vies d'adultes, et nous traversions à présent une mauvaise passe qui durait déjà depuis plusieurs années.

Quand nous nous sommes connus, j'avais vingt ans et lui vingt-cinq. Nous étions trop jeunes et inexpérimentés pour savoir que les gens ne peuvent pas changer qui ils sont, mais uniquement la manière dont ils jouent et travaillent avec autrui. Le fond de notre problème était, et demeure, que nous sommes quasiment identiques lui et moi – en termes d'apparence physique, d'attitude et de profil psychologique. Deux Lion qui aiment les enfants et les animaux, extrêmement émotifs tous les deux, très sensibles et en compétition avec tout le monde, mais surtout l'un avec l'autre.

Quand les enfants sont arrivés, nous nous sommes retrouvés à tenir le compte des efforts consentis par chacun, pointant qui en faisait davantage pour le couple et la famille et qui, à l'inverse, se montrait égoïste, peu affectueux, trop critique. Nous nous chamaillions rarement, mais quand une dispute éclatait, nous entrions dans une rage folle.

Nous avons fini par prendre rendez-vous avec un conseiller conjugal, qui, entre autres choses, nous a suggéré de nous imposer régulièrement une soirée en amoureux. Notre apathie était telle que nos soirées en amoureux se résumaient à nos sessions de thérapie de couple. Nous allions parfois au cinéma après le rendez-vous. L'un des films que nous avons vus à cette époque était *La Marche de l'empereur*.

Ce documentaire consacré aux manchots nous a émus aux larmes car malgré les batailles qui faisaient rage entre nous, et qui rendaient parfois l'autre répugnant au possible, nous élevions ces deux petits oisillons vulnérables à l'extrême qui avaient besoin d'être protégés et accompagnés prudemment, si prudemment, car qu'y a-t-il de plus fragile qu'une préadolescente ou qu'un garçon en pleine croissance qui manque de confiance en lui ?

Ces enfants magnifiques étaient la raison pour laquelle nous consultions un psychologue, la raison pour laquelle nous tentions de maintenir intact le cocon familial. Si bien que nous

nous donnions du mal pour que tout aille bien. Nous passions régulièrement des soirées en famille et partions en vacances ensemble. Et à l'occasion, nous tâchions de faire une partie de tennis.

Malgré tous ces efforts, notre mariage continuait de sombrer, jusqu'au jour où, lors d'un rendez-vous chez notre conseiller conjugal, j'ai déclaré :

– Je crois que c'est fini.

– C'est la fin, a confirmé Denis.

En ressortant, nous avions l'impression de flotter dans les airs tant nous étions calmes. Par le passé, nous nous étions souvent rués furieusement vers cette porte de sortie, avions dévalé ces marches en fulminant de rage, mais ce soir-là, Denis m'a tenu la porte et je l'ai remercié. Quand nous sommes sortis dans la rue, il neigeait. Je portais des bottines à talons et les trottoirs étaient verglacés. Je ne pouvais pas marcher sur de la glace avec ces talons-là, alors j'ai demandé si je pouvais m'agripper à son bras, s'il pouvait me ramener jusqu'à la maison.

– Bien sûr, a-t-il répondu.

Ça lui était égal. À moi aussi. J'avais juste besoin de me raccrocher à quelque chose pour ne pas glisser et m'effondrer. Je l'ai pris par le bras et nous nous sommes courbés pour résister au vent.

– Le truc, a-t-il dit tandis que nous marchions, c'est que je suis fatigué et que j'ai faim.

– Arrêtons-nous quelque part pour manger un morceau, ai-je proposé.

Nous sommes allés au restaurant en face de notre immeuble, une petite adresse de quartier où les serveurs nous connaissent par nos prénoms et où le chef sait comment nous aimons nos hamburgers. Nous nous sommes assis dans un box, au fond. Denis a commandé une soupe.

C'était terminé, nous n'avions plus rien à perdre, alors j'ai décidé de lui exposer mes ultimes griefs, ce qu'il devait savoir, estimais-je, afin de bien comprendre qu'il était la cause de la fin prématurée de notre mariage. Je lui ai rappelé, d'un ton résigné, la fois où il avait fait ci, la fois où il avait fait ça.

C'étaient là des lambeaux de ressentiment si anciens et amers, si mesquins, que j'aurais eu honte de les mentionner devant le thérapeute : à présent, j'en faisais une balle et la lançais par-dessus le filet, dans le camp de Denis.

Denis mangeait sa soupe sans rien dire. Quand il a eu terminé, il s'est essuyé le menton avec sa serviette. Nous étions tous les deux si apaisés qu'on aurait dit que l'île de Manhattan avait été gazée avec une sorte de vapeur de Valium.

J'imagine qu'il n'y avait plus d'émotions, que tout était joué, et cette irrévocabilité provoquait en nous un soulagement surprenant. Nous étions pareils au couple de manchots de *La Marche de l'empereur* qui brisait son œuf en le laissant tomber par accident. Ils contemplaient l'œuf pendant un moment, puis chacun repartait de son côté, car les manchots ne s'accouplent pas pour la vie. Ils se font la cour, mémorisent leurs voix respectives, produisent un œuf, en prennent soin avec un réel dévouement et quand leur petit meurt, ou grandit, les parents se séparent.

C'est ainsi que nous avions fini par considérer notre mariage, comme une union entre manchots, un partenariat dévoué à l'éducation des enfants. Nous avions espéré tenir le coup jusqu'à ce qu'ils aient quitté le nid, mais cela semblait à présent impossible. Alors nous passions tout en revue, une dernière fois.

Denis a replié sa serviette avec soin, puis il a déclaré :

– Je suis désolé. Si je pouvais changer toutes ces choses, je le ferais, mais je ne peux pas. Elles appartiennent au passé. Mais je suis désolé quand même.

Je m'attendais à ce qu'il crie à l'injustice, à ce qu'il réagisse comme quand je lui disais qu'un de ses coups limites, au tennis, était faute. Mais il m'a juste dit qu'il était désolé. Et je l'ai cru. Il n'avait aucune raison de faire semblant, désormais.

Son aveu paisible m'a poussée à lâcher ma propre litanie de regrets et d'excuses. Dans les films, cela aurait été le moment où nous nous sauterions dans les bras, mais dans la vraie vie, nous avons commandé d'autres plats. Nous avons appelé les enfants à l'appartement pour leur demander s'ils voulaient aller voir un film. Ce soir-là, Denis n'a pas dormi dans un hôtel ; il est resté à la maison. Le lendemain, nous avons pris la voiture pour partir à la campagne. La famille, après toute cette folle agitation, était miraculeusement restée intacte.

La situation s'est donc améliorée. Nous allions voir notre thérapeute. Nous allions au cinéma. Nous nous efforcions de nous traiter l'un l'autre plus équitablement. Et nous nous sommes mis à beaucoup jouer au tennis, rien que tous les deux, dès que nous en avions l'occasion. Sauf que, désormais, nous respections les règles.

J'avais beau avoir pris pas mal de cours, Denis était un bien meilleur athlète que moi, si bien que, dès le départ, nous avions à peu près le même niveau. Nous nous améliorions à chaque match. Nous ne trichions plus. (Bon, j'avoue : nous avions encore tous les deux l'habitude de déclarer faute les coups discutables quand nous étions en mauvaise posture, et nous trafiquions le score à la moindre occasion, lui comme moi.)

Même si chacun de nous gardait un très fort esprit de compétition, nous étions désormais immensément fiers quand l'autre frappait un coup magnifique, et nous ne haïssions plus le vainqueur lorsque nous perdions. Nous jouions encore pour gagner, mais désormais, nous étions capables d'éprouver de la joie pour celui d'en face. Nous voulions progresser, et à présent, nous voulions que l'autre s'améliore aussi, cela nous mettait même aux anges.

Ce qui m'amène à notre dernière partie de tennis au cours de ce fameux été, la dernière avant que nous mettions les affaires de notre fils dans la voiture pour le conduire à l'université. Nous étions à un set partout, et le score était de 5-5 dans le dernier set. Mais nous n'avions réservé le court que pour une heure, et le temps était presque écoulé. D'autres joueurs attendaient leur tour. Ce serait donc le dernier jeu de cette partie, décisif. Or, les jeux avaient été si serrés jusque-là qu'aucun de nous deux ne supportait l'idée de perdre ce match.

Denis était au service dans ce jeu décisif. Il s'appliquait, n'essayant pas une seule fois de faire ace. C'était trop risqué. Je n'en ai pas profité pour frapper mon retour à pleine puissance sur son revers. Et si la balle sortait ? Le match serait plié.

Je frappais la balle dans son camp et il la renvoyait dans le mien, je plaçais ma balle dans son camp prudemment, si prudemment, et il la plaçait dans le mien. Nous faisions des échanges, non pas avec la volonté gonflée d'adrénaline de gagner à tout prix, mais avec la patience et la maîtrise qui accompagnent le désir que rien ne s'achève : ni l'été, ni l'enfance de notre fils, ni ce match, jamais.

Nous nous sommes renvoyé la balle, encore et encore. Et il m'est apparu qu'il y avait une sorte de grâce dans la silhouette de mon mari, et je la sentais chez moi aussi, tandis que nous travaillions tous deux pour maintenir la partie en vie, encore un peu, en nous efforçant de viser le point fort de l'autre, en jouant, pour une fois, pour l'avantager.

Autrice de The Good House, *qui a figuré sur la liste des meilleures ventes du* New York Times, *Ann Leary vit à New York. Son nouveau roman paraîtra prochainement aux éditions Simon & Schuster. Cet article a été publié en septembre 2013.*

Amoureux anonyme

KEVIN CAHILLANE

Mon premier rendez-vous avec Julie a mal débuté, et s'est encore plus mal terminé. Pour commencer, je ne me suis pas présenté. C'était le samedi soir du long week-end du Presidents' Day, et j'étais en train de boire des gin tonics en regardant un match de basket au *Telephone Bar and Grill* sur Second Avenue, pour passer le temps avant l'heure de notre rendez-vous à la pizzeria *John's*, au coin de la rue. Et là, sans que je comprenne comment, la sonnerie du téléphone me réveille péniblement dans mon appartement sur East Twelfth Street, et plusieurs heures se sont écoulées.

Je me suis précipité hors de chez moi et j'ai couru jusqu'à *John's*, où Julie s'est retrouvée sur le trottoir, révoltée et en pleurs, à me balancer des mots que je ne saisissais pas mais dont le sens était clair : plus jamais.

Elle a pris un taxi pour rentrer dans l'Upper West Side, et cela aurait pu demeurer l'un de ces premiers rendez-vous cauchemardesques qui finissent par devenir marrants à force d'être racontés. Mais la situation n'était pas si simple. Nous travaillions ensemble dans une agence de publicité, elle comme coordinatrice des ressources humaines et moi comme l'une des ressources humaines qu'elle coordonnait. C'était la première personne que j'avais rencontrée au boulot. Je n'avais réussi le test de dactylo que parce qu'elle avait rajouté cinq minutes sur le sablier.

Ce geste et un sourire avaient suffi à me faire craquer, et voilà que je passais mes nuits à composer pour elle des e-mails malins et sophistiqués que je faisais passer pour spontanés le lendemain. Elle s'était mise à s'arrêter devant mon bureau avec une fréquence que j'attribuais davantage à son besoin de profiter de mon charme dépenaillé qu'à mon propre besoin de lire les mémos qu'elle distribuait.

À présent, tout ce travail préparatoire semblait perdu. Et le mardi matin, après ce long week-end, j'allais me retrouver en face d'elle.

J'ai continué de boire tout le week-end en me vautrant dans mes regrets, et le dimanche, je lui ai fait livrer une brassée de roses qui valait cent dollars, même si je n'avais pas cet argent, accompagnée d'un mot d'excuses. Malheureusement, je lui ai aussi laissé un message sur sa boîte vocale : la chanson « Hold My Hand » (« Donne-moi ta main ») du groupe Hootie and the Blowfish, dans son intégralité.

Quand le mardi est arrivé, je suis resté chez moi. Le mercredi, pareil.

J'avais conscience que ce genre de déni n'était pas une stratégie viable à long terme, si bien que le jeudi matin je me suis habillé dans l'idée de retourner au travail. Mais j'avais les nerfs en pelote, l'esprit vaseux. Comme cela m'arrivait quelquefois, j'avais franchi la ligne séparant l'alcoolique fonctionnel de celui qui, à l'évidence, ne l'était plus du tout.

Finalement, j'ai téléphoné à Julie.

– Tu as reçu les roses ? lui ai-je demandé.

Oui, elle les avait reçues et ces fleurs étaient très belles, ce qui ne l'empêchait pas de considérer cela comme un geste assez grotesque.

– Tu es alcoolique, m'a-t-elle déclaré, sans méchanceté. Tu as besoin d'aide.

J'étais déjà parvenu moi-même à cette conclusion à l'âge de seize ans, mais personne ne me l'avait jamais dit aussi directement. Julie m'a suggéré de prendre rendez-vous dès le lendemain matin avec un médecin associé au programme d'assistance aux employés mis en place par l'agence. Ce que j'ai fait. J'étais amoureux et en chute libre, et si elle m'avait demandé de sauter d'un pont, je l'aurais peut-être fait aussi. Mais une nouvelle fois, je me suis extirpé du lit désorienté et me suis présenté chez le médecin avec une demi-heure de retard, trempé par une averse.

Son cabinet de West Fifty-Seventh Street était calme et luxueux ; quelque part, une fontaine s'écoulait sereinement. L'homme était barbu et gentil, mais il n'a pas perdu de temps en formalités.

– Alors, qu'est-ce qui vous amène ? m'a-t-il demandé.

– Je bois.

– À quelle fréquence ?

– Tous les jours.

– Avez-vous bu de l'alcool ce matin ?

– Tout à fait.

– Qu'avez-vous au bras ?

– C'est mon chat.

– Ça doit être un sacré chat.

– Je n'ai pas de chat, en fait.

– Je crois que vous aimez voir la manifestation physique de votre douleur psychique.

– Qui n'aime pas ça ?

Il m'a diagnostiqué un alcoolisme aigu, ce qui n'était pas vraiment un scoop, et m'a recommandé de me faire hospitaliser illico pour suivre une cure de désintoxication.

– Si c'est bon pour ma mutuelle Blue Cross, ai-je répondu, c'est bon pour moi.

J'avais vingt-quatre ans.

Je suis rentré à mon appartement, dont je n'avais pas payé le loyer depuis un moment, et j'ai attendu un appel des gens qui s'occupaient de la couverture sociale, au boulot. Cela faisait seulement six mois que je travaillais pour l'agence, et celle-ci ne m'avait embauché que pour faire plaisir à ma tante, qui avait bossé là pendant de longues années. Entre ma garde-robe destroy et mon incompétence absolue en informatique, il était clair que je n'étais pas taillé pour les grandes agences de pub new-yorkaises, mais elle avait quand même réussi à me dégoter un entretien.

Julie, mon improbable ange gardien, m'a téléphoné pour m'annoncer que tout était arrangé avec la mutuelle et que je pouvais y aller. J'y suis donc allé, mais pas avant d'avoir englouti plusieurs litres de bière pour me donner du courage en vue des appels téléphoniques que je devais passer à mes proches et à mes amis pour qu'ils ne pensent pas que j'avais disparu dans la nature.

Quand la fourgonnette est passée me prendre, le chauffeur grisonnant m'a confié que la plupart des gens étaient plus ivres que moi. Bizarrement, cela m'a fait me sentir plus mal encore, comme si je n'étais même pas capable de m'autodétruire comme il faut. Tandis que nous filions plein nord sur le FDR Drive, j'ai songé que les lumières de la Grosse Pomme ne semblaient jamais aussi grisantes que lorsqu'on la quittait.

Près de trois semaines plus tard, je me présentais devant le box de Julie dans mon unique costume. Elle m'a serré dans ses bras et m'a dit que j'avais l'air en pleine forme. Je lui ai répondu qu'elle aussi. Elle m'a trouvé quelques enveloppes à remplir et des documents à photocopier, tâches que j'ai accomplies avec un zèle sans précédent. Elle avait l'air amusée chaque fois que je venais faire mon rapport et réclamais d'autres missions.

À la fin de la journée, j'ai tombé la veste, me suis assis dans son box et lui ai raconté la cure de désintox.

– Personne ne pensait que tu reviendrais, m'a-t-elle avoué.

En me levant pour m'en aller, j'ai effleuré fugacement son genou comme si j'étais un personnage refoulé dans un film de James Ivory produit par Ismail Merchant, puis je suis rentré à pied chez moi, flânant dans les rues de Manhattan.

Nous nous sommes donné rendez-vous à Central Park ce week-end-là, et nous avons discuté en marchant. Julie était originaire de Canton, dans l'Ohio, fille d'une institutrice et d'un entraîneur de football américain. Elle appartenait à la prestigieuse fraternité étudiante Phi-Beta-quelque-chose et sa meilleure amie était sa sœur, graphiste à Chicago. Elle avait préféré l'agence de pub à la banque d'investissement Merrill Lynch car cette entreprise paraissait plus humaine. Moi, j'étais juste un type du New Jersey dont le chemin de moindre résistance l'avait mené de l'autre côté du Lincoln Tunnel, à New York.

Les ouvrages consacrés à l'alcoolisme et à sa guérison mettent tous en garde contre les dangers qu'il y a à se lancer dans une relation amourreuse dans les jours (parfois même les semaines, voire les années) qui suivent son sevrage de l'alcool, mais j'avais besoin de compagnie sur mon canot de sauvetage et Julie semblait prête à empoigner un aviron, quoique prudemment.

Lors de notre rendez-vous suivant à Central Park, elle a grimpé sur un rocher et décrété que j'étais trop à vif pour qu'elle sorte avec moi.

– Je crois que nous devrions juste rester amis, a-t-elle conclu.

Je ne pouvais pas lui en vouloir de sa décision. Si vous preniez tous les soupirants de Julie au fil des années et les disposiez dans une parade d'identification de la police, je serais clairement celui qui déparerait le moins. Nous avons parcouru la promenade du Ramble puis la prairie de Sheep Meadow, avant de déboucher sur une clairière où les gratte-ciel hôteliers de Central Park South miroitaient dans l'éclat du crépuscule. Quand la lumière a disparu derrière les falaises des New Jersey Palisades et qu'une lune pleine s'est levée, elle s'est tournée vers moi :

– Si nous n'étions pas juste des amis, ce serait assez romantique.

Durant les jours qui ont suivi, et que nous avons passés hermétiquement coupés du monde, je lui ai fait la promesse de rester sobre.

Mais deux mois plus tard, je retrouvais mes vieux amis et

mon ancien «moi». Julie et moi étions invités à un mariage sur la côte du New Jersey où, à son insu, j'ai vidé verre sur verre. Je ne pouvais tout simplement pas détacher mes yeux des glaçons et des tranches de citron vert qui flottaient sans pudeur dans les verres de tous les convives. J'ai dansé avec la sœur du marié, qui m'a murmuré à l'oreille de lui passer un coup de fil si je décidais un jour de «larguer la blonde». Une vieille connaissance m'a dévisagé avec perplexité tandis que j'enchaînais les verres pendant notre conversation, et il m'a demandé: «T'as soif, non?»

Sur la route du retour vers New York, nous nous sommes retrouvés pris au piège dans un embouteillage en train de se former devant un point de contrôle du taux d'alcoolémie au volant. Terrifié, j'ai poursuivi mon entourloupe en déclarant à Julie que j'avais décidément arrêté de boire au bon moment. Quand l'agent s'est contenté de me faire signe de passer, j'ai ressenti une telle joie et un tel soulagement que je me suis juré que j'avais bu mon dernier verre. Et hormis quelques menus écarts de conduite au cours du mois suivant, j'ai tenu parole.

Deux ans plus tard, nous nous sommes mariés par une journée étouffante du mois de juin, dans une église minuscule d'un recoin industriel de Canton, où nos invités s'éventaient avec leur programme. La veille des noces, notre groupe d'athées pleins d'espoir s'est réuni pour un dernier dîner de répétition dans un restaurant du centre-ville de Canton. Les toasts se succédaient, comme il est de rigueur, et j'avais toujours le sentiment que ma bouche et mon bras risquaient de comploter contre mon cerveau et de faire du grabuge, mais ils n'en ont rien fait.

Quand mon tour est venu de porter un toast, j'ai récité le discours dont j'avais noté les grandes lignes sur une serviette en papier devant le match des Cleveland Indians, la veille au soir. Je ne me souviens plus d'un seul mot, excepté la dernière phrase, que j'avais empruntée à une chanson de Bruce Springsteen. J'ai promis à Julie que pour le meilleur ou pour le pire, que je devienne riche ou – plus probablement – pauvre, je l'aimerais avec toute la folie de mon âme. Une mesure de serment, une mesure de bravade et une mesure de coup de dés.

Puis j'ai brandi mon verre et l'ai reposé sur la table.

Dix ans se sont écoulés depuis la dernière fois que j'ai bu, et ce n'est pas comme pousser un rocher jusqu'au sommet d'une montagne tous les jours. À vrai dire, ce n'est même pas du tout un effort. Je ne vais pas à des réunions où l'on parle dans un jargon étrange, et je ne psalmodie pas la Prière de la Sérénité quand je me sens paumé. L'accumulation de milliers de jours sans alcool en a fait une non-habitude instinctive.

Julie et moi avons des boulots ordinaires, une maison en banlieue et un minivan pour nos 2,5 enfants (deux qui sont déjà là, un autre attendu pour décembre) qui, d'un point de vue génétique, auraient pu espérer mieux. Ils ne tarderont sûrement pas à me le faire remarquer.

Mais je ne sais pas. La question, c'est : est-ce que leur mère et moi serions ensemble si je n'avais pas été un alcoolique en train de se noyer, qui avait besoin de sa main tendue ? Parfois, je ne peux m'empêcher de me demander si les fardeaux que nous portons ne finissent pas par nous porter.

Kevin Cahillane est journaliste et rédacteur publicitaire. Il vit à Summit, dans le New Jersey. Cet article a été publié en juillet 2005.

Le poulet est au four, mon mari à la porte

THEO PAULINE NESTOR

Certains mariages perdent peu à peu de la vitesse et, un beau jour, calent. D'autres, comme le mien, explosent en plein vol, telle une navette spatiale éclatant en mille morceaux dans le ciel bleu, sous le regard incrédule de la foule. Et les débris de la catastrophe ne cessent plus de pleuvoir, au grand péril de tous.

C'était à la fin du mois de septembre, il faisait encore doux, mais les dernières chaleurs de l'été indien étaient derrière nous. J'avais attendu le premier jour assez frais pour préparer un poulet rôti pour mon mari et nos deux filles. Quand j'ai posé ce poulet de cinq livres dans le four, saupoudré de fines herbes fraîches, notre mariage était encore indemne. Quand je l'ai ressorti, mon mari avait déjà quitté notre maison et il s'en allait pour toujours, sa voiture remplie de vêtements qui glissaient de leur cintre.

C'est mon appel à la banque pour vérifier le solde de notre compte qui a généré l'explosion fatale. Même s'il était arrivé par le passé que les compulsions destructrices de mon mari en matière d'argent menacent notre couple, je croyais que nous avions franchi ce cap. Mais cet après-midi-là, sans même le vouloir, j'ai découvert la vérité : loin de changer ses habitudes, il était simplement devenu plus secret. Je l'ai mis face à l'évidence. Et voilà, c'était fini.

De telle sorte que mon poulet rôti n'a nourri qu'une seule personne ce soir-là : notre fille de neuf ans, Elizabeth. Moi, je n'ai pas pu manger, et Grace, cinq ans, a annoncé qu'elle ne voulait pas manger un vrai poulet, seulement des nuggets. J'ai sorti la boîte rouge du congélateur, en ai sorti cinq rectangles brun clair, les ai réchauffés au micro-ondes, les ai posés devant Grace, qui croyait, comme sa sœur, que leur père était descendu au centre-ville retrouver un ami pour se lancer avec lui dans un road-trip improvisé.

– Papa revient dans une semaine, leur avais-je assuré.

Je ne savais pas quoi ajouter. J'ai pensé à mon amie d'enfance Nancy, dont le mariage avait capoté un an plus tôt. J'ai gardé trois amies d'enfance dont je suis encore proche ; par une étrange coïncidence, nous nous sommes toutes les quatre mariées aux alentours de notre trentième anniversaire. Pendant dix ans, nous avons déjoué tous les pronostics. Puis Nancy s'est séparée et à présent, avec l'échec de mon propre couple, notre petit groupe reflète cette statistique si souvent citée en exemple : la moitié des mariages débouchent sur un divorce.

Le jour des noces de Nancy, le prêtre s'était brièvement détourné des jeunes mariés pour s'adresser à l'assistance :

– Il appartient à la communauté de maintenir un couple uni, avait-il proclamé de sa voix impérieuse. J'appelle chacun de vous, ici présents, à aider nos jeunes mariés à se souvenir de l'amour qui les a réunis et de l'engagement qu'ils ont pris.

J'avais pris ses paroles à cœur, jurant intérieurement de soutenir Nancy et Terry, de rappeler à Nancy les qualités de Terry, si d'aventure elle venait vider son sac après une scène de ménage. Malgré leur serment et mon soutien, malgré dix années de vie commune et deux fils, leur mariage n'a pas pu tenir. Et voilà qu'après onze années de vie commune et deux filles, le mien non plus.

Les femmes auprès desquelles j'ai grandi, comme la plupart des femmes d'aujourd'hui, possèdent des compétences concrètes, monnayables : l'une est électricienne, l'autre graphiste et la troisième infirmière. Mariées ou non, elles sont capables de subvenir à leurs besoins. Moi aussi, j'ai fait de bonnes études et ma carrière professionnelle est très correcte : quand nous nous sommes mariés, je gagnais d'ailleurs plus que mon mari. Je tirais une grande fierté de cette autonomie. Mais nous voulions tous les deux que quelqu'un reste à la maison avec les enfants, et nous avons décidé que ce serait moi, si bien que j'ai arrêté de travailler et l'ai laissé nous entretenir. Et aujourd'hui, je me retrouve dans cette position vulnérable que je croyais jadis dévolue aux femmes qui se mariaient juste après le lycée, sans autre expérience professionnelle que vendre des glaces l'été chez Dairy Queen.

Non pas que j'aurais fait les choses autrement. De toutes les expériences que j'ai pu avoir, c'est le temps passé avec mes filles qui m'a le plus comblée. Mais pour une mère au foyer comme moi, un divorce n'est pas juste un divorce. C'est plutôt un divorce doublé d'un licenciement, parce que vous ne pouvez plus vous permettre de garder ce job de femme au foyer, celui pour lequel vous avez renoncé à votre carrière. Quand j'étais professeure d'anglais au collège communautaire, on appelait les gens comme moi des *displaced homemakers* – « des femmes ou hommes au foyer déplacé(e)s ». J'imaginais des légions de ménagères modèles en tablier vichy tourbillonnant sans fin, passant éternellement leur plumeau sur des meubles imaginaires, ne cessant jamais de s'occuper du « foyer » qui n'était plus. À présent que mes revenus se résument à la pension alimentaire et à une maigre allocation d'« entretien », je me vois contrainte d'abandonner ce job pour en trouver un « vrai ». J'additionne nos dépenses mensuelles, puis je soustrais la contribution de leur père. La somme restante indique que, pour que mes filles et moi-même ne nous endettions pas, je vais devoir gagner un salaire net un tiers plus élevé que le maximum que j'aie jamais touché.

Et puis, le divorce est un travail en soi, avec son programme, ses manuels. L'un des nombreux ouvrages consacrés au divorce empilés sur le plancher au pied de mon lit m'exhorte à élaborer deux récits au sujet de la rupture : un privé, et un public. On me conseille de répéter quelques phrases pour pouvoir les réciter (à l'épicerie, à l'aire de jeu) sans émotion excessive, une sorte de slogan de campagne sur mon divorce. Et j'ai effectivement l'impression qu'une grande partie de mes tâches quotidiennes consiste à négocier le col enneigé qui sépare mon « moi » privé de mon « moi » public. Seule, je hurle dans mon oreiller, et je crie « Crétin ! » à travers la vitre fermée de ma voiture en passant devant le nouvel appartement de mon ex. En public, je reste stoïque, détachée, hochant la tête avec philosophie quand une mère mariée de l'équipe de foot d'Elizabeth me déclare :

– Votre douleur est comme une maison. Un jour, vous serez dans la pièce du chagrin et le lendemain, peut-être, dans celle de la colère.

Rendue humble par le divorce, je ne peux que faire comme si tout cela était nouveau pour moi.

– Oh, et puis, le déni ! ajoute-t-elle. Ça aussi, c'est une pièce de cette maison – ne l'oubliez pas.

Au bout du compte, il faut l'annoncer à tous ceux qui ne l'ont pas appris par le téléphone arabe. Certains ont droit à « toute l'histoire », d'autres seulement à la version abrégée : « Nous sommes séparés. »

Toute l'histoire, c'est épuisant. D'abord, ce n'est que soulagement et bouffée d'adrénaline, tandis que vous racontez le moment où vous avez compris que la navette spatiale était en train de se disloquer. Mais ensuite, l'effroi vous saisit lorsque vous vous rendez compte du nombre de gens dans votre vie qui sont éligibles à cette version intégrale. Vous avez encore devant vous une avalanche de « Oh mon Dieu », de « Je suis tellement désolé(e) » et de « Tu plaisantes ? ». On vous assaille de questions pleines de compassion et de compréhension, et votre langue se fait épaisse, étrange, à articuler tous ces mots pour la énième fois. Vous envisagez alors une lettre type :

« Cher Bon Ami qui mérite toute l'histoire,
Je suis désolée qu'elle te parvienne sous la forme d'une lettre type.
Je suis désolée de tant de choses.
Je suis juste désolée. »

Ou bien peut-être, un site Web : www.putainquestcequisest-passé.com, avec un forum aux questions.

« Q. Et les enfants ?
R. Ils vivent avec moi mais dorment chez lui tous les vendredis et tous les premier, troisième et cinquième jeudis ainsi que le premier samedi du mois. Non, ce n'est pas facile de se rappeler quelle est sa semaine.
Q. Une réconciliation est-elle envisageable ?
R. Non. Si tu lis toute l'histoire, tu comprendras pourquoi. (Entrez le mot de passe pour accéder au site sécurisé.)
Q. Tu vas bien ?
R. Non, je ne vais pas bien. Merci de me poser la question.
Q. On peut faire quelque chose pour t'aider ?
R. Oui. Clique sur le lien "Envoyer de l'argent" en bas de cette page. »

Quand j'ai enlevé mes bagues de mariée, mon doigt s'était atrophié dessous d'une manière qui me paraît excessivement symbolique. Je protège cette bande blanche avec mon pouce, comme une blessure. Je regarde l'annulaire des autres femmes : bagues en or, simples solitaires, arabesques de diamants. Le fait qu'elles soient parvenues à maintenir ces bagues à leur place semble miraculeux, un défi à la gravité. Quand je portais ces bagues, j'étais une autre personne, elles m'enhardissaient comme seul peut le faire un costume d'Halloween. Je pouvais rire aussi fort que je voulais, sortir avec les cheveux sales et en pantalon de jogging. J'étais mariée. Quelqu'un m'aimait, et cela se voyait. Je pouvais évoquer un mari dans les conversations avec une amie récente ou une vendeuse de magasin. Elles se fichaient bien que je sois mariée ou pas, mais pas moi. Mon alliance disait : Vous ne pouvez pas me toucher. C'est comme une base au jeu du chat perché. Il ne peut rien vous arriver.

Désormais, quand je vais me coucher, j'allume la couverture électrique à fond et laisse sa chaleur imprégner ma peau. Parfois, allongée là, je visualise le divorce comme une sorte de grippe. Les débuts fiévreux, tout pitoyables et moites qu'ils sont, se traversent plus facilement (en réalité, ce n'est qu'un grand flou) que les nombreux jours qui suivent, où vous êtes à moitié guérie, à moitié malade, sans trop savoir quoi faire. Vous allez trop bien pour rester au lit à regarder la télé, mais êtes trop malade pour sortir et faire les choses qu'on attend des gens qui vont bien.

Pour m'endormir, j'ai recours au vieux rituel consistant à compter les grâces qui me sont faites. Je compte mes filles, encore et encore. Je compte leur santé, leur bonheur, le cadeau que représentent leurs personnalités respectives.

Je me force à trouver autre chose dont je serais reconnaissante, mais je n'y arrive pas. Et puis, je me rends compte que si : cette chose existe.

Je veux parler de cette ultrasensibilité de l'esprit, de la manière dont la croûte de ma carapace de femme d'âge mûr a été arrachée, et me voilà, mon vrai « moi ». Je ne suis plus cette personne capable de faire comme si tout allait pour le mieux. Je ne peux plus me considérer comme « en sécurité » ou protégée. Je sais à présent que c'est à moi qu'il appartient de chasser, de cueillir et de maintenir le refuge bien au chaud.

Theo Pauline Nestor vit à Kitsap County dans l'État de Washington. Son dernier livre s'intitule Writing Is My Drink : A Writer's Story of Finding Her Voice (and a Guide to How You Can Too). *Cet article a été publié en novembre 2004.*

Accepte-moi telle que je suis, qui que je sois

TERRI CHENEY

En tant que femme bipolaire, j'ai passé une grande partie de mon existence dans un état où je me transforme constamment en quelqu'un d'autre. L'appellation exacte de ma maladie est bipolaire à *cycles rapides ultradiens*, ce qui signifie qu'en l'absence de traitement, je suis à la merci de changements d'humeur spectaculaires : *up* pendant des jours (je suis alors charmante, loquace, démonstrative, drôle et productive, mais je ne dors jamais et, au bout d'un moment, je deviens pénible à vivre), puis *down*, c'est-à-dire essentiellement immobile, pendant des semaines.

Ce mal s'est emparé de moi au lycée, quand, un beau jour, je n'ai tout simplement pas pu sortir de mon lit. Pas si grave, a priori, sauf que j'y suis restée pendant vingt et un jours. Ce schéma est devenu récurrent et mes parents, amis et professeurs ont commencé à s'en inquiéter, mais ils pensaient juste que j'étais un peu excentrique. Après tout, je restais une excellente élève, je ne faisais jamais de bêtises et j'ai terminé major de ma promo aux examens de fin d'études secondaires.

Pareil au prestigieux Vassar College, l'université privée où j'ai poursuivi mon brillant parcours en dépit de cette maladie mentale. Puis j'ai enchaîné sur des études de droit et entamé une carrière très vite couronnée de succès d'avocate en droit du spectacle à Los Angeles, où je représentais des célébrités et de grands studios de cinéma. Pendant tout ce temps, je cherchais de l'aide sous la forme d'une kyrielle de médecins et de thérapeutes, de médicaments et de traitements aussi éprouvants que des électrochocs, en vain.

Hormis les médecins, personne ne savait. Au travail, où seules comptaient ma compétence et ma productivité, je pouvais cacher mon secret sans trop de difficulté. J'élaborais des excuses tordues pour que mes amis et mes proches ne se doutent de rien, et ne me présentais à eux que lorsque j'étais sûre de faire bonne impression.

Mais ma vie personnelle, c'était une autre histoire. En amour, impossible de se cacher : il faut laisser l'autre savoir qui vous êtes. Mais moi, je n'avais pas la moindre idée de qui j'allais être l'instant d'après. En sortant avec moi, vous pouviez vous endormir avec Madame Bovary et vous réveiller avec Hester Prynne, l'héroïne de *La Lettre écarlate* de Nathaniel Hawthorne. Pire encore, mon « moi » survolté et charmant me mettait toujours dans des situations que mon « moi » *down* était incapable d'affronter.

Exemple : un matin, j'ai rencontré un homme dans le rayon produits frais du supermarché. Je n'avais pas dormi depuis trois jours, mais cela ne se voyait pas. Mes yeux luisaient d'un éclat vert, mes cheveux d'un blond vénitien rendaient jalouses les fraises de l'étal, et j'étincelais littéralement (j'avais mis un chemisier à paillettes dorées pour aller faire mes courses – on a toujours mauvais goût dans les phases maniaques). J'avais faim, mais pas de produits frais. J'avais faim de cet homme avec son jean usé et sa casquette des New York Yankees légèrement de travers.

J'ai poussé mon chariot à la hauteur du sien et lui ai demandé d'une voix lascive, en palpant une pêche :

– Je les aime bien fermes, pas vous ?

Il a hoché la tête.

– Et pas abîmées.

C'est tout ce dont j'avais besoin : une ouverture, et j'ai foncé. Je lui ai dit comment je m'appelais, l'ai interrogé sur ses goûts en termes de fruits, de sports, de candidats à la présidentielle et de femmes. Je parlais si vite que j'avais à peine le temps d'écouter ses réponses.

Je n'ai pas acheté de pêches, mais je suis repartie avec un rendez-vous au restaurant, deux soirs plus tard, ce qui me laissait tout le temps de me reposer, d'épiler mes jambes et de choisir la tenue parfaite.

Mais le temps de rentrer, les ténèbres s'étaient déjà abattues sur moi. Je n'avais pas le courage de fouiller dans mon armoire, ni de ranger mes courses. Je les ai laissées sur le plan de travail de la cuisine, qu'elles y pourrissent ou pas – quelle importance. Je n'ai même pas enlevé mon chemisier à paillettes. Je me suis effondrée tout habillée sur mon lit, et n'en ai plus bougé. J'avais l'impression que mon corps avait été plongé dans du béton à prise lente. J'étais tout juste capable d'inspirer une bouffée d'air et de la rejeter péniblement, encore et encore. L'absolue monotonie de cet état aurait pu me faire pleurer, si les larmes n'avaient pas représenté un si grand effort.

Le samedi après-midi, mon téléphone a sonné. J'étais encore au lit et j'ai dû me forcer à rouler sur le côté, à décrocher et à marmonner un « Allô ».

– C'est Jeff, l'homme des pêches. J'appelais juste pour vérifier que j'avais la bonne adresse.

Jeff ? Les pêches ? Je me rappelais vaguement avoir parlé à quelqu'un qui correspondait à ce signalement, mais cela me semblait vieux comme le monde. Et ce n'était pas moi qui avais parlé, alors, du moins pas ce « moi »-là – jamais je n'aurais porté des paillettes de si bon matin. Mais ma conscience n'a rien voulu savoir. « Lève-toi et habille-toi ! me soufflait-elle à l'oreille. Peu importe que ce soit elle qui ait fixé ce rendez-vous, il faut que tu l'honores. »

Quand Jeff est passé me prendre à sept heures du soir, j'étais habillée et fin prête, mais plus pour un enterrement que pour un rendez-vous galant. J'étais vêtue de noir et n'avais pas mis de maquillage, si bien que ma peau naturellement pâle semblait spectrale et blafarde. Mais j'ai ouvert la porte, et lui ai même tendu ma joue pour qu'il l'embrasse. Le contact de ses lèvres sur ma peau ne m'a procuré aucun plaisir. Le plaisir, c'était pour les vivants.

Je n'avais rien à dire, ni là, ni pendant le dîner. Alors Jeff a parlé, beaucoup d'abord, puis de moins en moins, jusqu'à ce qu'au moment du dessert il me demande :

– Vous n'auriez pas une sœur jumelle, par hasard ?

Pourtant, j'étais anéantie quand il ne m'a pas rappelée.

Deux semaines plus tard, je me suis réveillée dans un monde à la Walt Disney : soleil jonquille, ciel bleu turquoise. Dehors, les oiseaux poussaient leurs trilles, un air à l'évidence créé pour moi. Je n'ai pas pu résister une seconde de plus. J'ai repoussé la couette et me suis mise à danser en chemise de nuit – ma chemise de nuit réglementaire de prisonnière, en gros coton gris. Je l'ai aperçue dans le miroir, ai frissonné, et m'en suis débarrassée aussitôt.

J'ai farfouillé dans mon placard en quête d'une tenue correcte, mais tout ce qui me tombait sous la main était moche, moche, moche. Déjà, il n'y avait que du noir. Je détestais le noir encore plus que le gris. Les rousses devaient rester fidèles à leurs couleurs, quel que soit le prix à payer. J'ai creusé plus profond et là, tassé dans un recoin, il y avait un jean moulant, un truc soyeux et brillant et exactement ce qu'il me fallait : un splendide chemisier à paillettes dorées.

Je l'ai enfilé et me suis pomponnée à la hâte. Bon sang, j'avais bonne mine. Puis je me suis glissée tant bien que mal dans le jean. J'avais pris quelques kilos pendant ces deux dernières semaines à vivre comme un paresseux accroché à sa branche, mais en tirant très fort, j'ai réussi à le fermer. Tiens, un truc dépassait de la poche : une carte de visite, avec quelques mots griffonnés au dos : « Appelez-moi, Jeff. »

Jeff ?

Jeff ! J'ai donné un coup de pied dans la chemise de nuit qui traînait par terre et j'ai empoigné le téléphone sur la table de chevet. Six heures trente : était-il trop tôt pour appeler ? Non, pas pour ce cher vieux Jeff. J'ai laissé sonner, et sonner. J'étais sur le point de renoncer quand une grosse voix endormie a résonné dans l'écouteur :

– Allô ?

– C'est moi ! Pourquoi ne m'as-tu pas appelée ?

Il lui a fallu un moment pour établir qui était ce « moi », au juste, mais il a fini par se rappeler.

– Tu as l'air différente, a-t-il déclaré. Ou peut-être non, tu te ressembles plus. Je ne sais pas trop. Il est si tôt.

Je l'ai bientôt fait rire si fort qu'il en a eu le hoquet et a voulu raccrocher. Non sans m'avoir invitée à dîner le vendredi, trois jours plus tard. Non, ai-je insisté, il fallait qu'on se voie ce soir-là, ou même cet après-midi-là. Je ne voulais pas laisser passer une nouvelle occasion de mieux le connaître. Je savais que Cendrillon allait bientôt devoir quitter le bal.

Nous nous sommes mis d'accord sur un dîner le soir même, à huit heures. J'ai passé l'après-midi entier à faire disparaître toute trace de dépression de ma maison. J'ai savonné et frotté et épousseté et aspiré, utilisant tous les accessoires, même ceux qui me faisaient peur. Puis j'ai couru dehors acheter une douzaine de lys Casablanca pour cacher l'odeur d'ammoniaque et d'eau de Javel.

Une fois que la maison a été impeccable, je me suis attaquée à moi-même avec la même furie. J'ai récuré, lissé, crémé, épilé et fait tout ce qui était en mon pouvoir pour recréer l'allure vaporeuse de Rita Hayworth dans *Gilda*. En étalant mon fard à paupières, j'ai repensé à sa poignante réplique au sujet de ce film : « Tous les hommes que j'ai connus sont tombés amoureux de Gilda, et se sont réveillés avec moi. » Cela m'a taraudée, au point que ma main s'est mise à trembler et que je n'ai pas pu finir de me maquiller.

Tout à coup, je n'avais plus l'air si radieuse. J'avais des rides autour des lèvres et des yeux caverneux qui me vieillissaient de dix ans. Ma peau, malgré le fond de teint et le fard appliqués avec soin, était si mortellement pâle que mon reflet m'a plongée dans l'effroi.

Je me suis assise sur les toilettes et j'ai fondu en larmes.

J'avais rencontré l'ennemi tant de fois que je le reconnaissais au premier coup d'œil. *Pas maintenant*, ai-je prié. *Pitié, pas maintenant.* Des gouttes de mascara ont coulé sur mes joues et je les ai essuyées, sans me soucier des traînées qu'elles laissaient. Il était dix-neuf heures cinquante-sept. J'avais trois minutes pour ramener à l'ordre la chimie de mon cerveau. Oh, bien sûr, je savais qu'il existait une autre solution : expliquer à Jeff ce qui se passait. Mais c'était un homme qui n'aimait même pas ses pêches un peu abîmées. Que penserait-il d'un psychisme endommagé ?

Peut-être qu'il comprendrait. Peut-être trouverais-je le courage. Peut-être la médecine inventerait-elle un remède.

Peut-être, mais pas ce soir. Alors que la sonnerie tintait et tintait, je suis restée prostrée dans la salle de bains, tremblant de tous mes membres. J'étais terrifiée – pas seulement à l'idée que Jeff puisse me trouver dans cet état, mais à l'idée que je ne connaîtrais sans doute jamais l'amour.

Quand le silence est retombé, j'ai rincé le reste de mon mascara et jeté ma robe de soirée dans le panier à linge. Puis j'ai reboutonné ma chemise de nuit en coton gris et me suis installée en vue de la longue nuit à venir.

Je n'ai plus jamais eu de nouvelles de Jeff.

C'était il y a cinq ans – cinq longues années de hauts et de bas, à chercher le bon médecin et le bon dosage. J'ai fini par accepter le fait qu'il n'existe aucun remède au déséquilibre chimique régnant dans mon cerveau, pas plus qu'il n'existe de remède à l'amour. Mais il y a cette petite pilule jaune que j'aime beaucoup, et une autre, bleu pâle, et de jolies capsules roses, et une poignée d'autres couleurs qui ont changé ma vie. Sous leur influence, je suis devenue une autre personne encore, je ne suis ni Madame Bovary ni Hester Prynne, mais entre les deux. J'ai des sautes d'humeur, mais elles ne me font plus basculer dans un autre personnage.

La stabilité est paradoxalement si exaltante que j'ai décidé de sortir à nouveau avec des hommes. Cédant aux pressions de mes amis, je me suis inscrite pour trois mois sur un site de rencontres. « Qui êtes-vous ? » demande d'entrée le questionnaire.

Je voudrais être honnête, mais ne sais quoi répondre. Qui suis-je à présent ? Et qui étais-je alors ?

La vie semble tellement plus apprivoisée aujourd'hui : un calme trompeur, comme un tigre aux pattes de velours. Quelquefois, le soleil brille trop fort et, l'espace d'un instant, j'ai l'impression de posséder le ciel. Je me dis que c'était vraiment merveilleux d'être Gilda, fût-ce seulement dans mon esprit. Mais alors, je me souviens du prix du ciel. Alors je me démaquille, je décoiffe mes cheveux et je vais en jogging au supermarché. Le chemisier à paillettes dorées dépérit au fond du placard. Je songe à le donner.

Mais pas tout de suite.

Terri Cheney est l'autrice de Manic, *classé dans la liste des meilleures ventes du* New York Times. *Ses récits et réflexions sont rassemblés sur son blog très apprécié* Psychology Today *et dans un ouvrage à venir,* Tell Me Where It Hurts. *Cet article a été publié en janvier 2008.*

L'adolescence, sans manuel

CLAIRE SCOVELL LAZEBNIK

«Au moins, il est beau», dis-je à mon mari chaque fois que le sujet de la vie amoureuse à venir de notre fils aîné revient sur le tapis. Et c'est vrai qu'il est beau, notre fils, avec ses yeux bleus, ses cheveux ondulés, ses larges épaules et son sourire craquant. Il a aussi une voix très grave (il la travaille) et il est très doux. Difficile de croire que les filles ne vont pas tomber amoureuses. Et peut-être qu'elles le feront.

Mais il est en outre atteint d'une forme d'autisme. Quand il est fatigué ou malade, il oublie ses mots ou les utilise de manière erronée; parfois, il doit faire des efforts démesurés pour mener une conversation. C'est comme s'il n'avait pas de langue maternelle et devait, en gros, mémoriser la nôtre mot par mot.

À présent, il s'attaque à nos us et coutumes. On le voit observer voracement les autres enfants en quête d'indices et de leçons, de panneaux susceptibles de le guider vers le monde de l'adolescent type. Un monde auquel il meurt d'envie d'appartenir. Il s'habille comme eux, imite leurs gestes, singe leur grossièreté et s'asperge même, comme ils le font, de spray déodorant Axe.

S'il se trouve par exemple dans un groupe de jeunes, et que ces derniers se mettent à rire, alors il rit aussi, une seconde trop tard et trop fort. Il sait qu'il doit rire pour s'intégrer;

ça, ses observations le lui ont appris. Ce qu'il est incapable d'apprendre, visiblement, c'est ce que telle blague a de drôle et pourquoi tout le monde la saisit, sauf lui.

Pendant longtemps, notre fils a été un petit garçon souffrant d'autisme, ce qui représente un certain défi. Mais aujourd'hui, c'est un adolescent souffrant d'autisme – et un adolescent qui s'intéresse aux filles –, et pour nous, c'est une tout autre histoire.

– Hé, maman ? me lance-t-il alors que nous ressortons d'une boutique. Elle était bonne, cette fille.

Il croit qu'il me dit ça en murmurant, mais ce n'est pas vraiment le cas, car il a du mal à moduler sa voix et à en évaluer précisément le volume. La sauveteuse en bikini, à la plage, est « bonne », elle aussi. De même que Jessica Alba, dont il a imprimé la photo pour la coller avec soin sur son classeur, à côté de Keira Knightley.

Le terme « bonne » est peut-être un tic verbal hérité de ses amis, mais son goût pour les filles maigres avec de gros seins semble tout à fait authentique, comme nous avons pu le constater en découvrant qu'il se servait désormais d'Internet comme le font sans doute tous les garçons de son âge quand ils pensent que personne ne les voie.

Nous avons mis en place des filtres sur notre navigateur, et son père l'a pris à part pour passer en revue des règles de base : Attends d'être amoureux avant de faire l'amour. Mets toujours un préservatif. Débrouille-toi pour que ta mère ne tombe pas sur les trucs pornos que tu regardes. Il s'en souviendra car ce sont des règles, et il est très fort pour se souvenir des règles.

C'est l'autre aspect des choses – l'aspect émotionnel, le cœur qui s'arrête de battre – qui promet d'être difficile.

Je sais qu'il désire trouver une fille et tomber amoureux. Parfois, les gens disent que les enfants autistes ne sont pas capables d'aimer. C'est ridicule. Mon fils aime profondément. C'est juste qu'il ne sait pas bien communiquer. Les instincts sur lesquels nous nous appuyons lorsque nous tombons amoureux (être capable de sentir ce que l'autre pense, prendre conscience d'une connexion soudaine, anticiper le désir d'autrui) ne sont pas naturels pour lui.

Je veux que les filles qu'il rencontrera sachent que ce n'est pas parce qu'il parle un peu bizarrement et a parfois du mal à comprendre ce qu'elles disent qu'il ne ferait pas un super petit copain. Je veux qu'elles voient quel bon cœur il a, qu'il serait incapable de les manipuler ou de leur faire du mal, qu'il serait plein de gratitude, serviable et fidèle. Mais combien de filles sauront dépasser les frustrations nées de ses handicaps pour apprécier cette part de sa personnalité ?

Aurais-je su le faire ?

Et puis, de toute manière, on ne peut pas forcer ces choses-là, quelles que soient les qualités d'une personne.

L'année dernière, il s'est lié d'amitié avec une fille qu'il avait rencontrée dans un cours de « compétences sociales ». Elle était ce que nous autres, dans le monde des besoins éducatifs particuliers, appelons une « personne à fonctionnement intellectuel plus lent ». Elle étudiait dans une école spécialisée, mais même là-bas, elle avait l'impression d'être ridiculisée et maltraitée. Je n'ai jamais su si le récit qu'elle faisait de ces insultes et de ces actes de méchanceté était véridique, mais il m'arrivait d'entendre mon fils lui parler au téléphone, et lui apporter un soutien inconditionnel. « C'est horrible ! criait-il après avoir écouté pendant un moment. Ils ne devraient pas faire ça. »

En l'écoutant, je me disais : « Quelle femme ne voudrait pas un homme qui la réconforte ainsi, qui soit prêt à l'écouter et à la croire, à toujours être de son côté ? » Cela m'a donné de l'espoir.

Mais au bout d'un moment, il a « rompu » avec elle, si tant est que le mot « rompre » soit apte à désigner le fait de mettre un terme à ce qu'ils partageaient. Sa litanie de plaintes avait fini par l'ennuyer. Et en toute honnêteté, elle n'était vraiment pas « bonne ». Même s'il ne l'a jamais mentionné, je soupçonne cet aspect d'avoir joué un rôle dans sa décision.

Depuis lors, il n'a invité à sortir que des filles situées à l'autre extrémité du spectre, qui l'ont toutes rejeté – assez gentiment pour la plupart (du moins, de ce que j'en sais).

Mais quand même, il vise juste. Dernièrement, il a abordé une fille qui sortait déjà avec le sportif vedette de leur collège, un quatrième, capitaine des équipes de base-ball et de basket. Quand j'ai laissé entendre que, peut-être, une fille comme elle n'était pas à sa portée, mon fils a juste eu l'air confus. Les subtilités sociales de la popularité, qui divisent les élèves en bandes d'un côté, et en solitaires de l'autre, n'ont aucune réalité pour lui, car elles sont tacites et non quantifiables. La plupart d'entre nous les percevons d'instinct. Lui, il ne peut pas.

Évidemment, je pourrais être anéantie par ces rejets, surtout s'il en souffrait lui-même. Mais jusqu'à présent, il n'a pas l'air de s'en offusquer ; sa cécité émotionnelle n'est pas sans avantages. Il est encore jeune, cependant, et aucun de ses copains n'a vraiment de petite amie, de sorte qu'il ne se sent probablement pas si exclu, pour le moment. Ce qui m'inquiète, c'est de savoir si les filles continueront de le rejeter au lycée et jusqu'à l'université, quand les autres ados commenceront pour de bon à se mettre en couple. Et s'il commençait à se demander si quelqu'un l'aimera un jour ?

On peut, j'en ai fait l'expérience, apprendre à son enfant à tenir une conversation polie (poser des questions, écouter attentivement puis poser d'autres questions), à être un bon hôte (offrir quelque chose à boire, proposer des activités et choisir celles que son invité déclare adorer), à faire plaisir à ses professeurs (arriver à l'heure, bien se tenir en classe). Mais comment lui apprendre à tomber amoureux de quelqu'un qui l'aimera en retour ? Quelles règles peut-on définir pour faire en sorte que le cœur d'une fille s'arrête de battre en le voyant ?

Quand l'autisme de notre fils a été diagnostiqué à l'âge de deux ans et demi, cela ne s'est accompagné d'aucun pronostic clair. Nous ne savions même pas s'il apprendrait un jour à parler. Mais nous avons trouvé des gens talentueux qui l'ont fait travailler, et il a progressé, lentement d'abord puis plus rapidement. En sortant de l'école primaire, il n'avait plus aucun problème notable, scolaire ou de comportement.

Les gens nous félicitaient. Notre fils s'en était sorti. Quand quelqu'un rencontrait nos enfants lors d'une soirée et qu'un ami évoquait le fait que l'un d'entre eux était autiste, la personne demandait : « Lequel ? », sincèrement déroutée, puis elle se trompait en essayant de deviner qui.

Mais ça, c'était vu de loin. De plus près, il saute aux yeux que notre fils est différent et handicapé, de manière fondamentale et permanente. Et c'est de près qu'une relation amoureuse se vit. Être près l'un de l'autre, voilà ce qu'est l'amour. Et le sexe ? Cela va sans dire.

Ce qui m'amène à la question sans doute la plus effrayante : que se passera-t-il quand une fille, enfin, lui dira oui ? Il y a un an ou deux encore, sortir avec une fille ne signifiait rien de plus qu'une sorte de goûter d'enfant qui se la joue. Mais aujourd'hui, je surprends les gamins de sa classe en train de flirter, et il y a de fortes connotations sexuelles dans leurs échanges. Le corps de mon fils a mûri, et physiquement, si ce n'est en termes de développement psychique et émotionnel, ce n'est plus un petit garçon.

Tout comme il a appris notre langue et nos habitudes au prix d'un immense travail d'observation et de mémorisation, il lui faudra bientôt apprendre à se repérer dans le monde de la sexualité. Mais comment ? À travers l'imitation et l'observation ? Grâce à des règles que nous lui inculquerons ? Non. Ces mêmes gamins qu'il a étudiés et imités pour acquérir de nouvelles compétences sociales tâtonneront eux aussi dans le noir, derrière des portes closes. Et dans ce jeu-là, je ne nous imagine pas, son père et moi, en train de le coacher depuis le bord du terrain. Il faudra vraiment qu'il trouve son chemin tout seul.

Mais là encore, je l'ai déjà vu relever, contre toute attente, des défis similaires. On m'avait dit, par exemple, que les enfants atteints d'autisme ne pouvaient pas faire preuve de compassion car ils sont incapables de percevoir la souffrance d'autrui et de s'y reconnaître. Mon fils pouvait apprendre qu'il était censé dire : « C'est horrible ! » quand quelqu'un se plaignait d'une injustice. Mais il n'était pas prévu que la capacité à noter les nuances émotionnelles de l'autre et à y répondre fasse partie de son répertoire. Et il est vrai que lorsqu'il était plus jeune, je pouvais sangloter sous ses yeux (chose que je faisais un peu trop fréquemment alors, j'en ai peur), et il continuait simplement à jouer, indifférent à ma peine.

Mais il n'y a pas longtemps, alors que j'étais dans la cuisine en train de préparer un goûter pour tous mes enfants, lesquels étaient assis à table et faisaient leurs devoirs, quelque chose dans cette situation m'a soudain rappelé ma mère, qui venait de mourir, et je me suis mise à pleurer discrètement.

Mes trois plus jeunes n'ont rien remarqué. Mais mon fils a levé les yeux et il a lancé : « Qu'est-ce qu'il y a, maman ? Tu vas bien ? », et il s'est approché pour me serrer dans ses bras. J'ai littéralement souri à travers mes larmes.

Dieu sait comment, il avait appris une chose dont on m'avait dit qu'elle ne s'enseignait pas. Je prendrai cela comme un bon signe.

Claire Scovell LaZebnik vit à Los Angeles. Elle est l'autrice de Tout ce que j'aurais dû savoir *(traduit par Noémie Saint-Gal, Paris, Pocket Jeunesse, 2019). Cet article a été publié en octobre 2005.*

Mon mari est devenu ma femme

DIANE DANIEL

Le réveil a sonné à quatre heures du matin un mardi de l'année dernière, en novembre. Mon mari et moi avions reçu l'instruction d'arriver deux heures en avance, comme pour prendre l'avion. Mes paupières étaient toutes gonflées de la veille au soir, quand il m'avait serrée dans ses bras et m'avait soufflé qu'il était désolé, tellement désolé.

Je m'étais mise à pleurer sans prévenir après le dîner car je ne reverrais jamais son visage, son visage parfaitement banal avec un nez assez grand et un menton effacé, le visage que j'avais pris dans mes mains et embrassé et été toujours si heureuse d'apercevoir au réveil, depuis huit ans.

– Tu as toujours ton alliance au doigt ? ai-je demandé. Ils ont dit de l'enlever.

Nous nous étions mariés à quarante ans passés, tous deux pour la première fois, nos deux vies indépendantes fusionnant sans heurt.

– Oups, oui.

Il a fait tourner la bague pour la faire glisser le long de son doigt fin, et je l'ai déposée dans un coffret orné de perles, sur ma commode. Nous avions acheté celui-ci à Bali, l'une de nos nombreuses aventures. Lors de ce voyage, nous avions partagé des plats follement épicés, escaladé des volcans et dormi dans une chambre crado qui hébergeait un gros lézard, détail que mon partenaire si attentionné ne m'avait révélé qu'au moment de quitter l'hôtel. Mon protecteur, mon pote, mon prince.

Et voilà que, de nouveau, nous partions explorer un territoire inconnu, un lieu dont nous connaissions quelques coutumes et quelques mots, mais qui ne nous était pas familier.

Tandis qu'il reculait dans l'allée de notre maison, j'ai soudain repensé à la check-list et lui ai demandé :

– Tu n'as pas bu d'eau, n'est-ce pas ?

– Comment ça ?

– Les instructions préopératoires. Tu en as bu combien ?

– À peu près un demi-verre, a-t-il avoué.

– C'est pas possible, ai-je pesté.

Nous avons roulé en silence, la colère masquant ma peur. Je me suis concentrée sur mon souffle, ai laissé mon affection revenir comme une vaguelette vers le rivage.

– Tu te sens comment, chéri ?

J'ai posé la main sur sa cuisse, redevenue la personne que je suis habituellement avec lui.

– Stupide, de ne pas avoir lu les instructions.

– C'est mieux que d'avoir peur.

On nous avait expliqué que l'opération pourrait durer jusqu'à sept heures et la phase de réveil plusieurs autres, si bien que je m'étais équipée comme pour un voyage, emportant mon ordinateur portable, mon téléphone, mes magazines, une couverture et un oreiller.

Il s'est présenté à la réception et une infirmière nous a guidés vers une salle où elle a vérifié ses fonctions vitales, toutes excellentes. La transgression concernant l'eau a été jugée acceptable.

« Il » s'est présenté.

En ce jour où mon mari allait faire le premier pas chirurgical qui devait l'amener à devenir une femme, j'utilisais encore le masculin, alors que notre thérapeute suggérait depuis des mois que j'emploie des pronoms féminins à la maison.

– Je le ferai quand j'y serai obligée, lui avais-je dit lors de notre dernière session. Mais pour l'instant, il est encore un homme pour moi.

Je m'étais tournée vers mon mari, vêtu d'un jean et d'une chemise noire.

– Quand je te regarde, chéri, je vois un homme.

– Mais elle est une femme, avait répliqué notre thérapeute, tranchant de ses mots mon déni.

– Pas pour moi, avais-je répondu, les larmes aux yeux.

J'avais croisé les bras, comme une enfant têtue :

– Je peux accepter le fait qu'il va devenir une femme, mais il reste encore un homme. Comment te sens-tu, chéri ? Tu te sens vraiment comme une femme, là ?

– Je te l'ai déjà dit : oui, je me sens comme une femme, m'avait-il répondu, l'air navré.

Cette fois, l'heure d'être « obligée » avait sonné. Nous étions à l'hôpital pour une chirurgie de féminisation faciale, opération assez courante lors des transitions d'homme à femme, dans laquelle le chirurgien sculpte dans un visage d'homme pour lui donner des proportions plus féminines. Dans le cas de mon mari, cela voulait dire des sourcils rehaussés, un plus petit nez et un menton plus prononcé. Quelques mois plus tard, sa pomme d'Adam serait réduite et il recevrait des implants mammaires. La chirurgie de réassignation génitale suivrait.

Déjà, les œstrogènes avaient rendu ses traits plus étroits et plus lisses, et les changements seraient minimes, avait expliqué la chirurgienne. Ses grands yeux bleus resteraient les mêmes, ainsi que ses pommettes assez hautes et ses lèvres si douces.

L'ouverture, l'affection et la confiance qui avaient toujours caractérisé notre histoire m'avaient permis de croire que notre relation y survivrait, et même prospérerait. Je n'ai jamais eu le sentiment que mon mari m'avait trompée, comme certaines amies le suggéraient. Il m'avait dit très vite qu'il avait des doutes sur sa virilité, mais qu'il s'était fait une raison. Ayant moi-même des sentiments partagés au sujet des hommes, ceux du genre macho, je n'avais pas saisi l'ampleur de sa confusion.

Ce n'est qu'une fois marié que mon époux, se sentant enfin aimé, est parvenu à s'avouer qu'il était transgenre. Qu'il était, en son for intérieur, une femme. Qu'il ne voulait pas être l'homme que j'avais épousé.

Sidérée et blessée, j'avais trouvé une thérapeute, lu des livres sur les transgenres, cherché des soutiens en ligne et m'étais appuyée sur la seule amie à qui j'avais confié ce secret. Mon mari et moi avons continué à nous parler, à nous aimer.

Au fil du temps, j'ai fini par croire que mon mari, une fois devenu ma femme, resterait pour l'essentiel la même personne : intelligente, pleine de compassion, mûre, avec la même silhouette fine. J'avais eu une histoire avec une femme dans ma vingtaine, donc l'idée de vivre avec une lesbienne était assez agréable, même si je regrettais l'aisance sociale que nous allions perdre.

Dans la salle préopératoire, j'ai approché ma chaise du lit à roulettes de mon mari. Il était assis, épaules voûtées, jambes pendantes dans le vide. J'ai enfoui mon visage dans sa poitrine.

Le rideau a été tiré et sa chirurgienne est entrée. « Bonjour », a-t-elle lancé d'un ton joyeux. La voir en dehors de son bureau m'a secouée. Cette opération n'est plus un projet, mais un événement. Je me suis mise à pleurer – doucement, poliment –, même si j'avais envie de gémir et de sangloter. Comment faire le deuil d'une personne qu'on a perdue mais qui est encore là ?

Elle a sorti de sa poche un marqueur chirurgical et s'est assise en face de mon mari pour tracer des points noirs sur son menton, son nez et son front. Quand elle en a eu terminé, il avait l'air d'un guerrier.

Elle nous a laissés seuls, et j'ai pris la main de mon mari dans la mienne. Mes yeux étaient secs, à présent, mais les siens pleins de larmes.

– Qu'est-ce qu'il y a, chéri ? ai-je demandé.

– Je suis désolé pour tout le chagrin que je te cause.

Les larmes ont étalé les points sous son nez, et roulé sur ses joues.

– Je sais pourquoi je fais tout ça, mais c'est tellement dingue, pas vrai ? a-t-il poursuivi. Et je regrette toutes ces années où je me suis senti si seul. Je me demande ce que j'ai manqué.

– Essaie de te concentrer sur le courage dont tu fais preuve en faisant tout ça.

L'infirmière est revenue.

– Il est temps d'y aller. Tout va bien se passer pour votre mari, a-t-elle ajouté dans un sourire.

La salle d'attente des consultations externes était remplie de gens attendant anxieusement des nouvelles de leurs proches, de leurs amis, de leurs amants. Comme je le fais dans les avions, j'ai pris un siège côté fenêtre. J'ai vu que le jour s'était levé gris et pluvieux, avec des rafales de vent.

J'entendais malgré moi des conversations sur des crises cardiaques, des cancers, des prothèses de hanche, mais rien sur des transitions sexuelles. À compter de ce jour, je serais une rareté, appartenant à une minorité : l'épouse d'une femme transgenre. Le simple fait de me représenter la chose m'épuisait.

J'ai passé des heures à lire et à envoyer des nouvelles par e-mail au petit cercle de proches et d'amis qui étaient au courant de cette opération. Notre e-mail officiel de coming-out partirait la semaine d'après.

La chirurgienne, tout sourire, est passée m'annoncer que tout s'était déroulé sans encombre. Quelques heures plus tard, une infirmière m'a emmenée voir ma femme, la voir – ces mots que je devais maintenant apprendre à utiliser. Son visage tuméfié était recouvert de bandages, tandis qu'une autre compresse était scotchée sous ses narines. Elle était groggy, avait mal.

– Quand il aura mangé un peu, on lui donnera des antalgiques, a dit une infirmière.

– Pourriez-vous dire « elle » ? lui ai-je gentiment demandé.

Deux heures plus tard, alors que le soleil était en train de se coucher, nous roulions vers la maison. J'avais incliné le siège de ma femme, calé mon oreiller sous sa tête et tiré ma couverture sur elle. Je roulais prudemment, posant ma main sur sa cuisse dès que je le pouvais.

Quand nous sommes arrivées à la maison, j'ai demandé si

elle voulait bien rester dans la voiture le temps que je m'occupe des chiens, sachant que si je ne le faisais pas, notre entrée serait chaotique. Elle a fait signe que oui.

Il faisait chaud dans la maison, mais j'ai monté le chauffage. J'ai imaginé ma vie si la personne assise dans cette voiture n'avait pas existé. Plus facile, mais vide.

Je suis retournée dehors et j'ai réveillé ma compagne, mon épouse, ma femme. Nous sommes rentrées tant bien que mal et avons gagné notre chambre, où j'avais stocké ses médicaments, ses poches de glace et ses compresses. Je l'ai déposée sous la couette et j'ai gonflé d'une tape ses oreillers. J'ai sorti son alliance du coffret orné de perles et l'ai glissée à son doigt. Il était sept heures du soir et il faisait noir.

Les instructions postopératoires conseillaient aux patients de dormir seuls afin d'éviter qu'un bras ensommeillé ne vienne malencontreusement heurter leur nez, mais nous ne pouvions pas imaginer être séparées cette nuit-là. J'ai déplié un sac de couchage de mon côté du lit et me suis zippée dedans. Toutes les deux ou trois heures, je me lèverais pour donner une poche de glace, des médicaments, de l'eau à mon épouse qui dormait d'un sommeil agité.

Nous étions au lit depuis près de douze heures quand une lumière grise a envahi la chambre. Sous nos couvertures, nous étions au chaud et en sécurité. Bientôt, nous allions devoir affronter le monde. J'ai sorti mon bras droit du sac de couchage et pris la main de ma conjointe. Nous sommes restées comme ça, côte à côte, jusqu'à ce que le soleil se lève sur notre premier jour dans cette terre étrangère.

Diane Daniel vit avec son épouse à Eindhoven, aux Pays-Bas. Vous pouvez la retrouver sur son site: www.shewasthemanofmydreams.com. Cet article a été publié en août 2011.

AFFAIRES DE FAMILLE

Une drôle de maternité

CAROLYN MEGAN

J'emmène ma nièce et mon neveu au musée des Sciences. À la fin de la visite, quand je les raccompagnerai chez eux, leur père – mon frère John – leur annoncera que les derniers traitements pour soigner le cancer de leur mère ont échoué et qu'elle va mourir. Mais pour l'heure, ma nièce, qui a neuf ans, fouille dans la boîte à gants et tombe sur un tampon. Elle déchire l'emballage et se met à l'agiter en le tenant par la ficelle.

– C'est quoi ?

– Un tampon, réponds-je.

– Ça sert à quoi ?

Ce n'est pas une question anodine. Pour comprendre à quoi sert un tampon, il faut savoir ce que sont les règles, ce qui signifie qu'il faut comprendre le cycle de la vie. Je ne sais pas du tout ce que John et ma belle-sœur, Sarah, lui ont raconté.

– Bien, tu sais comment on fait les bébés ?

– Non, répond-elle.

Mon neveu a treize ans, il joue avec sa Game Boy à l'arrière et déclare :

– Oh, là, là. C'est parti.

– Quoi ? dit-elle en se redressant.

Comment lui répondre ? Je ne veux pas que ma nièce se sente mal à l'aise avec son corps, et c'est à John de lui expliquer toutes ces choses lui-même. Je tourne autour du pot, et m'arrête à un péage, juste au moment où ma nièce lâche le tampon et se met à triturer les boutons de la radio. Je respire, l'alerte est passée.

Un peu plus tard, je raconte à John l'épisode, et il me répond :

– Je ne peux pas lui apprendre ce que c'est qu'être une femme. C'est sans doute toi qui devras t'en charger.

Je comprends qu'il a sans doute raison. Au cours des dix-huit derniers mois, à mesure que la santé de Sarah se détériorait, j'ai pris en charge des obligations parentales de plus en plus nombreuses. J'ai amené ma nièce et mon neveu à leurs entraînements de foot respectifs, j'ai assisté à des réunions à l'école, je suis allée à des rendez-vous chez la pédiatre. J'ai passé des nuits à leur frotter le dos, à essayer de me remettre à l'algèbre, à étudier la guerre de Sécession, à aller au McDo, à refuser de les emmener chez Chuck E. Cheese, à leur donner des médicaments, à faire des tonnes de lessives, enfin j'ai dit « non » plus souvent que je ne le voulais, et j'ai dit « oui » plus souvent que je ne le voulais.

Dans toutes ces situations, je me suis comportée avec le calme d'une mère, tout en admettant intérieurement que je n'avais pas la moindre idée de ce que je faisais.

Après avoir ramené les enfants à John et Sarah, je les laisse et j'attends à l'extérieur. Nous avons prévu que John et Sarah leur apprennent la nouvelle ensemble, et que je fasse ensuite mon entrée pour voir comment les choses se passent. John ouvre la porte et murmure :

– Ils sont anéantis. Ils veulent que tu sois là, mais ils ne veulent pas parler.

Dans la pièce, le choc et le chagrin. Sarah est assise sur le canapé, à demi endormie sous l'effet des antalgiques, tenant contre elle ma nièce en larmes. Mon neveu pleure aussi et tourne en rond, les bras croisés, il a désormais le langage corporel d'un adolescent.

Je m'approche et le prends dans mes bras ; il se laisse aller mais garde les bras croisés, et je sens des sanglots étouffés. À cet instant, une partie de mon cœur s'ouvre et un nouvel amour jaillit, pas une nouvelle version de celui que j'éprouve déjà, non, cette fois, ça va puiser dans une réserve encore vierge. Il n'y a plus aucune barrière entre nous. Et à cet instant, je pense : *Je ferai n'importe quoi pour vous.*

Mais en serai-je capable ?

Au début de la maladie de Sarah, alors que John commençait déjà à imaginer le monde sans elle, il m'a demandé si mon compagnon Michael et moi-même pourrions éventuellement emménager avec eux.

– Tu n'auras rien à faire. C'est juste pour avoir une présence dans la maison.

J'ai botté en touche : « On verra quand on en sera là », ou « Il est encore trop tôt pour y penser ». Tactique d'évitement. Chaque fois qu'il me pose la question, je me sens piégée, et j'éprouve un sentiment de désespoir et de catastrophe imminente. J'avais déjà ressenti la même chose, des années plus tôt, ce qui m'avait conduite à décider que je n'aurais pas d'enfants.

Ce choix était né de mon désir de consacrer ma vie à l'écriture, plutôt qu'à élever un enfant. Je ne voulais pas que ce soit la maternité qui donne son sens à mon existence, ni qui me permette de rendre à l'univers ce que je lui devais. En effet, j'étais convaincue que j'aimerais mes enfants d'un amour trop féroce et trop désespéré, jusqu'à m'oublier moi-même.

Je savais qu'ils passeraient toujours en premier, et l'écriture en second, et que j'en viendrais à éprouver du ressentiment. Aussi ai-je fait mon choix et décidé de ne pas en avoir. Seulement, ma nièce et mon neveu sont bien là, ils ont besoin qu'on s'occupe d'eux. Et je me suis engagée auprès d'eux sans l'ombre d'une hésitation, ce que jamais je ne regretterai.

Hélas, les choses se passent exactement comme je le craignais : toute mon énergie, tout mon amour et toute ma passion se concentrent sur eux, et je pleure la perte d'une partie de moi-même qui a dû être mise de côté. Dans le fond, la question de John – si j'accepterais de venir vivre auprès d'eux – revient exactement à me demander si je veux ou pas avoir des enfants.

Quand je suis à l'extérieur, avec ma nièce et mon neveu, les gens me prennent systématiquement pour leur mère. Je demande à une vendeuse dans un magasin de vêtements où sont les tee-shirts pour enfants, et elle me demande :

– Quel âge elle a, votre fille ?

– Neuf ans.

Elle me montre le rayon filles, où j'aperçois des tee-shirts à motifs de fleurs.

– Mieux vaudrait que j'aille voir chez les garçons. Elle n'aime pas les trucs trop *girly* et elle préférerait un tee-shirt de foot.

– Ah, je vois ce que vous voulez dire, répond la vendeuse en riant.

C'est si facile d'endosser ce rôle, si confortable. Plus simple que d'expliquer que je n'ai pas d'enfants. Ou d'assurer aux gens que j'adore les enfants et que ma décision n'est pas le reflet d'une enfance difficile ou le fruit de l'égoïsme. C'est juste un choix. Mais en cet instant où je parle à la vendeuse, je fais l'expérience de ce que c'est de rentrer dans le moule, et c'est un vrai soulagement. La scène se répète quand je serre ma nièce et mon neveu en sortant du terrain de foot, quand je les attends à l'arrêt de bus, et quand j'entends ma nièce hurler en revenant à la maison après avoir joué dehors : « Maman ! J'ai soif ! » Lorsqu'elle me trouve dans la cuisine, elle éclate de rire et se reprend : « Je veux dire, tante Carolyn. »

Les personnes qui nous observent s'imaginent que je suis leur mère. Mais ce n'est pas le cas, et ce n'est pas non plus ce que je désire. Pourtant, après tout ce qui s'est passé, ne suis-je pas un peu leur mère ?

Les gens ont toujours eu des théories sur les raisons de mon choix : « C'est à cause du divorce ? », « Tu n'as pas trouvé à temps le bon partenaire ? », « C'est l'horloge biologique ? ».

À présent, l'histoire prend une tournure plus positive : « C'est incroyable de voir comment les choses évoluent ! », « Tu n'avais pas d'enfants, et de ce fait tu peux être là pour ta nièce et ton neveu», «On dirait que c'était écrit».

La littérature regorge de tantes restées vieilles filles qui emménagent auprès de leur famille quand meurt leur sœur ou leur belle-sœur. Elles prennent soin de leur parent malade jusqu'à la mort. Elles deviennent des mères de substitution, des «épouses» platoniques qui s'occupent avec efficacité de la maison et des enfants.

On s'attend à ce qu'elles sacrifient leur vie, leur histoire, pour que celle de la famille perdure.

Je voudrais croire que je puisse incarner une figure maternelle auprès de ma nièce et de mon neveu sans forcément être en permanence présente auprès d'eux. Que le simple fait de se savoir aimés et pris en charge leur donnera un ancrage et la base nécessaire pour qu'ils puissent devenir des adultes sains.

Mais les soucis du quotidien me plombent. Mon neveu a un pied d'athlète. Sous son petit orteil, une large fissure que, insiste-t-il, il s'est faite en plongeant du bord de la piscine. Ce n'est pas grand-chose, bien sûr, simplement, mon frère n'a pas eu le temps d'aller acheter la pommade à la pharmacie.

Autres soucis: le linge sale, les poux à l'école. Pourquoi les amies de ma nièce se moquent-elles d'elle? Quelqu'un a-t-il parlé à mon neveu des rêves érotiques? Est-ce normal qu'il ferme la porte de sa chambre pour être seul? Existe-t-il un seul légume qu'ils acceptent de manger? Consomment-ils trop de sucre? Bien sûr que John se soucie de toutes ces choses, mais il est épuisé. Et puis les toilettes sont cassées, le sèche-linge fait un drôle de bruit, le chien boite et il n'y a plus de lait dans le frigo pour les céréales du petit déjeuner.

Enfin, il y a la réunion des parents d'élèves dont les enfants participent à la représentation du *Hobbit*. Mon neveu joue un des nains, et cette réunion a pour objet la logistique: on doit désigner celle qui occupera le rôle tant convoité de régisseuse de plateau, de costumière et d'accessoiriste. Bien sûr, ne sont présentes que des femmes.

Elles discutent de la pièce de l'an dernier, rient, revendiquent l'intimité qu'elles ont entre elles et s'enorgueillissent d'avoir monté ce spectacle.

– Il faut qu'on trouve le moyen d'impliquer les parents qui travaillent, dit l'une des organisatrices.

Les autres acquiescent.

– Il faut que tout le monde participe.

Je suis là parce que je ne veux pas que mon neveu ait le sentiment que personne ne le soutient. Je suis là parce qu'une amie à moi qui a perdu sa mère très jeune m'a dit un jour qu'elle avait toujours eu l'impression d'être une orpheline que se refilaient les différentes personnes qui s'étaient occupées d'elle. Je ne veux pas que mon neveu se sente orphelin.

Pourtant, j'ai l'impression d'être un imposteur, une pièce rapportée. Je me fiche complètement de la petite lutte de pouvoir pour savoir laquelle sera régisseuse de plateau. Je m'ennuie. Je préférerais être chez moi, j'ai hâte de me remettre à écrire.

Seulement, quand je ne suis pas avec les enfants, je suis inquiète et j'éprouve un manque qui confine à la douleur. Je me demande comment ils se sentent, et leur présence physique me manque. Je m'intéresse à ce qu'ils vivent, aux jeunes gens qu'ils sont en passe de devenir.

Et bien que je ne sois pas mère, ni aujourd'hui ni demain, je ne suis pas loin d'éprouver la même chose : c'est certes aussi difficile que ce à quoi je m'attendais, mais aussi plein d'émerveillement.

Carolyn Megan écrit et enseigne à Portland, dans le Maine, et l'on peut la contacter à cette adrel : mainewritingworkshop@gmail.com. Ce témoignage est paru en septembre 2005.

D'abord, j'ai rencontré mes enfants, ensuite ma compagne. En fait, c'est la mère de l'un d'eux

AARON LONG

J'ai rencontré pour la première fois Jessica, ma compagne, douze ans après la naissance de notre fille, Alice.

Laissez-moi vous expliquer. Il y a presque vingt-cinq ans, je suis rentré d'une année passée à enseigner en Grande-Bretagne, et je suis revenu vivre chez ma mère. Comme je n'avais aucune perspective professionnelle, je suis devenu chauffeur de taxi. Un jour, j'ai lu une petite annonce dans un journal : on recherchait des hommes entre dix-huit et trente-cinq ans pour participer à un programme de don de sperme.

« Donneur » est le terme générique dans cette industrie, pourtant presque tout le monde est payé. Quarante dollars par don en 1994.

J'ai donc posé ma candidature pour vendre mon sperme, ce que j'ai fait ensuite deux fois par semaine pendant un an. À l'époque, j'avais une relation avec une femme qui se trouvait loin, aussi cela me paraissait être une bonne idée. Quand j'en ai parlé à ma mère, elle s'est demandé, visionnaire, si c'était là son seul espoir d'avoir des petits-enfants.

Aujourd'hui, les gens qui achètent du sperme ont accès à des profils détaillés de donneurs, mais à l'époque on ne m'a pas demandé grand-chose en dehors des disciplines principales que j'avais étudiées à la fac, de mes hobbies, et des problèmes de santé qui existaient dans ma famille. Jessica et sa compagne m'ont essentiellement choisi parce que j'écrivais et faisais de la musique.

Après avoir vendu mon sperme pendant une année, je me suis remis à le distribuer gratuitement, et j'ai vite oublié cette expérience. De temps en temps, on me demandait si j'avais des enfants, et je plaisantais en répondant que j'en avais sans doute toute une équipe. J'avais signé pour que mon identité ne soit pas divulguée, et j'imaginais que jamais ma progéniture et moi ne nous rencontrerions.

C'était compter sans l'arrivée d'Internet.

Au début des années 2000, j'ai fait des recherches en ligne pour savoir s'il existait un moyen de retrouver mes descendants. Je suis tombé sur le Donor Sibling Registry, le registre des donneurs et de leurs enfants, mais je n'y ai trouvé aucune piste, et je ne suis jamais retourné sur le site. (J'avais cherché trop tôt : ma progéniture a commencé à s'intéresser à ce site à l'adolescence, dans les années 2010.)

Il y a deux ans, j'ai commencé à tomber sur des publicités pour 23andMe, une entreprise qui analyse votre salive – on crache dans un tube à essai et on l'envoie par la poste – et vous fournit toutes sortes d'informations concernant vos ancêtres, votre santé et votre parenté au sens large. C'était une véritable aubaine, mais j'ai pensé que les chances de retrouver mes enfants ainsi étaient faibles. J'ai laissé courir pendant des mois, jusqu'au jour où la curiosité et le besoin de savoir l'ont emporté.

J'ai reçu mes résultats, et boum : j'avais un fils, Bryce. Son nom était assez inhabituel pour que je le retrouve facilement sur Google, et il me ressemblait assez pour que je sois sûr que cet étudiant en géographie était bien mon enfant (*mon enfant ?*). Sachant que 23andMe avait dû lui notifier mon existence, j'ai passé une semaine agitée, avant de revenir au clavier.

« Mon cher Bryce, il y a peu j'ai fait le test 23andMe, et j'ai découvert que tu étais répertorié comme étant mon "fils", je pense donc que je suis ton père biologique. J'espère que la révélation de mon existence n'est pas pour toi un choc, je suppose que tu t'es inscrit sur ce site dans l'espoir de me retrouver. »

À partir de là, je lui ai résumé ma vie, avec une grande maladresse.

Bryce m'a répondu presque instantanément :

« Père, je n'ai pas les mots pour te dire à quel point je suis heureux d'avoir de tes nouvelles. Je me suis en effet inscrit sur 23andMe dans l'espoir de t'y trouver, et j'étais très déçu de constater que tu n'y étais pas référencé. Mais c'est hallucinant, et je suis super-content. Je compte parmi les six enfants que tu as eus, à ma connaissance, et avec lesquels je suis en contact. J'ai vingt ans, je vis à Long Island, mais je fais mes études dans le nord de l'État de New York. »

« Père » ? Un moment, je me suis demandé s'il attendait quelque chose de moi et s'il ne risquait pas de venir frapper à ma porte – mais ces craintes étaient injustifiées. Nous vivons là quelque chose de nouveau et nous nous débattons tous avec la terminologie.

Élément plus important : six enfants ? Waouh ! J'ai calculé sur un bout de papier le nombre d'échantillons que j'avais fournis, et j'ai abouti à l'estimation que je pouvais avoir au maximum soixante-sept enfants.

Bryce m'a mis en contact avec Madalyn, dix-neuf ans. En parcourant sa page Facebook, m'est venue ma première pensée de parent : ma fille devrait se couvrir davantage.

Sans doute ne suis-je pas objectif, mais je trouve mes enfants terriblement séduisants. J'ai soudain éprouvé le besoin de partager leurs photos avec toutes celles de mes ex qui avaient préféré ne pas m'épouser ni faire d'enfants avec moi.

Quelques mois plus tard, une nouvelle personne est apparue sur le site 23andMe : Alice, onze ans. Sa mère, Jessica, m'a écrit. Elle et son ancienne compagne avaient eu chacune une fille, et j'étais le donneur à l'origine de leur conception. Elles s'étaient séparées quelques années plus tôt, mais elles avaient continué d'élever leurs filles ensemble jusqu'à récemment, puis l'autre mère avait déménagé avec sa fille.

Jessica et moi avons commencé à discuter en ligne. Elle en savait long sur l'achat de sperme et l'auto-insémination, ce qui m'a fasciné, et s'est avéré beaucoup plus difficile que ce que j'avais fait moi, c'est-à-dire me masturber dans une coupelle. En outre, son orientation sexuelle avait changé, et elle sortait à présent avec un homme qui, fait incroyable, portait mon prénom et mon deuxième prénom (Aaron David), avec un nom de famille très court lui aussi.

Y avait-il eu un mélange de dossiers au Bureau des Petits Amis ? Était-ce moi qui aurais dû sortir avec elle ?

Mes enfants et moi avons échangé nos biographies par écrit. Bryce m'a montré à quel point je connaissais mal la culture jeune, et m'a rappelé que vingt ans n'était pas un âge facile. Madi manifestait une compréhension aiguë de son éducation et de certains de ses aspects avec lesquels elle voulait prendre ses distances. Mais c'est Alice, dont la bio s'intitulait « Série d'événements bizarres entrecoupés de grignotages », qui m'a abasourdi.

Il s'agissait d'un mélange de listes hétéroclites et de souvenirs rédigés sous la contrainte (« Maman : L'écriture ou la mort ! »). Couleur préférée : « Le noir. Comme mon âme. » Vacances préférées : « Halloween (à cause des bonbons et des meurtres). » Elle aimait les films d'Hitchcock. « Pour résumer, écrivait-elle, je suis une ado angoissée dans un corps d'enfant. »

Et elle a quoi, onze ans ?

Bryce et Madi ont commencé à former le projet de venir passer deux semaines à Seattle pendant l'été. Jess et Alice habitaient à quelques heures de route au sud et pouvaient venir en voiture. Je me suis dit que rencontrer mes enfants serait sans doute l'événement le plus proche du mariage que je vivrais au cours de ma vie, aussi j'ai décidé de faire une grande fête.

J'avais appris la nouvelle à quelques personnes, mais la plupart l'ont découverte en recevant le carton d'invitation à ma « Fête de rencontre avec mes enfants » sur Facebook, où l'on voyait les photos de Bryce, Madi et Alice. Ce fut un sacré choc.

Que ce soit la génétique, la chance ou la force des circonstances, j'ai tout de suite aimé mes enfants. Ils dégagent une aura troublante qui me fait tellement penser à moi-même. Bryce est timide mais intelligent et obsédé par les mèmes comme je l'aurais été si j'avais appartenu à leur génération. Alice n'a que faire des adultes, exactement comme moi. Madi, surtout, a mon sens de l'humour et mes yeux : quand nos regards se croisent, mon cerveau explose, puis nous éclatons de rire.

Lors de la fête, nous avons joué à un petit jeu de questions-réponses sur le thème « nature *vs* culture », et nous avons découvert que nous étions tous ouverts d'esprit et qu'aucun de nous ne croyait en Dieu. Par contre, aucun d'entre eux ne dort avec un oreiller entre les genoux, ainsi que je l'ai toujours fait.

La première fois où Jess et moi nous sommes retrouvés seuls, nous nous sommes étreints longuement d'une façon qui n'était pas du tout appropriée pour des gens qui venaient de se rencontrer. Jess dit que j'ai des manières qui lui rappellent ses deux filles, voilà pourquoi je me suis aussitôt senti à l'aise avec elle.

Que nous soyons les otages du destin ou les participants involontaires d'un mariage chromosomique arrangé, Jess et moi avons très vite noué des liens. Ma saillie sur les dossiers mélangés au Bureau des Petits Amis a été reçue avec une bienveillance quelque peu forcée. Ainsi, elle et moi nous sommes approprié sans difficulté le rôle de parents auprès de Bryce,

Madi et Alice. Très vite, nous avons eu nos plaisanteries à nous, nous sommes vannés sur nos petits défauts respectifs, comme dans n'importe quelle famille. J'ai même fait la leçon à Bryce et Madi au sujet du tabac.

À la fin de leur séjour, Bryce a réussi à faire expulser Jess et Alice de la maison qu'elles louaient en grimpant sur le toit pour récupérer un jouet, alors je leur ai proposé de venir habiter chez moi le temps qu'elles trouvent de quoi se reloger. Très vite, Jess s'est rendu compte qu'elle n'avait plus envie de partir. Alice a levé les yeux au ciel comme si elle avait été piégée et se retrouvait désormais obligée de vivre dans une famille traditionnelle.

En général, 23andMe n'est pas considéré comme un site de rencontres ; pourtant, Jess et moi, nous sommes heureux que la technologie ait rendu possible ce rendez-vous à rebrousse-temps. Nous nous posons beaucoup de questions sur l'amour et la génétique, et nous nous demandons si nous aurions éprouvé la même chose si nous avions fait connaissance de manière plus conventionnelle.

Notre relation a résisté à la première phase, et nous nous amusons toujours à chercher mes autres enfants en spéculant sur leur nombre exact. (J'en suis arrivé à dix ; j'ai été en contact avec les mères des nouveaux, mais je n'ai encore rien tenté pour les rencontrer.)

Madi a beaucoup aimé la côte Ouest et elle nous apprécie, aussi a-t-elle récemment emménagé avec nous. Nous espérons aussi attirer Bryce.

En fin de compte, les arguments dignes de la science-fiction qui président à notre histoire d'amour n'ont aucun sens : notre couple fonctionne car nous aimons passer du temps ensemble. Et ça ne gâche rien que je sois le père de sa fille.

Aaron Long est écrivain et vit à Seattle. Ce témoignage a été publié en septembre 2018.

Quand « Monsieur Responsable » ne l'est plus…

KATHERINE TANNEY

Ma mère n'habitait pas loin de l'EHPAD où mon père est mort au commencement de l'année passée. Néanmoins, elle n'était pas auprès de lui lorsqu'il est parti, et elle ne savait même pas que ses trois filles étaient sur place, à son chevet. Alors qu'il avait de plus en plus de difficultés à respirer, elle devait sans doute regarder la télé chez elle, lire un roman ou bien se préparer à manger. Ils avaient été mariés pendant quarante-sept ans – « de merveilleuses années », pour citer ma mère, qui visiblement ne tenait pas compte des cinq dernières, car à soixante-trois ans, mon père avait été frappé par la maladie d'Alzheimer. Alors, leur monde s'était désintégré, et il n'y avait plus rien eu de merveilleux entre eux.

Voilà comment les choses se sont terminées. Brusques et froides. Mais en vérité, que nous apprend la fin d'un couple sur ce qu'il a été, sur la vie qu'il a traversée lui-même et la vie qui l'a précédé ? Ma mère a commencé à se plaindre il y a six ans. Au téléphone, elle nous racontait à moi et à mes sœurs que notre père était « méchant » avec elle et « ingérable ». Il laissait le gaz allumé. Avait besoin qu'on lui dise par quel bout enfiler sa chemise. À deux heures du matin, il s'habillait et se rasait, puis il sortait chercher le journal du jour dans la boîte aux lettres, et réveillait ma mère lorsqu'il revenait se plaindre de n'avoir rien trouvé. Pire, disait-elle : son entêtement à nier qu'il avait changé.

Il n'est pas difficile pour moi d'imaginer leurs querelles à cette période. Quand elle a peur, ma mère réagit soit par l'attaque, soit par la fuite, et mon père a toujours été très obstiné, voire vindicatif. Le problème, c'est que lorsque mes sœurs ou moi-même observions notre père, nous ne voyions ni la paranoïa ni l'agressivité que notre mère nous décrivait. À nos yeux, il semblait juste beaucoup plus dépendant qu'auparavant, il oubliait énormément de choses et, fait étonnant, ne se rendait absolument pas compte que ses perceptions ne correspondaient plus à la réalité.

Ma mère a un caractère impossible, et elle avait toujours eu besoin qu'on s'occupe d'elle, c'était même là ses traits caractéristiques ; en revanche, mon père était extrêmement fiable et manifestait une parfaite maîtrise de lui-même. Les soirs où elle était trop occupée à claquer les portes et casser ses bibelots bien-aimés pour préparer à manger, il nous emmenait chez McDonald's. Lorsque nous sortions en famille, il faisait le tour de la voiture pour venir lui ouvrir la portière, et au restaurant, c'est lui qui indiquait au serveur ce qu'elle désirait.

– Madame prendra… commençait-il toujours par dire.

Mes parents avaient échafaudé des projets grandioses pour leur retraite, et ils avaient commencé à les élaborer dès les premiers temps de leur mariage. Lui était grand, beau, attentif et calme, issu d'un foyer modeste et déchiré. Elle était grande gueule, créative, furieuse, impulsive, issue d'une famille riche et irréprochable. Plus leur mariage durait, plus ils se rapprochaient du moment où elle toucherait son héritage, alors ils pourraient accomplir leurs rêves de prendre leur retraite à Aspen, ou d'avoir un pied-à-terre à Paris ou Manhattan. Voilà ce qui intéressait mes parents. Ils pensaient que l'argent existait exclusivement pour leur plaisir. Il était rare qu'ils donnent à des organismes de charité, à des partis politiques, ou même aux stations de radio et de télévision publiques qu'ils appréciaient. Leur argent leur servait à se rendre dans des restaurants de luxe, à des spectacles, chez les créateurs de mode, dans les magasins de meubles, d'art et de voitures haut de gamme.

C'est alors qu'Alzheimer est entré en scène. Cela ne faisait pas partie des projets de ma mère et elle s'est complètement braquée. Nous lui avons suggéré de trouver un groupe de soutien, elle nous a répondu :

– J'ai téléphoné. C'est pour les veuves, pas pour les personnes dont le conjoint est encore vivant.

Nous lui avons suggéré d'aller voir un thérapeute. Elle s'est plainte :

– S'ils se souciaient vraiment de leurs patients, ils ne les feraient pas payer.

Quand nous l'avons pressée de prendre une aide ménagère, elle nous a rétorqué :

– Je ne peux pas laisser entrer une étrangère dans ma maison.

Au lieu de se documenter sur la maladie pour apprendre à s'adapter à la situation, elle assignait à mon père des tâches dans le jardin ou dans la maison, comme si la discipline et le travail pouvaient remettre de l'ordre dans leur vie. Mais au lieu de s'y plier, il s'en allait, montait dans un bus – il avait perdu le privilège de conduire – et rentrait des heures plus tard en taxi, laissant le chauffeur éberlué affronter la colère de ma mère.

C'était pour eux les derniers moments, le flot de mots d'amour que ma mère déversait naguère sur son mari sortait désormais au passé, accompagné de sanglots, comme s'il était déjà mort. Elle considérait à présent l'homme qui vivait avec elle comme un étranger qu'elle devait emmener chez le médecin et surveiller en permanence, mais avec lequel nulle conversation intéressante n'était plus possible.

Je me suis souvent demandé comment faisaient les autres. Les magazines foisonnaient d'articles sur des couples qui luttaient héroïquement contre Alzheimer, des familles qui se réunissaient pour prendre soin ensemble du parent affecté. *Toi et moi contre le monde entier.* Combien de couples se fondent sur ce genre de sentiment, et que se passe-t-il quand le monde réussit à marquer contre vous ?

Mon père, qui avait toujours défendu ma mère, même lorsqu'elle disait ou faisait les pires bêtises, était désormais dépendant de celle qui avait le plus dépendu de lui. Puisqu'elle ne pouvait rejeter cette responsabilité sur personne d'autre, elle le blâmait, lui. Quand mes sœurs et moi avons appris de la bouche même de notre mère qu'elle laissait notre père errer seul en ville à pied, sans argent, ni nourriture, ni eau, et qu'elle refusait d'aller le chercher lorsqu'il l'appelait d'une cabine téléphonique depuis les quartiers malfamés, alors qu'il était perdu et désorienté, nous nous sommes mises d'accord sur le fait que, pour son bien à lui, il fallait les séparer.

Ainsi ont débuté les trajectoires individuelles de mes parents, toujours tumultueuses en raison des décisions de plus en plus erratiques de ma mère. Elle éprouvait un effroi grandissant à l'idée de dépenser son argent, ce qui a conduit mon père à changer six fois de lieu d'accueil au cours des quatre dernières années et demie de sa vie.

D'abord, il est parti vivre chez ma sœur, qui a embauché une aide à domicile pour s'occuper de lui quand elle allait travailler. Hélas, son état a empiré et nous l'avons placé dans une maison spécialisée. Or, sa soudaine incontinence a entraîné des frais supplémentaires que ma mère a refusé de payer. Nous avons donc trouvé un autre établissement. Alors, affirmant que mon père n'avait plus d'argent, et prétendant vouloir être réunie avec son bien-aimé jusqu'à la mort, ma mère nous a annoncé qu'elle refusait à nouveau de payer.

– Je m'occuperai de lui moi-même, a-t-elle affirmé.

Il y avait presque trois ans qu'ils n'étaient plus ensemble, et pendant ce temps, elle ne l'avait vu que deux fois, alors qu'il était encore capable de marcher et de parler. En dépit de nos objections et de nos explications au sujet de son état, elle l'a ramené à la maison. Au bout de trois jours, il s'est blessé, et elle a dû appeler les urgences.

– Je m'en lave les mains. Je ne paierai pas un centime de plus pour lui, a-t-elle dit à l'assistante sociale de l'hôpital.

Il y a beaucoup de choses que je ne raconte pas : les promenades que j'ai faites avec mon père renié par son épouse ; nos rires ; l'arrivée des avocats dans nos vies, avec leur jargon et leurs factures ; le ping-pong de déclarations furieuses entre notre mère et ses filles ; les scènes aperçues au sein des établissements où les patients atteints d'Alzheimer vivent ensemble dans un « nid de coucou » bercé de monotonie. J'ai offert à mon père un gros animal en peluche avec une clochette accrochée au bout de la queue. Il aimait la sensation de la fourrure sous ses doigts. Je lui ai acheté une balle, et nous avons joué à nous la lancer – il était exceptionnellement doué pour la rattraper. Il aimait qu'on le touche, et il aimait qu'on lui parle.

À peu près à la même époque où ma mère ne se souciait plus du tout de mon père, elle a enfin reçu son héritage. Après la mort de son mari, elle a continué de vivre dans leur immense demeure sur le canyon, avec sa terrasse, son jacuzzi, et sa cuisine tout équipée. Le genre de maison d'architecte qu'on voit dans les magazines, tout en angles droits et en panneaux verticaux, et qui valait beaucoup d'argent. Quelque part dans cette maison, sans doute dans une urne élégante, se trouvent les cendres de mon père. Mes sœurs et moi avons payé le crématorium, mais quand ma mère a découvert qu'il était mort, elle a insisté pour finir de régler la note elle-même et pour garder ses cendres chez elle. Finalement, c'était sa maladie qu'elle ne pouvait supporter et, à présent que c'en était fini, elle voulait bien le reprendre.

Ni moi ni mes sœurs ne lui parlions plus à la mort de notre père. Dans un message qu'elle m'a laissé après le décès, elle m'a dit que je mourrais « seule et sans un sou » – pour l'avoir abandonnée elle, j'imagine, comme elle avait abandonné mon père. Et puis six mois plus tard, juste avant d'être opérée, ma mère a eu une crise cardiaque.

J'ai pris mon temps pour aller la voir, en partie parce qu'elle était inconsciente et qu'on pensait qu'elle ne se réveillerait pas, en partie parce que je pensais que ma présence ne lui offrirait guère de réconfort. Pourtant, quand je suis arrivée dans sa chambre, la voir ainsi, aussi vulnérable et émaciée que l'avait été mon père, a effacé le passé, et nous avons mis fin à des années de discorde pour terminer sur une note de grâce. Elle est morte cinq semaines plus tard.

J'ai du mal à accepter cet exemple déchirant de dissolution familiale qui m'est tombé dessus à mi-chemin de ma propre vie chaotique. Où est la morale dans cette histoire ? Qui est le méchant ou la méchante ? N'aurions-nous pas dû nous douter après toutes ces années de quoi elle était capable ou incapable ? Quant à mon père, aurait-il pu fermer les yeux sur son comportement, ou tout au moins lui pardonner, s'il avait eu toute sa tête ? «Tue-moi tout de suite», aurait-il dit, j'imagine, s'il avait pu envisager ce qui allait suivre, et à quel prix.

Mes parents ont-ils connu de merveilleuses années de mariage ? Bien sûr que non. Mais cela n'a pas été si mal non plus. C'était une vie de couple. Mon père est mort. Les choses auraient pu mieux se passer, mais il en va ainsi de la vie et de l'amour. La semaine dernière, un de mes chiens a trouvé dans l'herbe un petit oiseau, et il l'a tué lentement, en éternisant de façon experte la vie de son jouet le plus longtemps possible. L'observer par la fenêtre a été pour moi à la fois un déchirement et une révélation.

Naguère je pensais que les derniers instants de la vie étaient un moment de vérité, et cela m'inquiétait. Je me suis livrée à des expériences imaginaires bizarres, comme par exemple souhaiter de mourir tout de suite dans des moments de bonheur intense. « Maintenant, demandais-je à l'univers, les yeux fermés, en retenant ma respiration. Emmène-moi maintenant. » Car je savais trop bien ce qui suivait les moments de bonheur intense, et je voulais désespérément que l'univers fasse une exception pour moi.

Katherine Tanney est l'autrice d'un roman, Carousel of Progress. *Ce témoignage a été publié en 2005.*

Comment je suis devenue mère : première leçon

ELIZABETH FITZSIMONS

J'ai vu la cicatrice la première fois où j'ai changé la couche de Natalie, c'est-à-dire une heure après que le directeur de l'orphelinat me l'eut mise dans les bras sur la banquette d'une chambre d'hôtel à Nanchang, une capitale de province du sud-est de la Chine.

Malgré la chaleur et l'humidité, on lui avait mis deux couches de vêtements, et quand j'ai retiré ses habits trempés de sueur, j'ai découvert le pire érythème fessier jamais vu, ainsi qu'une cicatrice de cinq centimètres à la base de sa colonne vertébrale, qui se prolongeait sur sa peau rouge et pelée.

Le lendemain, jour où les fonctionnaires chinois devaient compléter les papiers de l'adoption, marquait aussi le premier anniversaire de Natalie. Nous avons fêté ça avec des familles que nous avions rencontrées et des représentants de l'agence d'adoption, et Natalie a léché le glaçage de son gâteau sur le bout de mon doigt. Mais nous étions inquiets car on entendait un râle dans sa poitrine, et puis il y avait la cicatrice. Mon mari, Matt, a donc demandé à l'agence d'adoption de nous adresser un médecin.

Mais nos soucis ne s'arrêtaient pas là. Natalie était maigre et pâle, elle ne tenait pas assise ni ne parvenait à prendre son biberon toute seule. Elle n'avait que deux dents, pas de cheveux, et elle ne souriait pas. Toutefois, j'avais anticipé ce genre de problèmes. Ma sœur et mes deux frères ont été adoptés au Nicaragua. Les garçons étaient encore bébés et, à leur arrivée chez nous, ils sentaient mauvais, étaient couverts de croûtes et avaient sans arrêt la diarrhée, sans compter le fait qu'ils n'arrivaient pas à tenir leur tête droite. Heureusement, ces problèmes avaient très vite disparu.

Je pensais que Natalie se rétablirait vite. On sentait poindre la lumière dans ces grands yeux sombres. Dans le porte-bébé, elle a posé la tête contre ma poitrine, légèrement en arrière, et elle a levé les yeux vers mon visage, lèvres entrouvertes, comme si elle avait su qu'elle était désormais en sécurité.

C'était notre première enfant. Nous avions décidé d'adopter une petite fille en Chine des années plus tôt, à l'époque où j'avais fait un reportage sur un maire de la région qui était lui-même allé chercher là-bas sa fille adoptive. Nous avions envisagé d'adopter un deuxième enfant lorsque j'aurais mis au monde le premier.

Seulement, je ne tombais pas enceinte. Au bout de deux ans, j'en ai eu assez de me désespérer et de poursuivre sur ce chemin sans savoir où il me mènerait. Je savais en revanche vers quoi l'adoption nous conduirait : un bébé.

Donc, nous irions d'abord en Chine, et ensuite nous réessaierions d'avoir un enfant par la voie biologique. Nous nous sommes lancés dans un processus long de plusieurs mois, préparant notre dossier en décrivant nos vies de la façon la plus transparente possible, jusqu'au jour où nous avons collé la photo de notre fille sur notre réfrigérateur. Quatorze mois après avoir décidé d'adopter, nous étions en Chine.

Et à présent, nous nous trouvions dans une chambre d'hôtel avec un médecin chinois âgé qui baragouinait un peu d'anglais. Après avoir écouté les bronches de Natalie, il a déclaré qu'elle souffrait d'une bronchite. Puis il l'a retournée et a examiné la cicatrice.

Il a froncé les sourcils et demandé un coton-tige et du savon. Il en a enduit une extrémité du coton-tige, puis il a ausculté son sphincter, qu'il a jugé « lâche ». Il pensait qu'on lui avait retiré une tumeur, peut-être avait-elle eu un spina bifida, et il a conclu en disant qu'il fallait la faire examiner à l'hôpital.

Deux taxis nous y ont emmenés. Pendant que nous attendions des nouvelles, j'essayais de rester positive : je me représentais la chambre que nous avions peinte pour elle en jaune pâle, et le berceau avec des draps Winnie l'Ourson. Seulement, en voyant une des femmes de l'agence prise dans un échange houleux avec les médecins, puis avec une tierce personne par téléphone, j'ai perdu contenance. Nous avons supplié celle-ci de nous fournir des informations.

– Ce n'est pas bon, a-t-elle dit.

Un scanner a confirmé que Natalie avait bien eu une tumeur et que quelqu'un, quelque part, la lui avait retirée. Mais le travail avait été peu soigneux : des nerfs avaient été touchés et, en grandissant, l'état de Natalie risquait d'empirer, pour finalement la laisser paraplégique. Elle risquait aussi de perdre le contrôle de ses sphincters – ce qui avait déjà commencé, ainsi que l'avait repéré le premier médecin. Oui, elle avait une forme de spina bifida, ainsi qu'un kyste sur la colonne.

J'ai regardé mon mari, sous le choc, attendant qu'il me dise que j'avais mal compris. Mais il s'est contenté de secouer la tête.

Je me suis raccrochée à lui et j'ai pleuré contre sa poitrine, désespérée qu'il soit aussi difficile de fonder une famille et que la vie ait déjà été si dure pour cette pauvre enfant.

De retour à l'hôtel, nous avons harcelé les femmes de l'agence : pourquoi rien n'était-il noté dans son dossier médical ? Comment une cicatrice aussi importante avait-elle pu leur échapper ? Elle faisait cinq centimètres, nom d'un chien !

Elles ont secoué la tête. Ont haussé les épaules. Présenté des excuses.

Puis elles nous ont proposé une solution alternative pour améliorer la situation.

– Dans des cas comme celui-ci, nous pouvons faire machine arrière et vous proposer une autre enfant, a dit l'une des responsables.

Le reste du processus administratif serait expédié, et nous

serions de retour chez nous en temps voulu. Nous partirions tout simplement avec une autre petite fille.

Quelques mois plus tôt, on nous avait remis des formulaires où l'on nous demandait de préciser quels handicaps ou maladies éventuels nous pourrions accepter chez l'enfant – en d'autres termes, serions-nous capables de nous occuper d'un bébé atteint du sida, d'une hépatite, de cécité ? Nous avons coché quelques problèmes mineurs qui, nous le savions, seraient faciles à traiter avec les soins appropriés. Matt a écrit sur le formulaire : « Ce sera notre premier enfant, et nous pensons que nous n'avons pas assez d'expérience pour nous occuper d'un cas plus sérieux. »

À présent, il nous fallait envisager des opérations chirurgicales, des fauteuils roulants, des anus artificiels. J'ai commencé à imaginer notre maison de San Diego avec des rampes menant à la porte. Nos vies entièrement dévolues aux soins de notre enfant. Comment allions-nous faire ?

Et d'un autre côté, comment aurions-nous pu l'abandonner à son sort ? Si j'avais donné naissance à un bébé présentant ce genre de problèmes, je ne l'aurais pas laissé à l'hôpital. Même si plus tard un ami m'a dit : « Mais c'est différent » ; si ce n'est qu'à mes yeux, il n'y avait aucune différence.

Je me suis imaginée montant dans l'avion avec un bébé de remplacement sans visage, puis expliquant à ma famille et mes amis que ce n'était pas Natalie, que nous avions laissé celle-ci en Chine car elle était trop lourdement handicapée : en effet, nous avions demandé un bébé en bonne santé, or Natalie ne l'était pas.

Comment aurais-je pu me regarder dans la glace ensuite ? Comment aurais-je pu jamais oublier ? Chaque jour de ma vie, je me serais demandé ce qu'était devenue Natalie.

Je savais que c'était une épreuve, que toute la valeur de ma vie était cristallisée dans cet instant. J'ai secoué la tête : « Non » – avant même qu'ils aient fini de me fournir les explications. Je leur ai dit que nous refusions de changer de bébé. Nous voulions notre petite fille à nous, celle qui dormait déjà à nos côtés.

– C'est notre fille. Nous l'aimons.

Matt, qui était assis sur le lit, a ôté ses lunettes pour essuyer ses larmes, et hoché la tête pour montrer qu'il était d'accord.

Une longue nuit difficile nous attendait, où nous n'avons cessé de nous interroger sur ce que nous allions faire. J'ai appelé ma mère en larmes, et je lui ai annoncé la nouvelle.

Long silence.

– Oh, ma chérie, a-t-elle dit.

Je pleurais à gros sanglots.

Elle a attendu que je reprenne ma respiration.

– Personne ne te jugera si tu reviens sans elle.

– Pourquoi dis-tu ça ?

– Je veux juste te donner l'absolution. Qu'as-tu l'intention de faire ?

– Je vais prendre mon bébé et rentrer à la maison.

– Bien. Dans ce cas, c'est ce qu'il faut faire.

Au matin, courbaturés et les yeux rouges, nous avons conclu que notre décision était irrévocable. Et nous nous sommes sentis heureux. Nous pensions que d'excellents soins médicaux pourraient améliorer certains des troubles les plus lourds. C'était là le mieux que nous puissions espérer.

Mais deux jours après notre retour à San Diego – avant même que nous ayons pu l'emmener chez la pédiatre – les choses ont pris une tournure alarmante.

Alors qu'elle mangeait son dîner assise dans sa chaise haute, Natalie a été prise de convulsions : sa tête est partie en avant, puis en arrière, ses bras et ses jambes se sont tendus très violemment. Je l'ai prise dans mes bras, puis je l'ai donnée à Matt et j'ai appelé les urgences.

Quand les ambulanciers sont arrivés, Natalie était redevenue normale, mais à l'hôpital, elle a eu une nouvelle crise. Nous avons raconté aux médecins ce qu'on nous avait dit en Chine et ils lui ont fait un scanner du cerveau.

Quelques heures plus tard, une des urgentistes s'est assise devant moi et m'a dit :

– Vous savez qu'elle a un problème au cerveau ?

Nous l'avons dévisagée. Quoi, elle avait un problème au cerveau, en plus de tout le reste ?

– En fait, le cerveau de Natalie est atrophié.

J'ai pris un stylo dans mon sac, tandis qu'elle comparait la condition de Natalie à un syndrome de Down, nous expliquant qu'une famille aimante pouvait faire toute la différence. Et il était évident à ses yeux que nous étions une famille aimante.

Elle nous a laissés et j'ai serré contre moi Natalie, assommée par les médicaments. Elle avait la bouche ouverte, et je me suis penchée pour respirer le doux parfum de son haleine qui sentait le soja. Parviendrions-nous jamais à nous parler ? Me confierait-elle ses secrets ? Rirait-elle avec moi ?

Quoi qu'il advienne, je l'aimerais, et elle le saurait. Et il faudrait bien que cela suffise. J'ai remercié Dieu de ne pas l'avoir laissée là-bas.

Elle a ensuite été hospitalisée, et nous avons passé une nuit éprouvante à son chevet. Au matin, le chef du service de neurochirurgie est venu nous voir. Nous lui avons demandé des nouvelles de Natalie et il a répondu :

– C'est plus simple si je vous montre.

Dans une salle de radiologie, il nous a exposé le scanner en nous expliquant que les urgentistes s'étaient trompés : le cerveau de Natalie n'était pas atrophié. Elle était faible, son développement avait pris du retard, mais sa coordination main-œil était bonne et, lorsqu'il l'examinait, elle le regardait avec attention. Il avait besoin de pratiquer une IRM pour parvenir à un diagnostic plus précis. Nous lui avons demandé d'examiner aussi sa colonne vertébrale.

Il est revenu avec des nouvelles encore plus étonnantes. L'IRM montrait qu'elle ne souffrait pas du syndrome auquel il pensait. Et la colonne vertébrale de Natalie allait bien. Elle n'avait pas de spina bifida. Elle ne serait pas paralysée. Il ne comprenait pas qu'on ait pu poser pareil diagnostic à partir du scanner de mauvaise qualité pratiqué en Chine. Il a reconnu qu'elle avait sûrement souffert d'une tumeur et qu'il faudrait la surveiller, mais que peut-être tout irait bien. L'année à venir nous l'apprendrait.

Nous attendaient encore d'autres frayeurs, d'autres crises, et une longue thérapie physique pour lui apprendre à s'asseoir, à marcher à quatre pattes, puis sur ses deux jambes. Elle a fait ses premiers pas un jour sur la plage à l'âge de vingt et un mois, son petit ventre plein de tacos au poisson.

À présent, elle a presque trois ans, d'épais cheveux bruns, des dents brillantes et un regard qui pétille. Elle suit des leçons pour apprendre à nager, va à la crèche, et insiste pour mettre ses sandales à fleurs pour danser. Je lui dis : « Ohhhh, Natalie », et elle me répond : « Ohhhh, maman ». Alors je refoule des larmes de bonheur.

Parfois quand je la berce dans mes bras pour l'endormir, je me penche et respire son haleine, qui désormais sent le chewing-gum, le dentifrice et le dîner que je lui ai préparé tandis qu'elle attendait dans sa chaise haute en chantant des chansons pour notre chien. Et je suis stupéfaite que cette petite fille soit la mienne.

Il est tentant de penser que notre décision s'est avérée la bonne, en définitive, puisque tout s'est bien passé ensuite. Mais pour moi, ce n'est pas la bonne manière d'envisager les choses. Notre décision était la bonne car c'était notre fille et que nous l'aimions. Nous n'avions pas choisi de porter pareils fardeaux, et nous nous en étions même déclarés incapables. Sans doute sommes-nous plus forts que nous ne le croyions.

Elizabeth Fitzsimons est vice-présidente du département « Leadership and Engagement » *à la chambre régionale de commerce de San Diego. Elle est également membre du conseil d'administration de la bibliothèque de San Diego, et de la banque alimentaire Jacobs & Cushman de la même ville. Elle vit avec son mari, sa fille et ses jumeaux à San Diego. Ce témoignage a été publié en mai 2007.*

Deux hommes, un bébé, et moi…

REBECCA ECKLER

J'étais enceinte de trois mois et j'allais me marier quand je l'ai rencontré. Nous étions sortis dîner tous les deux avec des amis communs. Il m'a fait rire. Il était très mignon. Et très célibataire. Il a vu ma bague de fiançailles, m'a entendue dire que j'avais un polichinelle dans le tiroir. Pourtant il m'a offert mon dîner et m'a raccompagnée, et deux semaines plus tard, nous avons décidé d'aller ensemble au cinéma.

Après le film, je l'ai invité chez moi et je lui ai préparé une vodka-orange. J'ai eu beau boire de l'eau, je me sentais pompette.

Bien sûr que ce n'était pas un rendez-vous galant. Comment cela aurait-il pu l'être alors que j'étais fiancée au père du polichinelle ? D'ailleurs, nous n'avons fait aucune allusion de ce genre. J'étais au lit, seule, à vingt-deux heures. Mais avant son départ, ce beau gosse célibataire a observé mon appartement et m'a dit que je devrais davantage sécuriser mes portes-fenêtres. Le lendemain, il a apporté pour moi un manche à balai qu'il a déposé auprès du gardien, afin de sécuriser les portes-fenêtres en question.

Où était mon fiancé ? Il habitait dans une autre ville, à des milliers de kilomètres. Nous vivions ainsi depuis des années – séparés, mais ensemble. Nous nous retrouvions une fois par mois. Tout se passait très bien jusqu'à ce que je tombe enceinte, ce qui nous a obligés à prendre certaines décisions.

Nous avons envisagé de nous marier et de nous installer ensemble dans cette ville de l'Ouest où il habitait, mais il valait mieux pour ma carrière que j'attende la fin de ma grossesse pour déménager – parce que, sur le plan professionnel, la ville où je me trouvais m'était nettement plus favorable.

Beaucoup de gens ne comprenaient pas ces choix. « Oui, je suis enceinte, devais-je expliquer en permanence. Non, mon fiancé n'est pas là. Oui, je vais toute seule aux rendez-vous chez l'obstétricienne. Oui, il vient me voir. Oui, je vais le voir. Mais sincèrement, tout va bien. »

Sauf que, à présent, j'avais rencontré cet homme qui m'avait apporté un manche à balai pour sécuriser mes portes-fenêtres... Auprès de mes amis, je l'appelais Manche à Balai. Mais il avait un autre surnom : le Beau Gosse Célibataire.

Lui et moi avons commencé à échanger régulièrement des e-mails. On jouait aussi au Scrabble. Bientôt, nous avons eu un rendez-vous régulier le jeudi soir pour regarder ensemble une émission de téléréalité. Il venait chez moi avec de la glace, de la pastèque coupée en morceaux et des Big Mac, nourriture dont je ne pouvais me passer.

Un samedi soir, tard, BGC et moi sommes allés chez Subway (une autre envie irrépressible), et l'employé nous a demandé pour quand était notre bébé : il était plus facile de prétendre qu'il était le père plutôt que d'expliquer qu'il était juste un ami. C'est vrai, quel genre de femme sortirait avec un beau gosse célibataire un samedi à vingt-trois heures alors qu'elle est enceinte d'un autre homme ?

En outre, puisque je n'avais pas de voiture, BGC m'emmenait faire mes courses le dimanche après-midi et portait mes packs d'eau. Un jour nous avons pris l'ascenseur en même temps qu'un couple qui attendait un enfant, alors il m'a semblé plus naturel de dire « On a trop hâte que le bébé soit là », plutôt que : « J'ai tellement hâte. Enfin, lui, je ne sais pas, ce n'est pas le père. »

Quand nous allions au cinéma, les gens nous regardaient avec cette approbation chaleureuse qu'on réserve en général aux futurs jeunes parents. J'imagine que nous avions l'air heureux et florissants. Et je ne pouvais m'empêcher de croire que lui et moi, nous aurions pu avoir un très beau bébé.

Au départ, j'ai pensé que BGC avait pitié de moi. En fait, j'étais sûre qu'il était attiré par mes seins gonflés par les hormones de la grossesse. J'avais raison dans les deux cas.

Après tout, c'est vrai que j'étais enceinte, seule dans une grande ville, portant soudain des soutiens-gorge avec deux tailles de plus que d'habitude, tandis que le père se trouvait à quatre heures d'avion. Néanmoins, BGC n'aurait pas dû avoir pitié : c'était mon choix.

Il commençait à jouer auprès de moi le rôle de chevalier servant, comme en ont beaucoup de femmes dont le compagnon habite loin. Le chevalier servant vous emmène au cinéma, à des dîners, ou bien il répare votre lecteur DVD. La seule différence, dans notre cas – en dehors du fait que j'étais enceinte et fiancée –, c'est qu'il devenait rapidement bien plus qu'un chevalier servant.

– Il est amoureux de toi, ne cessaient de me répéter mes amis. Comment peut-il être attiré par une femme enceinte ? C'est quoi, son problème ? On dirait que tu représentes pour lui le défi ultime.

Parfois, en effet, je trouvais étrange qu'il éprouve cette attirance, mais comme la plupart des femmes, j'aime à croire que c'est ma personnalité qui séduit les hommes. Je n'avais pas envie de me considérer ainsi qu'un défi, ou bien d'imaginer qu'il avait des difficultés avec l'engagement (même si je le pensais souvent). En outre, je ne pouvais croire que BGC soit physiquement attiré par mon corps de femme enceinte – en bas de jogging, avec de la cellulite plein les bras et des boutons sur le menton.

Ne vous méprenez pas. J'avais envie qu'il soit attiré par moi. J'étais enceinte, pas morte. Et je l'aimais bien, moi aussi. Puis beaucoup. Puis trop. Et enfin beaucoup trop. J'aurais pu dire que nous étions en train de tomber amoureux, mais puisque ce n'était pas le moment, je ne l'ai pas dit. Pourtant, nous nous comportions exactement ainsi. Je commençais et terminais mes journées en lui parlant au téléphone. Lorsqu'il me raccompagnait, cinq minutes après son départ, il me manquait. Les soirées passées sans lui semblaient durer un mois. Il me disait que jamais personne n'avait autant compté pour lui que moi.

Et nous nous querellions comme si nous avions une relation passionnée. Un soir, je lui ai demandé de m'apporter de la glace au chocolat. À la place, il m'en a apporté au caramel. Pour moi, c'était la fin du monde.

– Goûte, a-t-il dit. Tu aimeras.

– Non, je n'aimerais pas, ai-je hurlé. Je voulais de la glace au chocolat. Tu ne m'écoutes jamais. Tu ne penses qu'à toi !

Je l'ai mis dehors, dans un état de rage indescriptible. C'étaient les hormones.

Ce soir-là, j'ai cru que je l'avais perdu pour de bon, et je me suis postée des heures durant près de mon téléphone en parfait état de marche, en me demandant si le service était interrompu, attendant qu'il appelle, tout en sachant qu'il vaudrait mieux qu'il n'en fasse rien.

Il a appelé. Je lui ai présenté des excuses. Nous nous sommes réconciliés.

Une autre fois, nous nous sommes rendus à une grosse fête. Je n'aurais pas dû. J'étais enceinte de six mois, je me sentais affreuse et pas à ma place, et j'avais besoin d'aller aux toilettes toutes les cinq minutes. Il refusait de m'y accompagner, me proposant de le retrouver après. Il flirtait avec d'autres femmes – enfin, c'est ainsi que je voyais les choses. Et pourquoi pas ? Nous étions à une soirée. Et ce n'était pas comme s'il était le père de mon enfant.

Je suis partie sans le lui dire, jalouse et en colère. Il m'a téléphoné vers trois heures du matin, ivre, la bouche pleine d'excuses. Je me suis fait violence pour me rappeler qu'il n'était pas mon fiancé, ce n'était pas avec lui que j'allais me marier et vieillir.

Mais chaque fois que j'avais rendez-vous chez l'obstétricienne, il me demandait :

– Tu m'appelles tout de suite après.

Et je m'exécutais. (Juste après avoir parlé à mon fiancé.) Je ne pouvais m'en empêcher. Ma tête me hurlait : « Arrête ! » Mais mon cœur...

– C'est une fille ! lui ai-je annoncé. Et je voulais justement une fille !

– C'est génial ! a-t-il répondu.

Tel le futur père modèle, il adorait poser les mains sur mon ventre quand le bébé bougeait. « Waouh ! C'est dingue ! » déclarait-il.

Il se souciait énormément de moi et de cette enfant qui n'était pas la sienne. Je m'inquiétais de ce que les gens diraient à mon sujet s'ils étaient au courant de nos relations. Il s'interrogeait sur ce qu'on penserait de lui. Je me faisais du souci pour mon fiancé, que j'aimais et que je ne voulais ni blesser ni perdre. Je me demandais sans cesse ce qui était le mieux pour ma fille.

Dans la mesure du possible, nous tentions de garder nos relations secrètes. BGC ne parlait pas de moi à ses amis, et je disais seulement aux miens – ceux qui étaient au courant de son existence – que je l'aimais bien et qu'il me faisait rire.

Pourtant je savais que nous avions franchi la ligne jaune. Si mon fiancé avait passé ses soirées avec une jolie célibataire, là-bas, dans la ville où il habitait, je l'aurais tué. BGC n'évoquait jamais mon fiancé, et je ne parlais pas de lui à ce dernier. S'il avait des soupçons, il les gardait pour lui. Du pur déni ! Nous nagions tous les trois en plein dedans.

Vers la fin de ma grossesse, quand le moment est arrivé pour moi de quitter BGC pour rejoindre mon fiancé, j'en ai eu le cœur brisé. J'ai pleuré dans l'avion. Je ne savais plus du tout ce que je voulais. Mais j'allais accoucher dans quelques semaines, ma vie allait changer de fond en comble, et j'étais prisonnière des faits : j'avais pris plus de vingt kilos, je parvenais à peine à marcher, et il allait falloir que je m'occupe à plein temps d'un autre être humain.

Ma fille n'est plus un nouveau-né. Elle a dix-sept mois. À peu près au moment où elle apprenait à marcher, la top model Heidi Klum s'est fiancée à Seal, qu'elle avait rencontré et commencé à fréquenter alors qu'elle était enceinte d'un autre. Apparemment, cela n'a choqué personne. De même, dans le film *La Vie aquatique*, le personnage de la journaliste enceinte termine au lit avec un homme qui n'est pas le père de son enfant. Pourtant, on souhaite tous qu'elle soit heureuse, et nous sommes contents qu'elle se mette en couple avec ce nouvel amoureux.

En revanche, je ne suis pas certaine que quiconque se réjouisse de ma relation avec BGC. Plus de deux ans se sont écoulés depuis le dîner fatidique, et pourtant, un an et demi après que j'ai déménagé, nous sommes toujours en contact. Je retourne fréquemment dans mon ancienne ville, dans l'Est, et alors nous nous voyons. Nous essayons de comprendre ce que nous représentons l'un pour l'autre. On parle, on se dispute, on ne se parle plus. Je lui manque. Il me manque. Il me déteste. Je le déteste. Et ainsi de suite.

Mon fiancé et moi, nous nous querellons aussi. Nous ne sommes toujours pas mariés. Nous n'avons pas retrouvé le naturel qui présidait auparavant à notre relation. Nous nous interrogeons : « Sommes-nous heureux ensemble ? », « Sommes-nous faits l'un pour l'autre ? ». Voilà nos questionnements, et nous ignorons si nous trouverons une réponse un jour. Peut-être que tout le monde se pose ce genre de questions.

Enfin, bien sûr, subsistent toujours ces : « Et si… » Et si j'étais partie dès le début vivre avec mon fiancé là-bas, à l'autre bout du pays ? Et si je n'étais pas allée à ce dîner ? Et si BGC et moi ne nous étions pas rencontrés à un moment de nos vies aussi inopportun ? Si seulement on pouvait programmer quand on va tomber amoureux…

Rebecca Eckler vit à Toronto avec ses deux enfants. Son dernier livre paru s'intitule Blissfully Blended Bullshit. *Elle est rédactrice en chef de* Savvy Mom. *Ce témoignage a été publié en 2005.*

Maman renifle quelque chose – et elle a raison

LIZA MONROY

– Il ne me plaît pas, a dit ma mère.

Je l'appelais du train, en rentrant de chez l'homme que je fréquentais depuis huit mois, et qui habitait Boston. Je voulais lui dire que j'étais tombée raide dingue amoureuse de ce type avec qui j'étais allée à la fac sans le connaître à l'époque. Nous nous étions rencontrés aux dix ans de notre promotion, et tout de suite, il s'était passé quelque chose. Il allait emménager avec moi à Brooklyn. J'étais surexcitée, pourtant ma mère me disait que c'était une erreur.

– Tu ne l'as jamais rencontré, ai-je répliqué.

– Je sens des ondes négatives.

– Tu ne l'as jamais vu.

– Je n'aime pas ce qu'il poste sur Facebook.

– Tu n'as jamais parlé avec lui.

– Ce n'est pas une mauvaise personne. Mais il n'est pas pour toi.

– Tu t'arrêtes à des détails superficiels. Ces jugements péremptoires ne disent rien d'une relation.

– Je suis profileuse. C'est mon métier.

Pendant vingt-six ans, ma mère a travaillé pour le Département d'État dans un bureau consulaire des services extérieurs. Elle faisait passer des entretiens à des personnes qui demandaient des visas, et devait rapidement déterminer si leurs projets étaient sérieux ou si elles mentaient et avaient l'intention de demeurer illégalement aux États-Unis.

– Quand on fait passer des entretiens à plusieurs centaines de personnes par jour, on apprend beaucoup, disait-elle. Ça devient une seconde nature.

Elle a reçu des médailles pour son travail, et elle estimait que je devrais écouter ce qu'elle me disait à propos de mes amoureux.

Mais moi, cela me mettait en colère.

– Tu ne laisses pas les autres être ce qu'ils veulent être, ai-je dit à la fin de cette conversation dans le train. Tu les étouffes.

Fâchée, j'ai appelé mon cousin Doug, qui travaillait aussi pour les services extérieurs.

– Il s'agit d'une équation mathématique fondée sur la manière dont ta mère interroge les demandeurs de visas. Elle a élevé la chose au rang de science : quels sont ses revenus, son métier, ses antécédents ? Elle applique les mêmes critères à tes mecs.

Il avait raison. Ma mère avait établi le profil de mon amoureux à partir de son avant-bras entièrement tatoué et de sa page Facebook. Cependant, son allure de rocker et ses posts ne révélaient rien de l'homme qui aimait les enfants et l'océan autant que moi, qui savait faire de la pâtisserie et bricoler dans une maison.

Il travaillait dans une université prestigieuse, et le reste du temps il faisait des films. Il était gentil et aimant. Je ne voyais pas ce que ma mère trouvait à lui reprocher. Je me disais qu'elle lui aurait donné son approbation s'il avait été exactement pareil mais juif, sans tatouages et sans tee-shirts rock.

À trente-deux ans, je ne voulais pas qu'elle se mêle de mes décisions. Comment pouvait-elle savoir ? À cause de son métier, elle passait la plupart du temps à l'étranger, et nous nous voyions environ deux fois par an. Alors qu'elle s'était elle-même baptisée en plaisantant la « profileuse », quant à moi je l'appelais « MicroMAMAger », et l'« aMère ».

Je commençais à soupçonner que jamais aucun homme ne

trouverait grâce à ses yeux. J'étais fille unique. Et si elle ne voulait pas que je rencontre quelqu'un afin de me garder pour elle ?

Mais ce qui m'inquiétait vraiment, en réalité, c'est que, par le passé, elle avait émis ce genre de jugements, et ne s'était pas trompée.

Auparavant, j'avais eu une relation avec un poète que j'avais rencontré à la fac. Au bout d'un mois, nous avions envisagé de partir nous installer dans une petite ville universitaire sympathique où nous passerions notre temps à lire, entourés d'animaux, et où nous préparerions des plats végétariens élaborés. Mon enfance passée à suivre ma mère de poste en poste à travers le monde m'avait donné le désir de prendre racine quelque part pour fonder une famille traditionnelle. Je croyais avoir trouvé l'homme qu'il me fallait.

Et soudain, la profileuse avait surgi du Venezuela.

– Il ne me plaît pas, m'avait-elle annoncé au bout de cinq minutes au restaurant alors qu'il était parti aux toilettes. Il y a un truc qui cloche.

Je n'avais pas relevé.

Trois ans plus tard, j'ai découvert que le poète me mentait depuis des mois pour couvrir une situation financière catastrophique. J'ai pensé que je ne pourrais plus lui faire confiance. Nous avons tenté une thérapie de couple. Je lui ai demandé de déménager.

Quelques jours plus tard, en rentrant chez moi, j'ai découvert qu'il avait lacéré mes vêtements, noyé mes deux ordinateurs portables dans la baignoire et détruit des photos de famille – dont certaines des rares que j'avais de mon père, qui était décédé. J'étais sidérée qu'il soit capable d'une telle violence.

J'ai appelé la profileuse depuis le tribunal où la police m'avait conseillé de me rendre pour demander une mesure d'éloignement immédiate.

– Il y avait un truc qui clochait, ai-je dit. Il faudra que tu me donnes ton approbation quand ma relation avec un homme commence à devenir sérieuse.

Nous avons plaisanté en disant que cela pourrait déboucher sur un bon scénario de comédie romantique.

Plus tard, elle a fait de son mieux pour me détourner du réalisateur de Boston, mais déjà il apportait son équipement dans mon studio de Brooklyn. Ma mère a fini par le rencontrer alors qu'elle me rendait visite, en provenance d'Espagne.

– Il est gentil, a-t-elle admis. Mais il n'est pas pour toi. Mieux vaudrait que vous n'emménagiez pas ensemble.

– Peut-être que tu ne veux pas que je sois en couple parce que tu ne l'es pas non plus, ai-je rétorqué sèchement.

C'était dur, mais il me semblait que mon existence même, en tant que fille d'une mère célibataire, prouvait que son jugement au sujet des hommes était douteux. Si elle ne parvenait pas à les profiler pour elle, comment pourrait-elle le faire pour moi ?

Mes parents s'étaient rencontrés sur un bateau. Elle était partie faire son doctorat en Italie, il était le charismatique maître d'hôtel du restaurant de bord. Ils étaient ensemble depuis trois mois quand on lui avait refusé un visa touristique pour les États-Unis, voilà pourquoi ils s'étaient mariés. Hélas, peu à peu, mon père avait sombré dans l'alcoolisme, et ils avaient divorcé alors que j'avais six ans.

Je lui ai demandé comment d'après une simple photo elle pouvait savoir qui était bien pour moi alors qu'elle tombait elle-même sur les pires hommes qui soient.

– Excellente question, a-t-elle répondu. Je n'en ai pas la moindre idée.

Elle a marqué une pause.

– Tu te fais des illusions. D'autres gens à travers l'histoire ont déjà connu ça.

Je voulais que ça marche avec le réalisateur, mais au bout d'un an, j'ai commencé à avoir l'impression désagréable que quelque chose n'allait pas. Je m'en suis ouverte à lui et nous nous sommes séparés à l'amiable. C'était une rupture plus paisible, sans intervention de la police cette fois-ci. Et nous avons encore tranquillement vécu ensemble un mois avant qu'il ne déménage.

– Il est gentil, m'a dit ma mère. Mais ce n'était pas le bon.

La profileuse, le retour. Après la rupture, quand j'ai retrouvé ma clairvoyance, je me suis aperçue que moi non plus, je n'aimais pas ce qu'il postait sur Facebook.

– Tu ne vois pas les choses aussi vite que moi, m'a expliqué ma mère. Il te faut des années. Le poète ne valait pas la peine que tu lui consacres plus de deux rendez-vous. Quant au réalisateur, il n'aurait pas dû emménager chez toi.

Peut-être aurais-je pu deviner ça toute seule ; mais je n'en avais pas envie. À l'un de nos premiers rendez-vous, le poète était passé me chercher, ivre. Au lieu de le renvoyer, je lui avais donné de l'eau, en lui faisant promettre de ne plus se présenter à moi dans cet état. J'avais déjà échafaudé le fantasme de la vie idéale avec lui, et je ne voulais pas tout casser.

Quand le réalisateur m'avait dit combien il détestait son travail alimentaire à l'université et ne savait pas comment poursuivre son rêve, j'avais refusé de comprendre qu'il devait résoudre ces questions par lui-même.

Je refoulais mes propres capacités de profileuse pour la même raison que ma mère évitait de l'appliquer à ses amants : je voulais tomber amoureuse, or l'amour n'est pas rationnel. Je recherchais des hommes qui ne s'étaient pas encore trouvés dans l'espoir de les aider à y parvenir – schéma classique chez les enfants d'alcooliques. Je n'avais pas réussi à sauver mon père, qui était mort d'une cirrhose. Et je ne pouvais pas non plus aider ces hommes.

Pourrais-je éviter les déceptions amoureuses en suivant les conseils de ma mère ? Elle avait eu raison à chaque fois. Néanmoins, une relation qui au bout du compte ne marche pas n'est pas un échec. Il n'existe pas de boule de cristal, et l'amour n'est pas une science exacte. Établir un profil est un art de la surface ; le véritable amour est profond. Comme l'a dit Hemingway : « La meilleure manière de savoir si on peut faire confiance à quelqu'un, c'est d'essayer. » De même, la meilleure manière de savoir si quelqu'un est fait pour vous, c'est de partager sa vie.

– On apprend en commettant des erreurs, ai-je dit à ma mère. Tu devrais le savoir.

Elle avait toujours prétendu qu'elle n'avait jamais regretté d'avoir épousé mon père parce qu'elle m'avait eue, moi.

Aujourd'hui, nous sommes célibataires toutes les deux. Elle a pris sa retraite pour aller s'occuper de ma grand-mère à Seattle, mais elle demeurera toujours la profileuse. Plutôt que de me fâcher, nous avons inventé ensemble une alternative plus amusante : le jeu de la profileuse. Je lui montre les pages Facebook d'hommes qui me plaisent, et elle me prodigue ses conseils professionnels.

Il y a peu, j'ai rencontré un auteur réputé lors d'un événement littéraire. Il se trouve que nous sommes tous deux passionnés de backgammon. Quand nous nous sommes retrouvés le lendemain après-midi pour faire une partie, il s'est penché par-dessus le plateau et m'a embrassée. Convaincue qu'il y avait là anguille sous roche, j'ai envoyé la profileuse à une lecture qu'il donnait à Seattle.

– Il me plaît beaucoup plus que les précédents, m'a-t-elle rapporté. Il est juif et intelligent, et il te conviendrait parce qu'il n'irait pas avec une femme plus grande.

Hélas, l'auteur était déjà en couple. La profileuse s'était-elle trompée ? Avait-elle raté quelque chose ? Elle m'a suggéré d'essayer les sites de rencontres.

– Je le ferai si tu t'y mets toi aussi, ai-je répondu.

Liza Monroy est autrice de livres de souvenirs The Marriage Act *et* Seeing as Your Shoes Are Soon to Be on Fire*, qui tous deux ont trouvé leur origine dans des témoignages écrits pour la chronique « Modern Love ». Elle vit et écrit à Santa Cruz, en Californie. Ce témoignage a été publié en juillet 2012.*

D'un mois de décembre, l'autre : deuil et rédemption

ANNE MARIE FELD

Le jour où ma mère est morte, elle a quitté plus tôt son travail. Programmatrice en informatique à la Chase Manhattan Bank, elle a vu sa journée s'arrêter brusquement car tout le système informatique avait planté, et on avait donné aux employés leur après-midi. C'était fin décembre. Le jour de mes seize ans. Gris, pas de neige, assez froid pour que l'herbe craque sous nos pas, mais assez proche de Noël pour que quelques heures de liberté en pleine journée soient une véritable bénédiction. Ou, dans le cas de ma mère, une malédiction.

Au lieu de profiter de cette aubaine pour aller faire ses achats de dernière minute ou bien se reposer un peu, elle a méthodiquement rangé son bureau, est rentrée à la maison, s'est préparé du café, puis elle s'est pendue dans le garage.

Vingt ans plus tard, mon père continue de dire que, si le système n'avait pas planté, elle ne serait pas morte. Il a peut-être raison. Le travail procurait en effet à ma mère un cadre qui lui permettait de contenir hermétiquement la folie en elle, à l'exception de quelques petites bouffées. L'oisiveté en revanche signifiait le chaos.

Dans tous les souvenirs que je garde de ma mère, elle travaille : elle fait la cuisine, reste debout toute la nuit pour gratter un vieux papier peint, planche sur de gros livres pour préparer son master en droit. Dans nos films de famille, on nous voit, ma sœur et moi, avec nos petits corps et nos membres longilignes, danser et faire de la gymnastique au premier plan, tandis que ma mère rôde à l'arrière-plan, fait la vaisselle ou traverse le champ visuel pour aller s'occuper d'autre chose.

Elle avait beau travailler à temps complet, ma sœur et moi ne faisions absolument rien dans la maison. Celle-ci était impeccablement tenue, loin des tas de bazar et de la poussière qu'on trouve chez moi.

La folie de ma mère s'était infiltrée de manière si discrète que mon père, optimiste jusqu'au bout, n'avait rien vu, et avait cru que les choses se résoudraient d'elles-mêmes. Dans notre maison, on ne demandait jamais aux autres ce qu'ils faisaient, ni comment ils allaient. Et si jamais quelqu'un posait la question, personne ne répondait. Ma sœur et moi mangions seules dans nos chambres, devant un écran de télévision en noir et blanc à l'image vacillante.

Je ne savais pas que ma mère avait tenté par deux fois de mettre fin à ses jours, et jamais je n'aurais pu le deviner. Dans ma tête, les gens qui se suicidaient étaient des fous furieux. Des femmes qui avaient perdu la tête, enfermées dans des greniers où elles gémissaient, agitaient leurs chaînes et, de temps à autre, mettaient le feu à un manoir. Mais elles n'allaient pas faire leurs courses, ni ne déposaient leurs enfants à la piscine en se rendant au bureau.

En prenant des appels sur le téléphone à cadran jaune de la cuisine, j'avais découvert que ma mère consultait une thérapeute qui s'appelait Barbara, et qu'elle essayait de faire passer pour une amie. Mais j'avais deviné. Ma mère n'avait pas d'amies.

J'avais quatorze ans quand elle a commencé à dormir par terre dans le salon et à porter un bonnet de ski gris foncé orné de trois rayures blanches. Elle semblait ne plus rien boire d'autre que du café plein de marc et du vin rouge, dont elle stockait des Cubitainers sous l'évier de la cuisine. Elle m'envoyait à la pizzeria chercher nos commandes, convaincue que les hommes qui préparaient la pâte parlaient d'elle dans son dos.

Tandis que je me traînais à travers ma bulle adolescente, rien ou presque ne m'alarmait dans tout cela. Toutes les familles étaient ainsi. La folie de ma mère gagnait du terrain, elle s'imaginait que nous étions sur écoute, et que son patron essayait de lui nuire. Mais tant qu'il y avait un programme informatique à écrire ou un tapis à aspirer, on pouvait compter sur elle pour s'en charger, et elle s'en acquittait bien.

À force de vouloir tout faire et de mener une vie ordonnée, ma mère, hélas, ratait tous les aspects agréables du quotidien familial, et de la vie en général : rigoler pour des bêtises, s'allonger sur le canapé blotti contre ceux qu'on aime, partager un bon repas, sans parler du plaisir de sentir vos enfants vous grimper dessus en riant à gorge déployée. Sans cela, le quotidien en famille n'est qu'une succession inlassable de tâches ingrates : essuyer des plans de travail et des nez qui coulent, nettoyer des assiettes et des petits corps, plier des draps blancs ou de couleur, encore et encore, jusqu'à l'anéantissement de votre âme.

Le matin de sa mort, je suis sortie de la maison pour attraper le bus de sept heures dix. Ma mère et ma sœur, âgée de douze ans, se réveillaient à peine, installées à leur place sur la moquette grise du salon. Elles m'ont chanté « Joyeux anniversaire », la belle voix grave de ma mère se mêlant à la minuscule voix de soprano de ma sœur.

Huit heures plus tard, je suis redescendue du bus en me réjouissant à l'idée de passer mon après-midi à regarder *On ne vit qu'une fois* et *La Force du destin*. En voyant la voiture de ma mère dans l'allée du garage, j'ai été contrariée. J'ai posé mon sac à dos sur la banquette près de la fenêtre, j'ai caressé les oreilles poussiéreuses du chien, et j'ai appelé :

– Maman ?

Son sac à main était posé sur la table. Je suis allée voir dans toutes les pièces, mais elle n'était nulle part. Puis j'ai ouvert la porte du garage et là, j'en ai eu le souffle coupé.

J'ai refermé la porte, j'ai couru au-dehors et je me suis assise sur les marches de béton glacées du perron en contemplant la rue. Les maisons se succédaient l'une après l'autre le long de la rue incurvée, et toutes avaient un point commun : elles étaient vides. Tous les adultes du quartier travaillaient, et, puisque j'avais pris le premier bus pour rentrer, les autres enfants n'étaient pas encore là non plus.

Je suis restée assise, penchée, les bras autour de mes jambes, le cœur battant un peu moins vite. Enfin, je me suis levée, j'ai ouvert la porte grillagée, je suis rentrée et j'ai appelé la police.

Les jours suivants, mon père, ma sœur et moi nous sommes retrouvés au beau milieu d'une mer tumultueuse. L'épouse d'un ami de mon père m'a acheté une robe pour les obsèques, une monstruosité en velours bordeaux avec des manches bouffantes et une bordure en dentelle.

Un enterrement est toujours un moment difficile ; celui d'une personne qui s'est suicidée met à l'épreuve même les plus solides. Les remerciements formels terminés, ma sœur a essayé d'ouvrir le cercueil en douce, quand personne ne regardait. Mon père l'a arrêtée au moment où elle s'apprêtait à soulever le couvercle.

– Je voulais juste la voir, a-t-elle expliqué d'une voix presque inaudible.

Il nous restait à vaquer à d'autres obligations, ce qui s'est avéré ma première expérience des corvées qui surviennent avec l'âge adulte. Pour la première fois de ma vie, je devais faire une grande fête pour mon anniversaire, on avait loué une salle avec traiteur. Des petits sachets de bonbons roses avec des cœurs argentés s'entassaient dans des sacs, dans le garage.

Mais il n'y aurait pas de fête. J'ai pris mon téléphone et j'ai appelé tout le monde.

– Je suis désolée, mais ma fête d'anniversaire est annulée.

Quand j'en ai eu terminé, une sueur froide me coulait le long du poignet, mouillant ma manche. Je n'avais pas pleuré.

Le jour où la fête aurait dû avoir lieu, je suis allée chez Loehmann avec mon père. La robe choisie par ma mère pour l'occasion était un fourreau de laine grise avec des manches longues. L'employé a dit à mon père qu'ils ne pouvaient la reprendre. Mon père l'a regardé et très doucement lui a dit : « Mais elle est morte. » Ils ont finalement repris la robe.

Dès que j'ai pu, j'ai fui. D'abord à l'université, puis le plus loin possible de Long Island : à San Francisco. Tous les soirs je me tortillais pour enfiler une petite robe noire, un collant et des bottes à plateforme, et je m'approchais le plus près possible des scènes usées où je contemplais des apprentis Kurt Cobain, ou des gars en chapeau *pork pie* qui chantaient des reprises de Louis Armstrong, ou encore je secouais la tête en rythme dans des entrepôts où avaient lieu des raves tandis que des DJ au crâne rasé mixaient et que des centaines de personnes dansaient en s'aspergeant la tête à l'aide de bouteilles d'eau, jusqu'à ce que les premiers rayons du soleil percent timidement à travers les lucarnes crasseuses.

Je payais 365 dollars de loyer. J'avais des économies ; je n'étais pas obligée de travailler, et la stabilité n'était pas ma priorité. Au cours de la décennie suivante, j'allais déménager dix fois, j'aurais treize emplois différents, et à peu près autant de petits amis. J'ai rencontré Dave à un festival de cinéma en faisant la queue pour voir *Better Than Sex*. On a commencé à aller ensemble au cinéma, en choisissant toujours des films avec le mot « sexe » dans le titre. Quelques mois après avoir épuisé le filon de la fornication sans pour autant que nous soyons passés à l'acte, il m'a enfin embrassée sous un lampadaire devant la porte de chez lui. Je portais des bottes noires qui montaient jusqu'aux genoux. Lui, des chaussons en peau de mouton.

Il m'appelait tous les jours. M'écoutait. Souriait beaucoup. Il m'a dit que j'étais belle. A composé des morceaux de rap à la gloire de notre amour. Il voulait parler de tout, de la politique jusqu'à mes règles. Il voulait des enfants. C'était, comme disent les amis de mon père, « un bon citoyen ».

Nous avons trouvé ensemble une maison, un cottage des années 1920 dans une rue aux maisons de style espagnol de toutes les couleurs de l'arc-en-ciel. Nous avons décidé de faire moitié-moitié et commencé les préparatifs du déménagement. Mais en me rendant seule en voiture sous une pluie battante chez le notaire, j'ai paniqué. Je ne voulais pas de la stabilité.

J'ai réussi à me convaincre que Dave était un homme de main qui avait l'intention d'empocher l'argent que j'avais déjà versé pour la maison. L'année que nous avions passée ensemble faisait partie de son plan. J'allais me retrouver sans petit ami et avec un trou de vingt-cinq mille dollars sur mon compte bancaire. Je n'étais qu'à un cheveu de finir seule sur le bord de la route, sans domicile, victime de mes trop grandes ambitions.

Je tremblais quand je me suis garée devant l'office notarial. Pourtant Dave attendait là avec un parapluie, prêt à me protéger sur le trajet de dix mètres qui séparait le bord du trottoir du bâtiment. Huit mois plus tard, en rentrant de notre voyage de noces, il m'a portée dans ses bras jusqu'en haut des marches de notre porche de guingois, puis il a franchi le seuil et est allé s'écrouler sur le canapé bleu dans le bureau. Huit mois plus tard, un bâtonnet blanc en plastique avec une ligne rose nous a appris que nos projets de rénovation allaient devoir attendre.

Lors de ma première visite chez le gynécologue obstétricien, celui-ci a calculé que le bébé devrait naître… le jour de mon anniversaire. J'étais terrifiée à la pensée que ce jour d'infamie serait partagé par la génération suivante. Mes amis voyaient cela autrement :

– Cela va panser tes plaies. Ce sera un renouveau.

Les contractions n'ont pas commencé avant la nuit de Noël, quatre jours après mon anniversaire. Cinquante-six heures après les premières, trois heures après que la péridurale eut cessé de faire effet, j'ai mis au monde ma fille.

Je ne pensais pas à ma mère. Ni à ma sœur, qui se trouvait à la tête du lit et m'encourageait alors que j'avais l'impression que mon corps allait se déchirer. Ni à Dave, qui a vu, des larmes plein les yeux, Pascale sortir de mon ventre. Je ne pensais à rien, je gisais là, en état de choc à force de fatigue et de douleur. Mais quand on m'a enfin ramené ce petit être, avec son corps de poulet, après l'avoir baignée, la première pensée qui m'est venue, c'est qu'elle ressemblait à ma mère.

Anne Marie Feld est autrice et rédactrice. Elle vit en Caroline du Nord avec son mari, ses deux enfants et un chien qui a la taille d'un chat. Ses textes sont publiés dans les colonnes du New York Times, *sur Edutopia, dans de nombreuses anthologies et sont portés à l'écran sur Netflix. Son premier roman,* Grilled, *est disponible sur Amazon, et elle possède un site : www.annemariefeld.net. Ce témoignage est paru en janvier 2006.*

Par-delà le divorce et la mort, promesse tenue

JENNIFER JUST

Ça y est : j'ai enfin terminé de rapporter les affaires de mon ex-mari dans le corps de ferme bondé que nous partagions naguère. Lui ne reviendra pas, mais ses chemises sont à nouveau suspendues dans la penderie, ses boîtes de gadgets et de documents comptables encombrent le grenier et la cave, et les meubles qui ne pouvaient entrer dans la maison remplissent désormais la troisième place de parking dans la grange.

Il y a trois ans, nous avons mis un terme à notre mariage. Corey et moi nous étions perdus de vue, euphémisme pour dire qu'un malaise s'était immiscé dans notre couple, que nos efforts conjugués n'avaient pu résoudre. Nous étions restés amis ; nous n'avions pas de grosses disputes. Dans le fond, notre couple avait bien fonctionné, aussi étions-nous parvenus à discuter longuement de la nécessité de divorcer.

Nous devions penser à nos enfants : Evan, neuf ans, et Cameron, treize – sans oublier dix-huit ans de souvenirs communs. En outre, l'idée de vivre séparés nous désarçonnait. Quand on a vécu l'essentiel de sa vie d'adulte avec une autre personne, on ne sait plus ce qu'on est capable ou non d'entreprendre seul, ce dont on peut ou non se passer.

Ni l'un ni l'autre, hélas, nous n'avions assez d'imagination pour envisager un avenir heureux ensemble. Nous étions moins un couple d'époux que des colocataires habitant sous le même toit.

Nous avions beau très bien fonctionner quand il s'agissait d'éduquer nos enfants, nous ne partagions plus grand-chose, et n'en avions d'ailleurs plus envie. Toutefois, lorsque nous avons décidé de divorcer, nous y avons mis une sorte de condition.

Un soir où nous discutions de ce qui allait se passer après le divorce, Corey et moi nous sommes promis de toujours être présents l'un pour l'autre en cas de situation difficile. Il avait une raison de se faire du souci : il souffrait de sclérose en plaques. Même si la maladie évoluait lentement, la situation était imprévisible, ce qui signifiait qu'à tout moment il pouvait basculer.

– Écoute, lui ai-je dit. Si le pire se produit, nous te ramènerons ici. Tu reviendras tout simplement à la maison.

J'ignore pourquoi il m'a été aussi facile d'ainsi promettre de lui garder une place dans ma vie, et réciproquement. Peut-être avions-nous compris que nous pouvions rester fidèles à une partie de nos vœux de mariage.

Quand enfin la séparation a eu lieu, Corey s'est acheté une petite maison en bord de mer, à vingt minutes de West Haven, dans le Connecticut. Cela en disait long sur ce qu'il voulait et sur ce qu'il avait choisi de laisser derrière lui. Il était de tempérament minimaliste (à l'opposé du penchant qui me poussait à récupérer tout ce qui était bradé, ou à vider les greniers de mes proches), et sa nouvelle maison aux lignes simples dans le style Cape Cod reflétait ses goûts esthétiques. Il y avait peu d'endroits où l'on puisse entasser des souvenirs de famille, beaucoup de place pour ses livres, et la vue sur mer dont il avait toujours rêvé.

J'étais heureuse pour lui, et pour moi aussi, car j'allais pouvoir redevenir la fille désordonnée et compliquée que j'étais par nature sans avoir à culpabiliser. Même les enfants semblaient contents. À présent, ils jouissaient du temps qu'il leur consacrait : des week-ends entiers, et des soirées en semaine rien que pour eux.

En ce dernier 4 Juillet, Cameron, Evan et moi rentrions

d'une excursion à Long Island quand nous avons décidé de téléphoner à Corey. Depuis sa plage, on avait une vue spectaculaire sur tous les feux d'artifice de la région, telle une immense parabole de lumière inondant les côtes des États de New York et du Connecticut.

Il s'est montré enthousiaste à l'idée de notre visite : les garçons lui manquaient, et comme par hasard il avait fait mariner bien trop de poulet. Nous sommes donc passés pour le dîner, et quand la nuit est tombée, nous sommes allés sur la plage assister au spectacle.

Aussitôt, Corey et moi avons retrouvé nos vieilles habitudes, plaisantant avec les enfants ainsi que nous l'avions toujours fait, inventant des histoires, et riant comme nous ne le faisions qu'entre nous.

Mais quand le bruit et les lumières se sont dissipés, l'heure de rentrer à la maison a sonné, ce qui signifiait que chacun devait retourner chez soi. Nous avions en commun une histoire et des enfants, mais cela ne suffisait plus pour faire de nous un couple. Et c'était très bien comme ça. Ce soir-là, nous avions trouvé une manière d'être ensemble qui nous satisfaisait nous, ainsi que nos enfants.

Le samedi suivant, j'ai amené les garçons pour qu'ils passent le week-end avec leur père, et je suis revenue les chercher le lundi soir.

Le mercredi était censé être le jour des parents au camp des garçons et Corey devait nous y rejoindre, seulement il n'est pas venu. J'ai pensé qu'il s'était passé quelque chose, et je n'ai pas voulu le déranger. Mais quand je suis rentrée à la maison, j'ai trouvé dix messages sur mon répondeur téléphonique. Le premier était de la sœur de Corey, elle était en pleurs et me demandait de la rappeler aussitôt.

Leurs parents, ai-je pensé. Il était arrivé quelque chose à leurs parents.

Le deuxième message, hélas, était de la police de West Haven, qui disait vouloir me parler immédiatement. Pas besoin d'écouter la suite.

Corey était décédé la veille, seul dans sa petite maison, il souffrait en effet d'un problème cardiaque que nul n'avait décelé.

Au cours des nuits d'insomnie qui ont suivi, des questions m'ont tourmentée : si nous avions vécu sous le même toit, aurais-je pu le sauver ? Ce divorce était-il vraiment nécessaire ? Aurions-nous pu nous retrouver plus tard, après avoir vécu seuls (trop) longtemps ?

J'aurais pu passer mes journées à m'interroger ainsi, mais je devais m'occuper des garçons. Et très vite, j'ai réalisé que je devais tenir ma promesse faite à Corey.

Certes, en lui disant qu'il pourrait revenir habiter avec nous en cas de gros ennuis de santé, ce n'était pas exactement à ça que je pensais. D'abord, il devait être vivant, et ces questions sans fin concernant ce qu'il fallait garder ou pas auraient dû se poser à lui, pas à moi – lui, qui ne s'embarrassait jamais de ce genre de choses. Ensuite, il était difficile pour moi de définir ce que je devais conserver de cet homme que j'avais fait sortir de ma vie. J'avais défait les liens qui tissaient ensemble nos existences et, à présent, je devais à nouveau nouer ces liens.

J'ai remis au mur les photos de famille que j'avais retirées après son départ. J'ai réservé des étagères pour ses livres, afin que les garçons sachent ce qu'il lisait. Ses CD ont eu droit à une étagère aussi, près de la chaîne stéréo. Je me devais de ressusciter sa présence dans la maison. Comment montrer qu'il avait vécu là, autrement ? Que, dans une certaine mesure, il est toujours là ?

Je possède des heures de vidéos familiales, un jour j'y mettrai de l'ordre. Mais je dirai la vérité à mes enfants au sujet de notre couple (il existe des signes avant-coureurs de l'effondrement de nos relations dans certains échanges enregistrés), ou peut-être m'aviserai-je d'en tirer une version plus digeste ? Là aussi, c'est à moi d'en décider, et à moi seule.

Le ramener à la maison signifiait aussi fermer la sienne, en bordure de plage, gérer ses finances, retrouver les amis éloignés qui n'avaient aucun moyen de savoir qu'il n'était plus là, et aussi nettoyer tous les aspects de son existence.

J'ai pensé qu'il serait plus facile de le réincorporer dans notre vie si je ramenais peu à peu ses affaires, carton par carton, au fil des semaines. C'était une bonne idée de prendre mon temps et d'avoir tout fait seule, parce qu'en rangeant, j'ai trouvé des choses qu'il aurait sans doute préféré ne pas montrer aux garçons : des preuves de l'existence de la femme qu'il ne leur avait pas encore présentée, des gadgets pornos offerts par ses collègues de bureau.

J'ai une âme d'archiviste, aussi ai-je considéré l'éventuelle valeur historique de chacun de ces objets. Cela disait-il quelque chose de Corey ? Son amie avait beaucoup compté dans sa vie : ce n'était pas correct de vouloir effacer sa présence.

Le mois dernier je suis allée pour la dernière fois chez lui, afin de tout nettoyer avant que les nouveaux propriétaires ne prennent possession des lieux. J'ai récuré la salle de bain, le réfrigérateur, les sols et les murs avec une minutie qui ne me ressemble guère et qui l'aurait fait rire.

Une dernière fois, je me suis assise dans le couloir du premier étage où il est mort et, comme par le passé, j'ai tenté d'imaginer ce qu'il avait vu dans ses derniers instants. J'aime à penser que son regard s'est posé sur une image qu'il pouvait emporter avec lui dans l'autre monde. Dans ce cas, ses yeux pouvaient avoir accès à une photo en noir et blanc accrochée à l'extérieur de son bureau, montrant les garçons âgés de quatre et sept ans, en tenue de pirates, l'air menaçant comme pour dire : « Venez donc nous chercher ! On vous attend ! »

Bien sûr, à l'époque, c'était un jeu.

J'espère que Corey a pu emporter cette image avec lui. J'ai gardé ses affaires, j'espère que lui aussi a pu conserver au moins cela.

J'ai terminé. Retiré des morceaux d'ongles du lavabo et des cheveux argentés de la douche. Des feuilles de persil égarées dans le bac à légumes. Rangé quelques objets oubliés : une tapette à mouches, des cintres, des chaussettes.

J'ai tout rapporté chez moi, la voiture pleine à craquer de ce qui subsistait de mon ex-mari.

C'est une douleur et un honneur d'avoir été malgré l'échec de notre mariage la personne qui a compté le plus dans la vie de Corey.

Bien sûr, nous menions désormais des vies séparées. Certes, il avait une compagne à qui il aurait sans doute présenté les enfants un jour. Pourtant, à la fin, c'est moi qui ai vidé sa maison, sauvé les objets de valeur, et refermé la porte de son existence. N'espérons-nous pas tous qu'il y ait pour nous une telle personne qui, un jour, saura quoi faire de nos affaires et sentira qu'elle en a le droit et le privilège ?

Dix mois après la mort de Corey, les garçons poursuivent leur existence avec courage, peut-être ont-ils hérité du sang-froid de leur père. Et j'ai tenu la promesse que je lui avais faite à l'époque où nous croyions tous deux qu'il vivrait assez longtemps pour devenir infirme : je l'ai ramené chez lui.

Jennifer Just vit à Woodbridge dans le Connecticut. Elle écrit actuellement un livre sur son arrière-arrière-grand-père, George B. Swift, qui devint maire de Chicago en 1893 après un assassinat, deux bagarres à coups de poing et trois élections. Ce témoignage a été publié en juin 2005.

La troisième moitié du couple

HOWIE KAHN

C'est un grand jour pour moi : une invitation pour le petit déjeuner, et c'est moi qui cuisine. J'ai écumé le marché et rapporté le meilleur de tout : des oranges pour le zeste, des poires à rôtir, du vinaigre balsamique, du fromage de chèvre et, pour donner plus de profondeur au goût de mon pain perdu, des gousses de vanille mexicaine bio. J'ai même râpé de la cannelle. Voilà ce qu'on fait quand on a des invités de marque.

Après avoir achevé mes préparatifs en cuisine, je dresse la table (je plie les serviettes comme au restaurant), j'installe un bouquet de pivoines roses, je prends ma douche en vitesse et j'enfile un vieux tee-shirt noir et un jean déchiré. À onze heures pile, la sonnette retentit.

Je vais ouvrir, et ils sont là, mes invités de marque : empressés, radieux et, surtout, mariés.

Je sais que cette description laisse présager une rencontre un peu olé olé, pourtant, il n'y a là rien de sexuel. Il ne s'agit pas d'un plan à trois. Mes invités, Cory et Jake, sont fidèles l'une à l'autre, et je n'ai pas l'intention de changer cela. Bien au contraire, ma stabilité dépend de celle de leur couple : il est vital pour moi qu'ils restent ensemble afin que je puisse les suivre là où ils vont et participer à leurs activités. Pour dire les choses simplement, je suis la troisième moitié de leur couple.

C'est un rôle qui m'a échu dès le début. Quand je suis arrivé à New York pour faire mon troisième cycle universitaire, Cory, une amie de fac, vivait déjà sur place et, par chance, elle cherchait un colocataire. J'ai emménagé aussitôt et, très vite, j'ai fait la connaissance de Jake, son nouveau petit ami.

Il faisait une pause dans sa carrière dans la finance, et quant à moi, j'avais cours deux fois par semaine, si bien que nous passions beaucoup de temps ensemble, pour l'essentiel à nous lancer des balles de tailles diverses.

Environ un mois avant que Jake ne demande Cory en mariage, il est venu me voir dans ma chambre – mitoyenne de celle de Cory – et il m'a tendu une petite boîte laquée.

– Tiens, tu peux garder ça pour moi ? m'a-t-il dit tout simplement.

J'ai regardé l'écrin, et j'en suis resté bouche bée. Mes yeux se sont embués.

Tout fier de lui, Jake m'a autorisé à l'ouvrir, ce que j'ai fait avec le plus grand soin : la bague scintillait de tous ses feux, parfaite et étonnamment grosse.

– Je ne veux pas que Cory la trouve. Donc si tu veux bien t'en charger pour le moment, je te la donne.

– Oui, ai-je murmuré, en rangeant le diamant dans mon tiroir, par-dessus ma calculatrice graphique.

Peu de temps après, Jake a emmené Cory dans une ferme-auberge en Pennsylvanie où il lui a fait sa demande, et comme moi avant elle, elle a dit oui. Au retour de leur voyage de noces en République dominicaine, il est devenu évident que la vie conjugale nous convenait à merveille à tous les trois. Cory et Jake remplissaient leurs besoins mutuels ; leur couple comblait les miens.

À ce stade, ils avaient leur propre maison, mais il y avait toujours une place pour moi à leur table (et ce à une époque où je ne possédais aucun meuble et m'achetais rarement à manger). Cory m'invitait pour discuter de livres et de films. Jake m'emmenait jouer au basket avec ses amis. Cory et moi allions au théâtre et au musée. Jake et moi, voir les matches de hockey sur glace des Rangers, et nous suivions ensemble la Coupe du monde. Cory me donnait des conseils pour colmater la faille de plus en plus grande qui me séparait de toutes les autres femmes de la planète. Jake y veillait aussi.

Nos relations étaient parfaites, nous avions une routine domestique très saine. Nos dîners et conversations duraient toute la nuit. Souvent, Cory s'endormait en cours de route, et je m'éclipsais sans bruit, satisfait et aimé. Il ne m'a pas fallu longtemps pour arrêter complètement de fréquenter des filles. Cela me paraissait inutile puisque j'étais déjà inclus dans une union solide.

J'ai toujours désiré ce genre de régularité, j'ai toujours aspiré à avoir un ancrage. Mais cela n'a jamais été simple. Je n'ai jamais été un séducteur, et je ne suis pas à l'aise avec les rituels contemporains, dès lors qu'ils exigent autre chose que de déposer ma carte auprès d'une tante replète et corsetée.

Je suis en quelque sorte anachronique, plus à l'aise dans la quête de moments d'intimité émotionnelle que dans l'enchevêtrement des corps, des heures durant, avec des inconnues aux cheveux sentant la cigarette. Cela, s'ajoutant aux règles rigoureuses qui régissent les relations entre les femmes et les hommes, m'a poussé à des extrêmes néfastes – et même jusqu'à l'hôpital.

Il y a quelques années, j'ai souffert de maux d'estomac chroniques. À l'époque, le phénomène poursuivait son propre cycle de vie : gargouillis, rétention, grondements, et même quelques petites éruptions bouillantes au fond de ma gorge. Voilà la réaction de mon corps face à une femme brillante et très chic mais inaccessible – pendant un moment, je n'ai vécu que pour elle.

Dans la salle d'examen, le médecin m'a palpé le ventre, puis il a écouté mon cœur au stéthoscope.

– Le cœur a l'air en bon état. Très solide, a-t-il conclu.

Je n'étais pas surpris. Les femmes ne s'attaquent pas à mon cœur avant d'avoir lacéré mes entrailles. Je le lui ai dit. Il a acquiescé par sympathie, puis m'a renvoyé avec une ordonnance pour un laxatif.

Après mon hospitalisation, j'ai commencé à fréquenter d'autres femmes. Le résultat, hélas, s'est soldé par de nouveaux symptômes gastro-intestinaux, qui me faisaient arriver à mes rendez-vous en retard, l'air un peu perdu et le teint verdâtre. Alors que je me préparais, mon estomac commençait à faire des nœuds. Il me fallait au moins vingt-cinq minutes pour réussir à me calmer. Ou quinze avec un Xanax. Ou cinq en enfonçant les doigts dans ma gorge.

Cory et Jake s'avéraient un remède bien plus efficace que les autres (pastilles contre les crampes d'estomac, psychothérapie, Julie Delpy dans *Before Sunrise*) me montrant que l'amour pouvait, pour un temps, n'être que douceur. Aussi me rapprochais-je d'eux, sans plus vouloir chercher ailleurs quoi que ce soit. C'était comme une nécessité biologique qui permet aux petites créatures de trouver protection et nourriture auprès d'une plus grosse.

Toutefois, même si ma présence allait de soi et était toujours bienvenue, j'aurais dû parfois les laisser tous les deux. Je pense à ces dîners aux chandelles où Cory, prise en sandwich entre Jake et moi, avait l'air d'être bigame, ou à cette visite au zoo du Bronx où nous avons tous pris des cônes glacés et, à ma demande, emprunté quatre fois le Skyfari.

À un moment, j'ai remarqué des babouins qui faisaient des roulades sur une pente herbeuse en contrebas : ils étaient trois qui dévalaient la colline. Arrivés en bas, deux d'entre eux, main dans la main, ont commencé à remonter, tandis que le troisième repartait de son côté.

Les primates n'étaient pas les seuls à m'adresser des signes. Cory et Jake avaient eux aussi un message à me transmettre. Je ne sais plus exactement comment ils s'y sont pris. M'ont-ils annoncé au cours d'un dîner qu'ils allaient partir vivre dans une autre ville ? M'en ont-ils informé sous un lampadaire alors qu'il commençait à pleuvoir ? M'ont-ils envoyé des œillets avec un message ? Je n'en sais rien.

Quoi qu'il en soit, la nouvelle de leur déménagement de New York à Portland (dans l'Oregon ! Même pas le Maine !)

est rentrée par une oreille pour ressortir par l'autre, comme lubrifiée par sa propre absurdité. Après avoir été bienheureusement à l'abri pendant si longtemps en tant que troisième roue du carrosse, je n'ai rien voulu entendre, ou ne l'ai pu car je ne parlais pas couramment le langage de la rupture et de l'anxiété sociale.

Partir ? Déménager ? Au revoir ? Tous ces mots me semblaient dépourvus de sens, comme s'ils sortaient d'un livre en ourdou, ou d'une chanson de Kelly Clarkson.

Le soir où Cory et Jake sont partis, j'ai pleuré si fort que j'en ai fait une crise de tétanie pour la première fois de ma vie. Comme je n'avais pas de sac en papier sous la main, je me suis enfoncé un gant de toilette déjà utilisé dans la bouche, pareil au mors d'un cheval, puis j'ai craché mes poumons.

Quand enfin j'ai réussi à reprendre mon souffle, et retiré le gant de toilette de ma bouche (il m'a laissé des petits fils entre les dents et sur la langue), je me suis mis à trembler sur le sol de la salle de bains, les genoux ramenés contre ma poitrine. J'ai dit à haute voix : « Mais putain, qu'est-ce qui ne va pas chez moi ? Les gens déménagent tout le temps. Il faut l'accepter. »

Sauf que j'en étais incapable, alors j'ai appelé mon père :

– Qu'est-ce qui ne va pas chez moi ? lui ai-je demandé.

– C'est difficile quand on te retire d'un coup ton filet de sécurité. Ça fait mal.

À ce stade – il était deux heures et demie du matin – j'ai glissé deux pilules de mélatonine sous ma langue.

Mon père a marqué une pause :

– Être seul un moment, ça va probablement te faire du bien.

L'instant d'après, le soleil s'était levé, et j'avais la figure tout engourdie, striée par le climatiseur que j'avais utilisé comme oreiller.

J'avais toujours su qu'un divorce me briserait, me ferait passer par-dessus bord, me forcerait à me laisser pousser la barbe, à entrer dans une secte, à rêver de spectres. Pourtant, je ne m'étais pas marié, alors je ne pouvais laisser les choses se dégrader à ce point. Et puis je pouvais lutter, non? Moi aussi je pouvais déménager à Portland.

J'y ai vraiment songé: quitter New York, me mettre au muesli. J'apprendrais à recycler, m'affublerais de Gore-Tex et passerais des week-ends à me balader dans des alpages remplis de baies sauvages. Dans l'Oregon, je pourrais préserver mon mode de vie de célibataire endurci sans risque.

D'un autre côté, ce serait pathétique et lâche. Même le babouin du zoo avait eu la force de s'en aller tout seul, et il était censé être mon inférieur à l'échelle de l'évolution.

J'ai décidé de me concentrer sur ma convalescence. Rilke, la vodka Grey Goose et la glace Häagen-Dazs à la mangue ont joué un rôle déterminant. Mais le vrai choc salutaire est venu de ce que je considère à présent comme une source de guérison alternative: les sites de rencontres (une idée de Cory).

Je n'ai pas accepté de rendez-vous tout de suite, mais la surprise de recevoir autant d'attention de la part de parfaites inconnues qui se basaient uniquement sur ma photo m'a beaucoup remonté le moral. J'ai même commencé à penser qu'il existait peut-être une fille sortant du lot qui pourrait m'offrir autre chose qu'un ulcère. Ce soudain retour de foi n'a pas exactement débouché sur le bonheur conjugal, n'empêche, c'était un progrès, une chance de me remettre dans la course.

J'allais rebondir, ai-je soudain réalisé, et cette découverte méritait une récompense. Alors j'ai décidé de m'offrir un petit voyage. À Portland, bien sûr.

Howie Kahn est pigiste au Wall Street Journal Magazine, *coauteur de* Sneakers, *dans la liste des best-sellers du* New York Times, *et auteur de* Becoming a Private Investigator. *Il est par ailleurs chroniqueur dans «Prince Street», un podcast sur la nourriture et la culture écouté dans plus de deux cents pays. Ce témoignage est paru en octobre 2005.*

J'avais seize ans, je l'ai abandonné à la naissance
pour qu'il soit adopté.
Ai-je droit à une seconde chance ?

MEREDITH HALL

J'ai reçu ce coup de téléphone en mai.

– Bonjour, je m'appelle Ann Hurd. Je travaille auprès des tribunaux du New Hampshire. Je voudrais que vous vous asseyiez. Votre fils est à votre recherche.

J'espérais cet appel depuis vingt et un ans, et il est arrivé comme dans un rêve par un jour de printemps ordinaire.

– Tout ira très lentement, a-t-elle expliqué. Cela peut avoir de grosses répercussions sur l'enfant comme sur la mère.

– Je suis prête à présent. J'attends cela depuis des années.

– D'abord vous allez vous écrire des lettres par mon intermédiaire. Ce serait dévastateur pour l'enfant d'être abandonné une seconde fois.

– Je ne pourrai jamais l'abandonner à nouveau.

– Pourtant ça arrive souvent.

– Où est-il ?

– Je ne peux pas vous le dire encore.

– Pouvez-vous me donner son prénom ?

Je me sentais comme coupée de ma voix.

– Il s'appelle Ron.

Choc électrique. Mon fils avait un nom !

– Votre fils est extraordinaire. Ron est un jeune homme sensationnel.

Trois semaines plus tard, une lettre est enfin arrivée par l'entremise d'Ann. Dans l'enveloppe, se trouvait une photo : c'était la première fois que je voyais à quoi ressemblait mon fils perdu. Elle était floue, en noir et blanc, il n'empêche, c'était bien Ron : sérieux, la mâchoire prononcée, le regard brillant d'intelligence.

« Chère Meredith. Je ne sais pas quoi dire. Je ne sais pas comment m'y prendre. Ron. »

Sur la page, son écriture était penchée, pressée. J'ai rangé ce mot dans ma poche, et je l'ai lu, et relu, et relu, tout en regardant sa photo.

Ann a appelé et m'a donné ce conseil :

– Répondez-lui tout de suite. Il a très peur. Posez-lui des questions.

« Cher Ron. Je m'appelle Meredith Hall. Je vis à East Boothbay, sur la côte, dans le Maine. J'ai un fils de dix ans, Morgan, et un autre de sept ans, Zachary. Nous avons des moutons, des poules et un grand jardin. Parle-moi de ta famille. Comment est ta chambre ? Dis-moi ce que tu aimes faire. Je veux que tu saches que je t'ai toujours aimé. »

Ann a censuré les informations trop explicites de nos lettres, qui apparaissaient ainsi :

« Je m'appelle Meredith ——. Je vis à ——, sur la côte dans ——. »

« Je m'appelle Ron ——. J'ai grandi dans une ferme à ——, dans le sud du ——. Ma mère et mon père, —— et ——, me soutiennent et m'aiment profondément. »

Petit à petit, nos mystérieuses vies ont pris forme. Cinq mois plus tard, Ann a organisé une rencontre.

Il était dix heures du matin, le 18 octobre, quand Ron est arrivé dans l'allée de ma maison. Il m'a jeté un coup d'œil rapide, tandis que j'attendais debout sur les marches du perron. Je voyais ses cheveux blonds bouclés. Il a coupé le moteur de sa voiture, et cette fois, nos regards se sont croisés. Il était mince, athlétique, beau. Mon fils. Ce n'était plus un enfant, mais un jeune homme en jean, avec un pull à rayures et des mocassins usés. Il est venu vers moi, ses pas ont fait crisser le gravier. Il avait les dents du bonheur comme mon père, d'une blancheur éclatante. Chaque jour, depuis vingt et un ans, j'avais imaginé cette scène. Jamais je n'avais su ce que je ferais alors, et je ne le savais pas davantage en cet instant. J'étais à la fois pétrifiée de joie et de chagrin, car il était là, désormais adulte, tandis que j'approchais la quarantaine – toutes ces années à jamais perdues. Je lui ai tendu les bras, je l'ai serré contre moi, cet étranger, mon fils, magnifique, radieux, terrifié et souriant.

Nous ne sommes pas restés ainsi longtemps, car nous étions timides, et nous ne nous connaissions pas. Nous avons marché vers le perron, et nous sommes restés là, à un mètre de distance, face à la rivière, la vue portant jusqu'à la côte du Maine. Je n'arrivais pas à trouver la question qui ferait démarrer notre vie commune. J'avais pourtant envie de lui demander : « As-tu senti chaque jour mon amour ? Combien tu me manquais ? Sais-tu à quel point je suis désolée ? As-tu été aimé ? As-tu été heureux ? Me pardonneras-tu ? »

Tout ce que j'ai réussi à dire, c'est :

– Tu te plais à l'université du New Hampshire ?

– Oui.

Voilà le premier mot qu'il m'a dit. Sa voix était douce et profonde.

– Tu es en quelle année ?

– Eh bien, j'avance, il me reste deux ans.

Il était tendu, sur la défensive. Il avait le visage ouvert, d'énormes yeux bleus écartés. Une cicatrice sur le menton. Il était très sérieux. Il s'est tourné vers moi et m'a soudain souri. Il avait des fossettes semblables à celles de mon frère. Nous avons échangé un sourire, et à nouveau nous nous sommes tournés vers l'océan dans un silence écrasant.

– Veux-tu aller te promener ? lui ai-je demandé.

J'éprouvais un bonheur profond, qui transformait mon chagrin ancien en un état de confusion insensé. Nous avons pris le chemin de terre jusqu'à la rivière, nous disions tout ce qui nous passait par la tête, et la conversation avançait par bonds à mesure que nous essayions de reconstruire les années perdues.

– Voici l'arbre du hibou, lui ai-je dit. J'ai deux fils, Morgan et Zachary. Ce sont tes frères.

J'ai vu Ron se tendre soudain, puis reprendre tranquillement le rythme de notre marche.

– Ils viennent chercher les pelotes, et nous les disséquons ensuite.

– Ma mère m'autorise à sécher les cours pour aller avec elle à la pêche.

Ma mère. J'ai repris ma respiration. Évidemment. Il avait deux mères.

Nous nous sommes assis sur un vieux banc au-dessus des algues ondulantes, nous parlions à toute vitesse. Je savais qu'il allait repartir dans l'après-midi, et j'ignorais si je le reverrais un jour. Il devait se demander si j'en avais envie. À un moment, nous nous sommes mis à rire. Par deux fois, il a dit : « Je ne l'ai jamais raconté à personne… »

Nous avons gravi à nouveau la colline, et je lui ai montré le bas de notre joli petit promontoire.

– Tu veux voir la chambre de tes frères ?

– Oui, a-t-il répondu calmement.

Dans les chambres ensoleillées, il a jeté un coup d'œil aux jouets, aux livres, à la vie de ses frères avec moi ici, où ils étaient aimés, en sécurité, et n'avaient jamais été abandonnés. Nous sommes retournés à la cuisine. Tout en mangeant des sandwiches au thon, nous avons repris nos récits, la joie de ce moment était tel un lac au milieu de notre chagrin.

– Veux-tu que je te parle de ton père ?

Il s'est figé, image de cette première rencontre que jamais je n'oublierai, et de son puissant besoin d'appartenance.

– Tu lui ressembles, ai-je dit. J'avais seize ans, il était à l'université. Nous nous sommes rencontrés à la plage. Il est venu me voir après ta naissance, pendant cinq ou six ans, il venait et ne posait jamais de questions.

Je l'ai vu qui luttait pour intégrer ces informations à son identité de jeune homme.

– Ça n'a pas d'importance, s'est-il contenté de dire.

Il m'a laissée le serrer contre moi lorsque nous nous sommes dit au revoir près de sa voiture. Le mercredi, il a appelé pour prévenir qu'il reviendrait le dimanche.

– Est-ce que les garçons pourraient être là ? a-t-il demandé.

J'étais émerveillée par son courage. C'était le commencement d'une nouvelle famille.

J'étais par ailleurs pétrifiée de culpabilité vis-à-vis de mes deux plus jeunes fils, car je leur demandais d'assumer les conséquences de ma propre histoire. Jamais ils n'ont montré de réticence. Quand je leur ai appris qu'ils avaient un grand frère, ils l'ont tout de suite accepté. La première fois qu'ils ont vu Ron, ils se sont plantés devant lui avec un grand sourire. Ils lui ont grimpé dessus en riant, comme des singes, ont exploré chaque centimètre de lui, ont appuyé partout, lui ont enlevé ses chaussures, ses chaussettes, ont étudié ses orteils, ses mains, son dos, les comparant aux leurs. Ils ont même regardé dans sa bouche. Quand ils se sont assis sur le canapé, Morgan a passé le bras autour des épaules de Ron, et Zachary s'est glissé sous son aile de l'autre côté. Ron a pris l'habitude de venir tous les dimanches, puis des week-ends entiers, puis pour de plus longs séjours pendant l'été. J'étais sidérée par la capacité de mes deux jeunes fils à l'accueillir, à me partager avec lui.

À son tour, Ron m'a présenté sa famille.

– Voici ma mère, Rose. Voici mon autre mère, Meredith.

Il ne m'appelait pas «maman» comme Morgan et Zachary. Il avait une maman, il avait aussi une sœur, Tammy, adoptée à l'âge de deux ans. Il avait également un père, Hank. Fait incroyable, Rose et Hank m'ont accueillie comme s'ils étaient heureux que je sois revenue dans la vie de Ron. J'avais l'impression de leur avoir volé leur fils.

Ces mois ont été remplis de confusion, de bouleversements, mais souvent des éclats de rire résonnaient dans la maison. Et nous avons pleuré. Nous nous ressourcions dans l'amour profond que nous éprouvions, puis nous repartions, blessés ou désespérés. Certains jours, nous avions besoin d'être rassurés sur le fait que, cette fois, c'était pour de bon. D'autres jours, nous nous battions pour conserver ces vies qui jusque-là fonctionnaient plutôt bien. Parfois, nous ne parvenions pas à contenir tout ce qui avait été perdu.

Je n'avais jamais parlé à mes amis de cet enfant. Le chagrin et la honte de l'avoir abandonné à seize ans ne m'avaient jamais quittée, mais c'était une chose totalement intime. À présent, ils me disaient que Morgan et Zachary ne devraient pas avoir à payer le prix de mon histoire passée. «Vous êtes en train de me dire que je devrais à nouveau abandonner mon fils ?» Oui, confirmaient-ils. Ce n'est pas juste pour tes autres enfants. Par chance, un ami plus âgé n'était pas d'accord :

– C'est ton fils. Ne les écoute pas. C'est un miracle. Un conte de fées qui se termine bien.

À nouveau est arrivé le 18 octobre, le premier anniversaire de nos retrouvailles. Nous avions trouvé notre rythme. Les émotions intenses s'apaisaient. Mon ami avait raison : c'était un miracle, un conte de fées, même si chaque jour semblait fragile, comme si tout risquait de disparaître dès que nous aurions le dos tourné. Pourtant, le passé reculait, notre nouvelle famille tenait le coup. J'avais retrouvé mon fils ; il avait retrouvé sa mère.

Pour marquer ce jour, je lui ai offert ma petite chouette en terre cuite, le seul objet que j'avais conservé de l'époque désastreuse qui avait suivi sa naissance.

– C'est pour que chaque jour tu te souviennes que tu auras toujours une place dans ma vie.

Il m'a donné un gland :

– Ma deuxième naissance, a-t-il dit d'une voix douce et remplie d'espoir.

Il n'y avait pas de règles à suivre dans pareille situation, pour apprendre à nous connaître après avoir passé toute une vie l'un sans l'autre. Nous ne pouvions écrire l'avenir. Nous formions une famille. Nous nous aimions. Nous avions besoin l'un de l'autre. C'était là la seule voie à suivre.

Meredith Hall vit dans le Maine, sur la côte. Son premier roman, Here, *a été publié à l'automne 2019. Ce témoignage est paru en mars 2005.*

Quand le gardien d'immeuble devient l'homme essentiel de votre vie

JULIE MARGARET HOGBEN

C'était l'été à Manhattan, il était presque minuit et l'air était suave dans l'Upper West Side. Nous avons tourné à l'angle d'Amsterdam Street. Nous avions bu un verre et ça s'était bien passé. En me raccompagnant, il m'a pris la main. Un peu soûle, je me suis arrêtée près d'un escalier et je lui ai dit :

– Tu ne peux pas monter.

– Je n'en avais pas l'intention, a-t-il dit d'un air rusé en me prenant par la taille pour m'attirer à lui. Mais j'ai envie de te revoir.

Il a souri et je lui ai renvoyé son sourire.

– Ce que je veux dire, c'est que si tu veux m'embrasser, il faut le faire maintenant.

Nous étions encore loin de chez moi.

– Je croyais que tu habitais au niveau du numéro 90 ? a-t-il dit en tordant le cou pour regarder les panneaux.

– Oui, en effet – j'ai commencé alors à bégayer une explication –, oui, c'est vrai, mais tu vois, il sait que c'est notre premier rendez-vous et il y a la fenêtre, il voit dehors, et parfois il attend. Et si je rentre trop tard, il s'inquiète.

– Qui ça ? a-t-il demandé, l'air inquiet. Qui peut nous voir ?

– Eh bien… ai-je bredouillé.

– Ton petit ami ?

– Non.

– Ton père ?

– Non, non. C'est difficile à…

– Ton mari ? Tu es mariée ?

J'ai soupiré et haussé les épaules, commençant à flipper et à tout gâcher. J'ai repris ma respiration :

– Le gardien.

Guzim, le gardien de l'immeuble, et moi avions noué une amitié comme il en existe souvent à New York entre les femmes qui vivent seules et ces hommes qui sont là pour leur servir de gardiens, de gardes du corps, de confidents et de figures paternelles ; ces hommes qui protègent et qui apportent bien plus que de simples colis et repas à livrer, non pas parce que ça fait partie de leur travail, mais parce que ce sont des hommes bons.

« Il ne me plaît pas », a dit Guzim à propos d'un type avec qui je commençais à sortir deux mois plus tard. Il me l'avait murmuré dans l'interphone. Je suis arrivée dans le hall, et je les ai vus dehors, mon gardien et l'homme avec qui je sortais, qui bavardaient et riaient sur le trottoir. L'homme s'est retourné pour éteindre sa cigarette, et Guzim en a profité pour me lancer un regard : il avait déjà jaugé l'affaire, et il était sur ses gardes.

En m'éloignant avec l'homme en question, je me suis retournée pour faire au revoir à Guzim. Je l'ai vu secouer la tête. J'ai levé les yeux au ciel. Qu'en savait-il ? Que pouvait-il avoir appris en seulement dix minutes de bavardage ?

Cet homme s'est avéré séduisant et drôle, il parlait un hébreu parfait, et menait une vie de patachon. Aussi ai-je accepté d'aller boire un deuxième verre, et je l'ai revu plusieurs fois à mesure que l'automne avançait. J'ai toujours été attirée par les mauvais garçons.

Guzim, lui, n'était pas comme ça. Il était gentil, bien élevé, les cheveux gris, un mélange entre Cary Grant et George Clooney. Né en Albanie vers 1945, il venait d'une famille de militaires et son père avait naguère été général. Il avait dix-neuf ans quand la police secrète d'Enver Hodja était venue arrêter les siens, qui avaient été internés dans un camp, accusés de trahison.

Pendant vingt ans, il avait ainsi subi les travaux forcés sur une exploitation agricole, qui n'était pas sans rappeler le goulag stalinien. «Toute ma jeunesse», m'a-t-il dit un jour. Jamais il ne s'était marié. Jamais il n'avait eu d'enfants.

À trente-neuf ans, il avait enfin été libéré, et sa famille avait obtenu l'asile politique aux États-Unis. Il avait trouvé un emploi de gardien d'immeuble en uniforme à New York. Chaque fois que je lui demandais comment il allait, quelles que soient l'heure ou la journée, invariablement, il répondait: «Je n'ai pas à me plaindre.»

C'était son mantra.

Le soir d'Halloween, la même année, je suis rentrée seule. Je ne parvenais pas à dormir et j'étais allée à la pharmacie de nuit. En pyjama et bottes fourrées, j'ai gravi les marches du hall, un sachet blanc dans ma main crispée.

À l'intérieur, un test de grossesse.

Guzim était assis sur son tabouret habituel, à moitié droit à moitié avachi, et il a levé les yeux de son *New York Post*.

– Oui? a-t-il dit.

– Hein? Rien.

– Qu'y a-t-il?

– Rien.

Je suis passée devant lui en brandissant le sachet blanc.

– Mal de tête. Doliprane.

– Non, a-t-il répondu d'un ton fatigué en secouant la tête et il a replié son journal.

Je ne pouvais le duper. Je me suis arrêtée et j'ai regardé autour de moi. Personne. Super. Il était minuit passé, alors j'ai fait demi-tour.

– Je crois que… je ne sais pas…

Je me mordais la lèvre.

– Je n'ai pas eu… vous savez.

Mon visage s'est crispé et j'ai fondu en larmes.

Guzim a attendu, puis il m'a demandé :

– L'Israélien ?

– Oui ! En plus je n'ai même pas envie de le revoir, ai-je ajouté en essuyant mes larmes. C'est un menteur. Je ne peux pas passer le reste de ma vie avec lui.

– Alors ne le faites pas, m'a dit Guzim en redressant les manchettes de son uniforme.

Nous sommes restés ainsi à parler pendant deux heures. J'étais désespérée. Je croyais avoir fait attention, j'avais compté les jours, fait mes calculs, je m'étais protégée – la plupart du temps.

– Comment est-ce arrivé ? ai-je bêtement demandé.

– Comment ? a répété Guzim avec un sourire ironique. Allons. C'est la vie.

Deux semaines plus tard, j'ai appris la nouvelle au père. Il a paru ravi et terrifié. Quelques semaines plus tard, il m'a même demandée en mariage. J'ai poliment décliné sa proposition. Il ne voulait pas être père. Pas vraiment. Nous n'avions pas envie de nous marier. Nous le savions bien tous les deux.

J'ai dit que j'élèverais le bébé seule, et qu'il pouvait participer autant qu'il le souhaiterait. Il était libre, tant que nous évitions les drames et que nous restions en contact. Tous les trois nous serions amis, même si nous ne pouvions former une famille. Il a accepté.

Trois mois plus tard, ma grossesse commençait à se voir et j'ai annoncé la nouvelle à mon entourage. Mes parents, catholiques, mariés depuis plus de quarante ans, avaient peur pour moi, car j'allais élever seule cet enfant. Je ne pouvais les blâmer. Mes amies – en couple ou célibataires, avec ou sans enfants – dans l'ensemble me soutenaient. Mais je suis devenue l'objet de commérages : qui était le père ? Est-ce que je l'avais largué ou bien était-ce lui ? Questions peu surprenantes, qu'on me posait parfois directement, mais pas toujours.

Heureusement que dans le hall, il y avait Guzim, qui n'avait aucun intérêt dans cette histoire. Je n'étais ni sa fille, ni sa sœur, ni son ex. Je n'étais pas non plus son employée ou sa patronne. Nous ne fréquentions pas les mêmes amis. Six jours par semaine, il surveillait l'entrée de l'immeuble, à la fois détaché, mais avec suffisamment d'empathie pour être l'ami parfait qui ne s'inquiète pas trop, ni n'a pitié de vous.

C'est lui qui a signé le reçu quand le berceau est arrivé, ainsi que les grenouillères, les biberons et les paquets de couches. C'est lui qui chaque jour me demandait comment j'allais. L'Israélien venait me rendre visite une fois de temps en temps.

Pendant ces neuf mois, Guzim et moi, nous avons longuement parlé, et sa perspective cosmopolite m'a beaucoup réconfortée : plus européenne que new-yorkaise, plus guerre froide que vingt et unième siècle, et surtout ancrée dans la gratitude. Sa posture n'admettait aucune faille. Il respectait totalement mon choix et protégeait à la fois ma dignité et mon estime de moi-même. J'étais encore jeune, me rappelait-il. J'avais bien le temps de rencontrer un homme et de me marier. J'avais un master, un métier, de l'argent de côté.

Alors qu'est-ce que ça pouvait bien faire que je ne sois pas mariée ? Regardez le monde. On avait vu pire au cours de l'histoire. Je vous en prie. Tout irait bien. Ce bébé était un cadeau.

En août, alors que j'étais partie en week-end, j'ai perdu les eaux avant terme, et j'ai accouché à Providence, dans l'État de Rhode Island. Deux jours plus tard, mes parents sont venus me chercher et m'ont ramenée chez moi, dans l'Upper West Side. Quand mon père s'est garé, Guzim a reconnu la voiture. Il a dévalé les marches et a ouvert en grand la portière arrière. Il avait deviné.

Je suis descendue, épuisée, au bord des larmes. Nous sommes tombés dans les bras l'un de l'autre. Puis je me suis retournée pour détacher la ceinture, et nous avons tous les deux contemplé le nouveau-né assoupi, d'une incroyable beauté.

– Magnifique, a-t-il dit. Beau travail.

Neuf jours plus tard, l'Israélien est parti pour de bon. Il a dit que son père était malade. Mais nous étions amis, en bons termes, et au cours de l'année, je lui ai envoyé des photos. Il m'appelait, et nous riions car il m'empêchait de dormir au cours de ces longs premiers mois sans sommeil.

Pourtant c'était le visage de Guzim que nous voyions tous les jours, celui qui nous disait tous les matins bonjour, puis bonsoir à ma petite fille, qui lui souriait, lui faisait des gazou-gazou, soulignait combien elle avait grandi, remarquait ses sourires, ses premiers mots.

L'Israélien est resté en contact avec nous pendant un an, puis il a disparu. Plus d'e-mails ni d'appels. J'envoyais des photos ; il répondait par le silence.

Ma fille témoignait d'une véritable affection pour Guzim, à croire qu'elle comprenait le rôle qu'il avait joué pour l'accueillir en ce monde, les bras tendus, le cœur ouvert, prêt à la protéger, ainsi qu'il avait protégé sa mère. Dès qu'elle en a été capable, elle s'est mise à courir sur le trottoir, ouvrant grand les bras, et Guzim l'attrapait pour lui faire un gros câlin.

Son père ne l'appelle pas ni ne lui rend visite, et nous ne le faisons pas non plus. Par contre, nous allons rendre visite à Guzim.

À présent, nous vivons en Californie, mais dès que nous retournons à New York, nous passons à mon ancienne adresse dans l'espoir de le voir. Parfois il est là. Parfois non. Mais nous ne manquons jamais de passer.

Et lorsqu'il est là et me demande comment ça va, je regarde ma fille et je lui réponds :

– Je n'ai pas à me plaindre.

Julie Margaret Hogben est enseignante et mère d'une petite fille. Elle vit à Los Angeles et elle est toujours célibataire. Ce témoignage a été publié en octobre 2015.

NOUVELLES ÉDITIONS

Merci à toutes ces personnes d'avoir accepté que nous rééditions des textes déjà parus :

Veronica Chambers : « When He's Just Not That Into You ». Copyrights © 2006 Veronica Chambers (*The New York Times*, 19 février 2006). Publié dans une autre version dans *The May Queen : Women on Life, Love, Work, and Pulling It All Together in Your Thirties*, édité par Andrea N. Richesin (Jeremy P. Tarcher, New York, 2006). Réédité avec l'autorisation de Veronica Chambers.

Dutton : « The Enemy Within » extrait de *The Commitment* de Dan Savage. Copyrights © 2005 Dan Savage (publié dans une nouvelle version dans le *New York Times*, le 11 septembre 2005). Réédité avec l'autorisation de Dutton, un département de Penguin Group (États-Unis), Inc.

Inner Ocean Publishing : « The Cup Is Half-Empty ; the Cup Is Half-Full » d'Autumn Stephens, extrait de *Roar Softly and Carry a Great Lipstick : 28 Women Writers on Life, Sex, and Survival*, édité par Autumn Stephens (publié dans une nouvelle version dans le *New York Times*, le 4 novembre 2004). Réédité avec l'autorisation de Inner Ocean Publishing, www.inneocean.com.

REMERCIEMENTS

Merci à celles et ceux qui ont permis que *Modern Love* existe : Amanda Urban, Anya Strzemien, Bonnie Wertheim, Brian Rea, Cathi Hanauer, Choire Sicha, Ethan Hauser, Gregory Miller, Jeff Sims, Laura Marmor, Miya Lee, Richard Samson, Samantha Enig, Stephanie Serino, Stuart Emmrich et Trip Gabriel.

TABLE

JE CROIS QUE JE T'AIME

BIEN S'ACCROCHER DANS LES VIRAGES

AFFAIRES DE FAMILLE

Cet ouvrage
a été mis en pages par In Folio,
reproduit et achevé d'imprimer
en janvier 2021
dans les ateliers de Normandie Roto Impression s.a.s.
61250 Lonrai
N° d'imprimeur : 2004628

Imprimé en France

Dépôt légal : février 2021